Bauer, Trecker, Tod

Dieses Buch ist ein Roman. Handlungen und Personen sind frei erfunden. Ähnlichkeiten mit lebenden oder toten Personen sind nicht gewollt und rein zufällig.

KIRSTEN PÜTTJER/VOLKER BLEECK

Bauer, Trecker, Tod

LANDKRIMI

emons:

Bibliografische Information der Deutschen Nationalbibliothek
Die Deutsche Nationalbibliothek verzeichnet diese Publikation in der Deutschen Nationalbibliografie; detaillierte bibliografische Daten sind im Internet über http://dnb.d-nb.de abrufbar.

Umschlagmotive: iStockphoto.com/monticelllo, fotolia.com/moleskostudio, fotolia.com/blinkblink, sxc.hu/Billy Alexander
Klappeninnenseiten: iStockphoto.com/tomograf I
Umschlaggestaltung: Franziska Emons/Tobias Doetsch
Gestaltung Innenteil: César Satz & Grafik GmbH, Köln
Lektorat: Marit Obsen
Druck und Bindung: CPI – Clausen & Bosse, Leck
Printed in Germany 2014
ISBN 978-3-95451-435-9
Landkrimi
Originalausgabe

Oha, Oha oha und **O haua haua haua ha** »Oha« wird als erstaunter oder stutzender Ausruf verwandt und erklingt mit abgehacktem »a« (O-Há). Bei einem Anlass von größerer Bedeutung kann es als »Oha oha« wiederholt werden, und wenn es in gebundener Form als »O haua haua haua ha« zu hören ist, kann es als ein sicheres Anzeichen dafür gelten, dass irgendetwas schiefgelaufen ist und Ärger zu erwarten steht.

aus: Kleines Lexikon Hamburger Begriffe von Daniel Tilgner, Zeise Verlag, Hamburg 1999

eins

Der Schrei tönte noch bis zum Nachbardorf. Sogar die Elstern zuckten zusammen und flatterten auf, dabei waren sie selbst in der Lage, einigen Krach zu erzeugen. Wiebke Liebermann ließ den Spaten fallen und zeigte zitternd auf das Loch, das sie gerade erst gegraben hatte. Sie war kreidebleich, ihre Gesichtsfarbe stand dabei im Kontrast zu ihrer moosgrünen und sündhaft teuren »Outdoorhose«, die sie sich extra fürs Gärtnern zugelegt hatte.

»Da … da liegt ein Schädel«, stammelte sie fast tonlos, »ein Totenkopf – ein Kopf von einem toten …« Dann sank sie bewusstlos und beinahe elegant zu Boden.

Ihr Schrei hatte auch die restlichen Menschen auf dem in Parzellen unterteilten Feld aufgeschreckt. Alle, die gerade noch einsam vor sich hin gejätet und gepusselt hatten, kamen nun zu der zusammengesunkenen Wiebke geeilt.

Während eine junge Frau aus ihrem Wagen eine Wasserflasche holte, zückten gleich drei Männer ihre Smartphones und suchten nach dem besten Netzsignal, um den Notarzt zu rufen. Das tat dann aber Gesine Neubauer, die Besitzerin des Feldes, die das Hühnerfutter, das sie gerade in der Hand hielt, im hohen Bogen ins Gehege warf und zu Wiebke Liebermann sprintete.

Überraschend schnell, nur eine gute Viertelstunde später, erreichte ein Krankenwagen den »Landgarten« in Tönnshagen. Während sich der Notarzt um die wieder zu Bewusstsein gekommene Wiebke kümmerte, kam Carsten Neubauer, Gesines Mann, hinzu und versuchte, die aufgeregt um Wiebke Liebermann und den Arzt herumstehenden Personen zu beruhigen. Dass ihm das im beinahe militärischen Befehlston und mit den Worten »So, und nu is aber auch mal wieder gut hier!« nicht wirklich gelang, überraschte niemanden.

Der Sache half Carsten Neubauers Verhalten nur bedingt, es zeigte aber umso deutlicher, wie wenig Feingefühl er besaß. Mürrisch stapfte er an den Herumstehenden vorbei, um sich erst einmal genauer anzusehen, was Wiebke Liebermann da eigentlich ausgegraben hatte.

Die Neubauers betrieben den »Landgarten«, wie sie das Projekt nannten, in diesem Jahr zum ersten Mal. Im Grunde hatten sie nichts weiter gemacht, als ein langes Stück Feld mit Gemüse, Kartoffeln und Salat zu bepflanzen und dieses dann quer in Parzellen zu unterteilen, die sie einzeln verpachteten. Dadurch bekam jeder Pächter – alles ökologisch bewusst lebende Hobbygärtner aus der nahen Großstadt – den gleichen Grundstock an Gemüse. Jeder beackerte sein eigenes kleines Stück Land, jätete, hackte, erntete und pflanzte neu. Dafür bezahlten die Leute nicht wenig Geld. Sie bekamen die Freude am Gärtnern und die Gewissheit, ökologisch einwandfreie Produkte zu erzeugen, gesund und frisch. So jedenfalls stand es in dem knalligen Flyer, den Carsten Neubauer als Werbung hatte drucken lassen. Und diesen Flyer hielt ihm nun Wiebke Liebermanns Mann Sebastian aufgeregt und in eine teure Windjacke gehüllt unter die Nase.

»Nennen Sie das ökologisch einwandfrei?« Er deutete anklagend mit dem Werbezettel auf das Loch, in dem der Schädel zu sehen war, den seine Frau freigelegt hatte, und gab sich die Antwort gleich selbst: »Nein, das ist es nicht. Ich will mir gar nicht vorstellen, was da noch alles verbuddelt ist. Pfui Teufel!« Der Mann tat tatsächlich, als würde er ausspucken, wohl, um seiner Argumentation Gewicht zu verleihen. Dann fiel ihm noch etwas ein: »Ich rufe jetzt die Polizei, meine Frau hätte einen Herzinfarkt bekommen können!«

Er griff in die Innentasche seiner Jacke und hatte im nächsten Moment schon das Handy am Ohr. Carsten Neubauer hörte noch, wie er sagte: »Wer ist da? Egal, stellen Sie mich gefälligst sofort zu Polizeioberrat Matthies durch«, dann stapfte Liebermann wütend davon. In der Ferne drehten sich ruhig und majestätisch ein paar Windräder, völlig unbeeindruckt.

Neubauer war bedient. Dieser Pächter, ein Rechtsanwaltsschnösel aus der nahen Großstadt, hatte ihn von Anfang an genervt. Er hatte gewusst, dass der irgendwann Ärger machen würde. Hätte diese blöde Schnepfe von Ehefrau nicht woanders graben können? Es war klar, dass nun umgehend die Polizei hier auftauchen würde. Das hatte ihm gerade noch gefehlt.

Liebermann kam, noch immer telefonierend, wieder zurück.

»Das ist ungeheuerlich, Jan.« Er kratzte sich am Hinterkopf, während er in sein Telefon sprach. »Ich verlange, dass du die Sache eingehend untersuchen lässt. Ich verlasse mich da auf dich, hörst du?« Liebermann drückte das Gespräch weg und wandte sich mit hochrotem Kopf wieder an Neubauer: »Das wird Konsequenzen haben, Meister. Die Polizei wird hier alles unter die Lupe nehmen. Wie kommt denn, bitte schön, ein Totenkopf in meine Bohnen?«

Da war er bei Neubauer an den Richtigen geraten. »So, jetzt ist aber mal Schluss hier, Mann!«, bellte der. »Spielen Sie sich bloß nicht so auf. Ihrer Frau und Ihren Bohnen ist doch gar nichts passiert! Und jetzt hören Sie auf, hier rumzuzetern, das geht mir nämlich gewaltig auf die Nerven.«

Liebermann schnappte nach Luft, fing sich aber wieder und sah Neubauer spöttisch an. »Sie verstehen anscheinend nicht, in welcher Lage Sie sind und mit wem Sie es zu tun haben. Ich kann Ihre ganze Klitsche hier dichtmachen lassen, dann können Sie mit ein bisschen Glück vielleicht gerade noch Rasen mähen in Ihrem ›Landgarten‹!« Das letzte Wort spuckte er förmlich aus.

Neubauer kochte vor Wut und sah Liebermann verächtlich an. Als er gerade zu einer Erwiderung ansetzen wollte, griff Gesine fast unmerklich nach seinem Unterarm und schüttelte sacht den Kopf. »Es wird sich alles aufklären«, sagte sie zu Liebermann, »ich habe auch schon mit der Polizei telefoniert, Wachtmeister Jessen wird gleich hier eintreffen. Ich bitte Sie, sich zu beruhigen. Ich glaube auch, Ihre Frau könnte jetzt Ihre Unterstützung brauchen.«

Wiebke Liebermann saß, immer noch ein wenig bleich, im Krankenwagen.

»Und Sie sind sich ganz sicher, dass Sie nicht mit ins Krankenhaus kommen wollen?« Der smarte Rettungsassistent sah auf die Anzeige des Blutdruckmessgeräts, das Wiebke Liebermann am Arm hatte.

»Danke, Herr Doktor, es geht mir gut. Ich habe mich nur so entsetzlich erschrocken«, erwiderte sie und lächelte schon wieder ein bisschen. »Wer rechnet denn auch mit so etwas, wenn man einfach nur Stangenbohnen befestigen möchte? Ein schrecklicher Anblick.«

»Na, das glaube ich Ihnen gern«, meinte der Sanitäter, löste die Manschette und verstaute das Gerät wieder an seinem Platz. »Ihr Blutdruck ist so weit okay, aber Sie haben einen Schock, und damit ist nicht zu spaßen. Sie sollten sich ausruhen – und auf gar keinen Fall Auto fahren.«

»Das würde mein Mann sowieso nicht zulassen.« Wiebke Liebermann krempelte den Ärmel ihrer karierten Outdoorbluse wieder runter.

»Das ist gut, wenn Ihr Mann sich um Sie sorgt.« Der Rettungssanitäter drehte sich um, in der Hoffnung, Herrn Liebermann irgendwo zu sehen.

»Oh, die Sorge gilt wohl eher seinem Wagen.« Sie deutete auf den anthrazitfarbenen Landrover, hinter dem Liebermann stand und schon wieder telefonierte, und versuchte ein Lächeln. »So ist er nun einmal, daran habe ich mich schon gewöhnt. Und an einiges andere.« Die letzten Worte sprach sie leiser und mehr zu sich selbst. Sie griff nach ihrer Jacke und kletterte aus dem Krankenwagen.

Nur wenige Minuten später traf Polizeihauptmeister Sven-Ole Jessen ein. Jessen, ein freundlicher, schlaksiger Typ Anfang dreißig, stellte den Polizeiwagen erst einmal ordentlich auf dem Parkplatz neben den Gemüseparzellen ab, was Sebastian Liebermann aus der Entfernung mit vor der Brust verschränkten Armen und nervös wippendem Fuß beobachtete.

»Moin.« Er drückte auf die Fernbedienung, und der Wagen verschloss sich hörbar, während Jessen auf Gesine Neubauer zusteuerte, die auf der Liebermann'schen Parzelle noch immer tapfer die Stellung hielt. »Und wo liegt jetzt das Corpus Delicti?«

Wortlos zeigte sie auf den Schädel im Acker.

»Oha«, entfuhr es Jessen, der sich bückte und gerade nach dem Knochenfund greifen wollte, als eine Hand von hinten an seine Schulter tippte. Er drehte sich um und kam gemächlich, aber in einer fließenden Bewegung aus der Hocke nach oben.

»Sie wollen den Schädel doch wohl nicht mit bloßen Händen berühren und alle brauchbaren Spuren vernichten?« Es war Liebermann, der diese Frage stellte und Jessen gleichzeitig seine Hand entgegenstreckte. »Liebermann, Rechtsanwalt Sebastian Liebermann von der Sozietät Dünnbirn, Liebermann und Schulz.«

Jessen verstand nicht gleich und schaute ein wenig ratlos Liebermanns Hand an, was diesen anspornte, auch noch schnell die Fakten zu präsentieren.

»Das hier ist unsere Parzelle, meine Frau und ich haben sie von dem Ehepaar Neubauer gepachtet.« Er deutete bei diesen Worten erst auf den Boden, dann auf Gesine Neubauer und ihren etwas abseits stehenden Ehemann, als ginge es darum, einem Ausländer durch vereinfachte Zeichensprache eine komplizierte Sachlage zu erklären. »Seit drei Monaten sind wir nun schon dabei. Wir pflanzen, säen, ernten, immer in dem guten Glauben, dass das hier«, seine Arme kreisten um seinen Kopf, »ein zertifizierter Biobetrieb ist. Meine Frau wollte heute die Stangen für die Bohnen in den Boden bringen – und dann so was.« Liebermanns Zeigefinger durchstach die Luft in Richtung des Lochs im Boden seiner Parzelle wie eines seiner fraglos sündteuren Küchenmesser aus Damaszenerstahl, die zu Hause in der perfekt ausgestatteten Edelküche auf ihren Einsatz warteten.

Jessen hob die Hände in einer abwehrenden Geste. »Also, zunächst einmal liegt hier nur ein Schädel ...«

Weiter kam er nicht, denn nun brach es vollends aus Liebermann heraus: »*Nur ein Schädel?* Meine Frau hätte einen Herzinfarkt bekommen, hätte sterben können! Wir haben kleine Kinder! Ich wäre jetzt Witwer, könnte meinen Beruf nicht mehr ausüben. Wissen Sie, was das alles nach sich ziehen kann?«

Jessen hatte Mühe, ein Grinsen zu unterdrücken. »Aber es ist doch gar nichts passiert, Ihrer Frau geht es doch gut, wenn ich das richtig verstanden habe.« Er blickte sich suchend nach Frau Liebermann um, doch das brachte deren Ehemann erst richtig in Rage.

»Meine Frau hat einen Schock! Es ist gar nicht abzusehen, was da noch alles nachkommt, das kann sich alles später erst bemerkbar machen. Bisher lässt sich noch gar nicht beziffern, wie hoch der Schaden ist, der uns dadurch entstanden ist.«

Gesine Neubauer sah erst Sebastian Liebermann an, dann wanderte ihr ratloser Blick zu Jessen. Der fragte sich gerade, ob es Liebermann eigentlich immer noch um die Gesundheit seiner Frau ging.

»Welchen Schaden meinen Sie denn genau, Herr, äh … Liebermann?«, wollte er wissen.

»Was glauben Sie denn?« Liebermann war die Empörung selbst. »Dieses Stück Land werden wir ja nun nicht mehr nutzen können, das bedeutet erhebliche Einbußen in der Ernte, von unseren Investitionen will ich gar nicht reden.«

Sven-Ole Jessen war ein gutmütiger und bedächtiger Mann, der sich nur sehr selten aus der Ruhe bringen ließ und ganz sicher nicht durch Arroganz. Typen wie Liebermann konnte er einfach nicht ernst nehmen; insbesondere dann, wenn sie vielleicht maximal fünfzig Quadratmeter Land bepflanzten und aberenteten, jetzt aber gerade so taten, als sei mit Ernteausfällen in astronomischer Höhe zu rechnen, was mindestens die Grundversorgung von halb Dithmarschen gefährden würde, weshalb sie eindeutig Anspruch auf EU-Subventionen hätten. Jessen verstand den Mann ja sogar ein wenig. Da ackerten diese Großstadtmenschen sich auf ihrem kleinen Fleckchen Landidylle im wahrsten Sinne des Wortes ab, kämpften um jede Möhre und jeden Salatkopf. Und dann lag mit einem Mal ein Schädel zwischen Porree und Portulak. Aber auf der anderen Seite hatte Wiebke Liebermann ja nicht gerade ein rostiges Giftfass aus historischen Seveso-Beständen ausgebuddelt oder eine Pipeline zum Verklappen von Flüssigdioxin entdeckt.

Jessen nahm all seine ihm von Amts wegen verordnete Bürgernähe zusammen, klopfte Liebermann vorsichtig auf die Schulter und sprach so langsam und ruhig auf ihn ein wie auf ein störrisches Kind, wobei er ungewollt in den Pluralis Majestatis verfiel: »Nun warten wir erst mal ab, was wir hier herausfinden.« Er winkte Gesine Neubauer näher heran, behielt Liebermann aber im Blick. »Ich bin sicher, dass Frau Neubauer Ihnen zunächst einmal mit gänzlich unkontaminiertem Gemüse aushelfen wird, und wenn es gar nicht anders geht, findet sich bestimmt auch ein anderes Stückchen Land, das sie Ihnen ersatzweise zur Verfügung stellen kann.«

Gesine nickte eifrig und dirigierte den immer noch aufgebracht lamentierenden Liebermann in Richtung Hofladen, damit er sich dort Gemüse aussuchen konnte.

Die Aussicht auf Gratisgemüse hatte in Liebermann anscheinend jeden Gedanken an seine Frau, die inzwischen auf der Ladefläche des Landrovers Platz genommen hatte, komplett aus seinem Bewusstsein verdrängt.

Wiebke Liebermann schien nichts anderes erwartet zu haben, sie tauschte gerade ihre nur unwesentlich preisgünstigeren Gartenschuhe gegen farblich perfekt auf ihre Kleidung abgestimmte Edelslipper einer beliebten amerikanischen Designerschuhmarke. Der Schädelfund hatte sie ordentlich erschreckt, keine Frage, aber jetzt brauchte sie erst einmal einen Latte macchiato oder am besten gleich einen Prosecco. Sie verstaute die Gartenschuhe in ihrer Tasche und sah sich nach ihrem Mann um, der kurz darauf mit mehreren Holzkisten voll Gemüse zum Wagen trat. Seinen zufriedenen Gesichtsausdruck missdeutete sie nicht als Begeisterung fürs Gärtnern, da kannte sie ihn besser. Sebastian Liebermann fand nichts am Gärtnern, eigentlich begleitete er sie nur nach Tönnshagen, weil er bei dieser Gelegenheit seinen Geländewagen tatsächlich mal ins Gelände steuern und sich teures Gartenspielzeug wie Edelstahlspaten und Ähnliches zulegen konnte. Nein, sie allein fand es toll, biologisches Gemüse selbst anzubauen, zu umhegen und zu ernten, sich dabei sogar die Hände schmutzig zu machen und körperlich zu arbeiten, jedenfalls fast. Außerdem passte es gut in die momentan so angesagte nachhaltige Lebenseinstellung ihres sozialen Umfelds.

Alle, aber auch wirklich alle von Wiebke Liebermanns Freundinnen hatten gerade zu einem Ökostromanbieter gewechselt und ließen sich Biokisten nach Hause liefern. Den Einkauf aus dem Supermarkt trugen sie seither im ökologisch korrekten Leinenbeutel nach Hause, auf dem das Logo des Stromanbieters prangte. Dass ein Teil der Ehemänner und sogar einige ihrer Freundinnen in leitenden Positionen in Industriebetrieben beschäftigt waren, die, der Politik sei Dank, von beinahe der gesamten Ökostromumlage befreit waren, fiel dabei nicht ins Gewicht. Dafür arbeitete der andere Teil ihres Freundeskreises ja in hippen PR-Agenturen, die das angekratzte Image im Notfall öffentlichkeitswirksam zurechtrückten. Sie lancierten einfach Zeitschriftenartikel in Magazinen, die »Green Leaf«, »Urban Country« oder »Wir sind die Guten« hießen und ihre Leserschaft als »LOHAS« lobten, eine Abkürzung für die ungleich sperrigere Bezeichnung »Lifestyle of Health and Sustainability«.

Menschen also, deren Lebensstil auf die eigene Gesundheit und umweltliche Nachhaltigkeit ausgerichtet war. Menschen, die mit einem Zwanzig-Liter-SUV ins Grüne fuhren, gekleidet in im eigenen Land entworfener, aber in Asien zu Hungerlöhnen gefertigter teurer Funktionskleidung. Menschen, die kein Problem mit einem Wochenendtrip nach Dubai hatten, dafür aber im Internet günstige Ausgleichszertifikate ersteigerten. Menschen wie Wiebke und Sebastian Liebermann eben.

Letzterer stellte gerade die Kisten auf die Ladefläche, nachdem er sie zuvor sorgsam auf Schmutz untersucht hatte. Schließlich hatte er den Wagen an diesem Wochenende erst waschen und aussaugen lassen.

Sebastian Liebermann gefiel der Schädelfund seiner Frau immer besser – jetzt hatte er mehr Gemüse, als sie auf ihrer Parzelle hätten ernten können, und das ohne sich bücken und schwitzen zu müssen. Wenn es nach ihm ginge, würden sie das Gemüse sowieso nicht selbst anbauen, sondern es bei einem dieser großartigen Frischegroßmärkte in Hamburg kaufen, die immer alles vorrätig hatten: Gemüse, Obst, Fisch, Fleisch, egal wann, egal wie, egal woher. Erdbeeren im Winter, Spargel an Weihnachten – es war doch eh alles da, und wenn er's nicht kaufte, taten das andere. Aber da seine Frau nun mal gerade auf diesem Ökotrip war und ihre Ehe etwas kriselte, musste er mitziehen, obwohl er eigentlich lieber Golf gespielt hätte. Jetzt ließe sich aber vielleicht ein Vorteil aus der Sache ziehen, wer weiß? Er würde jedenfalls auf eine genaue Untersuchung bestehen und auch seine Verbindungen in die höheren Kreise der Polizeiführung spielen lassen. Wozu hatte sein Vater schließlich all die Jahre zusammen mit Polizeioberrat Matthies im Vorstand des lokalen Fußballvereins gesessen? Dieser trottelige Dorfpolizist würde schon bald nach seiner Pfeife tanzen.

Liebermann öffnete die Fahrertür, drehte sich um und winkte Jessen knapp zu, bevor er einstieg. Jessen erwiderte den Gruß eher lässig, indem er zwei Finger an seine nicht vorhandene Dienstmütze legte. Er sah der Staubwolke des Landrovers hinterher und seufzte. Das würde noch Ärger geben, das hatte er im Gefühl.

Nachdem er den Schädel in eine Plastiktüte gepackt und die Fundstelle provisorisch mit Flatterband abgesperrt hatte, streifte Jessen sich die Gummihandschuhe ab. Gesine Neubauer trat zu ihm und ergriff leise das Wort, damit keiner der anderen Parzellenpächter es mitbekam.

»Ich wollte es vor Liebermann ja nicht zugeben, aber ich finde das auch sehr unheimlich – und irgendwie eklig. Hast du eine Idee, wie der hierhergekommen sein könnte?«

Jessen zuckte mit den Schultern. »Nö«, brummte er und hob die Tüte noch ein bisschen höher, »die Spezialisten werden das schon herausfinden. Wer weiß, vielleicht liegt der schon seit hundert Jahren hier. Alt sieht er ja aus.« Er betrachtete ihn eine Weile nachdenklich, dann riss er sich los. »Ich muss dann mal los.« Er eilte davon.

»Ja, tschüss, Sven-Ole, und danke. Halt uns auf dem Laufenden!«, rief Gesine ihm hinterher und deutete noch einmal auf die Tüte.

Jessen hob grüßend die Hand zum Abschied, stieg in seinen Dienstwagen und platzierte den mysteriösen Fund aus dem Acker vorsichtig auf dem Beifahrersitz.

Gesine Neubauer nahm den Spaten, den Frau Liebermann vor Schreck hatte fallen lassen, und ging zum Schuppen, wo die Gartengeräte für alle Parzellenbenutzer lagerten. Dort war auch ihr Mann und redete auf mehrere Pächter ein, die um ihn herumstanden.

»Sie haben mein Wort, dass wir den Vorfall vollständig aufklären lassen werden. Der Herr Jessen soll ja ein sehr sorgfältiger, zuverlässiger Polizist sein, wahrscheinlich wissen wir alle in der nächsten Woche schon mehr. Es gibt also keinen Grund, zu kündigen oder nicht mehr zu ernten. Das können Sie mir glauben, wirklich.«

»Aber wie kann der Schädel denn hierhergekommen sein?«, wollte eine kräftige Frau mit Latzhose und Strohhut auf dem Kopf wissen und rückte näher an Carsten Neubauer heran.

Der bekam unerwartet Schützenhilfe von einem hageren älteren Mann, einem pensionierten Oberstudienrat, der sich in das Gespräch einschaltete und einen Aspekt thematisierte, der dem Ganzen eine völlig andere Richtung gab: »Schade, dass ich mir den Fund nicht so genau ansehen konnte. Ich hätte vielleicht sagen können, wie alt der Schädelknochen ist. Mancher Knochen hat sich schon in Wirklichkeit als Kalkversinterung entpuppt.« Er machte eine bedeutsame Pause und hob erregt den Zeigefinger. »Es kann nämlich gut sein, dass wir hier einen spektakulären Fund gemacht haben, ähnlich wie damals in Nordhessen – kennen Sie die Geschichte des Schädels von Rhünda?«

»Äh, wir müssen jetzt los«, platzte seine Frau dazwischen und lächelte entschuldigend in die Runde. »Die Eiszeit, sein Spezialgebiet.« Sie schob ihren protestierenden Ehemann zum Parkplatz.

»Ich glaube, Sie sollten jetzt alle nach Hause fahren«, sagte Gesine, während sie den Spaten an die Wand des Schuppens hängte. »Das sind doch alles Spekulationen, und wir sollten erst einmal abwarten, was die Untersuchung überhaupt bringt.«

Eine halbe Stunde später war der »Landgarten« leer und verlassen. Nur Carsten und Gesine Neubauer arbeiteten noch still vor sich hin, jeder für sich; das war schon seit einiger Zeit so. Während Gesine die Werkzeuge säuberte und ordentlich sortierte, holte Carsten die vorgezogenen Pflanzen aus dem Gewächshaus und stellte sie für die Pächter bereit, die am nächsten Tag vorbeikommen würden.

»Ich habe ja gleich gesagt, dass das mit den Parzellen eine schwachsinnige Idee ist«, schimpfte er ärgerlich, als er nicht mehr an sich halten konnte.

»Jetzt fang nicht wieder davon an.« Gesine verdrehte genervt die Augen. »Nur weil ich einmal in meinem Leben etwas allein entschieden habe.«

»Darum geht es doch gar nicht.« Er knallte die Stiege mit den Kohlrabisetzlingen auf den Holztisch. »Dieses Stück Land war tabu, das war so abgemacht, das hatte ich beim Kauf unterschrieben.«

Gesine drehte sich verwundert zu ihm um. »Wie bitte? *Was* hast du unterschrieben?«

»Dass ich den Rosengarten so lasse, wie er ist«, sagte Carsten grummelnd. »Das hab ich Willy Thomsen vertraglich zusichern müssen, sonst hätte er ihn mir gar nicht verkauft.«

Gesine winkte müde ab. »Nun ist es zu spät, und außerdem habe ich ja nur einen Teil des Rosengartens umgepflügt, da soll sich der alte Thomsen mal nicht so haben.«

»Das sagt sich so leicht. Du hast dich im Krug ja auch nicht von ihm beschimpfen lassen müssen, als er es rausfand – vor allen Tönnshagenern!« Carsten unterstrich den letzten Teil des Satzes mit einer aggressiven Geste.

»Das hast du mir ja gar nicht erzählt«, erwiderte Gesine verwundert und ein bisschen gereizt.

»Das begreifst du ja eh nicht.« Carsten schüttelte den Kopf, stieg auf seinen Trecker und startete die Maschine. »Und jetzt weißt du es ja. Sauer ist er übrigens immer noch.« Er gab Gas und holperte los.

»Dann rede ich mit ihm«, rief Gesine ihm hinterher, während sich der Trecker lärmend entfernte. Sie fragte sich, was Willy Thomsen so wichtig an diesem Rosengarten war. Er hatte ihn doch verkauft.

zwei

Zu Willy Thomsen würde es Polizeihauptmeister Jessen später auch hinziehen, allerdings weniger, um mit ihm zu reden. Jetzt steuerte er seinen Dienstwagen jedoch erst einmal gemächlich zurück zur Dienststelle, um den gefundenen Schädel in seiner »Asservatenkammer« unterzubringen, wie er den kleinen Raum neben seinem Büro, der eher ein begehbarer Wandschrank war, zuletzt bezeichnet hatte, als bis vor ein paar Wochen ein Polizeischüler mit ihm Dienst getan hatte. Inzwischen war Jessen wieder alleiniger Gesetzeshüter in Tönnshagen, doch das störte ihn überhaupt nicht, im Gegenteil. Sven-Ole Jessen war nicht nur jemand, der eigentlich mit jedem gut auskam, er kam auch ganz hervorragend mit sich allein zurecht. Und in seinem Heimat-, Wohn- und Geburtsort Tönnshagen fühlte er sich sauwohl.

Während seiner Ausbildung war er eine Zeit lang in Husum gewesen, länger auch in Hamburg, wo es ihm gut gefallen hatte, besonders am Hafen. Aber Jessen hatte immer gewusst, dass er wieder zurück nach Tönnshagen kommen würde, so oder so. Dabei hätte er durchaus Karriere machen können, denn Jessen war trotz seiner beinahe behäbig wirkenden Art ein schlauer Kopf. Jahrgangsbester in so ziemlich allen Fächern seiner Ausbildung, ganz gleich ob Spurensicherung, Schussgenauigkeit oder Computerfertigkeit. Ihm machte so schnell keiner was vor. Angebote für den weiteren beruflichen Werdegang hatte es denn auch aus fast allen Großstädten gegeben, sogar international. Berlin, München, Frankfurt und Chicago hatten aber nun mal einen kleinen Haken: Sie waren nicht Tönnshagen. Daher hatte Jessen sich ein bisschen in all der Anerkennung und Aufmerksamkeit gesonnt und sogar ein paar Lehrgänge mitgemacht, unter anderem in Chicago, um schließlich doch dorthin zurückzukehren, wo er bereits als Kind seine Lollis gekauft hatte: in die Polizeidienststelle Tönnshagen, die seit einigen Jahren im einstigen Dorfsupermarkt, ein besserer Tante-Emma-Laden, untergebracht war. Im hinteren Teil des zum Büro umgebauten Ladenlokals standen sogar noch die Spinde, in die »Tante Lassma« ihren Kittel gehängt hatte.

Nicht nur Sven-Ole Jessen hatte die Besitzerin des Ladens so genannt. Den Namen hatte sie bei den meisten Kindern im Ort weggehabt, weil sie auf die oft vergeblichen Versuche der Kleinen, etwas Kleingeld aus den Hosentaschen zusammenzuklauben, meist irgendwann mit einem freundlichen »Ach lass ma« reagiert hatte, gefolgt von einem mit mahnendem Blick vorgebrachten »Das zahlst du beim nächsten Mal«, was sie dann zur Freude ihrer kindlichen Kundschaft aber meist vergaß.

Jessen hatte das große Glück gehabt, dass zu der Zeit, da er sich hatte entscheiden müssen, wohin es beruflich für ihn gehen sollte, der alte Polizist Achterndiek pensioniert worden war. Er benutzte noch heute dessen alten Kaffeebecher mit dem langsam immer blasser werdenden Aufdruck »Schietwetter« über einem missmutig dreinschauenden Frosch mit Regenschirm. Er konnte nicht sagen, warum, aber der Frosch heiterte ihn jedes Mal auf, wenn er den Becher in die Hand nahm.

Jessen parkte vor der Wache und schloss die Tür auf. Eigentlich war hier immer offen, aber in letzter Zeit waren einige der auf den umliegenden Bauernhöfen lebenden Tiere ein bisschen zu neugierig geworden. Er stellte die Tüte mit dem Schädel vorsichtig auf dem Tresen ab. Ein bisschen unheimlich war ihm dieser Fund ja schon, selbst als Polizist. Wie lange der wohl schon in der Erde gelegen hatte? Stammte er von einem Mann oder einer Frau? Und war er oder sie durch Gewalteinwirkung gestorben oder eines natürlichen Todes? Fragen, die die Spezialisten in den Polizeilaboren der Großstadt sicher problemlos und relativ schnell beantworten würden.

Was die letzte Frage anging, hatte er schon eine Vermutung, denn er meinte, beim Eintüten des Schädels gesehen zu haben, dass dieser im hinteren Teil ein kleines Loch aufwies.

Vorsichtig hob er den Schädel wieder hoch und drehte ihn ins Licht. Tatsächlich gab es sogar einige löchrige Stellen, die aber wohl nur all den Jahren in der Erde oder anderen Einflüssen wie Tieren oder Mineralstoffen zu verdanken waren. Das würde er tatsächlich den Spezialisten überlassen müssen, gleich morgen sollte der Schädel den geordneten Dienstweg antreten, damit das Rätsel bald gelöst würde und die gärtnernden Städter wieder beruhigt ans Pflanzen, Jäten und Ernten gehen konnten.

Sven-Ole Jessen gönnte den Neubauers den Erfolg mit dem Bio-»Landgarten«, die meisten anderen Bauern hatten nur die Nase gerümpft und sich darüber lustig gemacht, dass jetzt die feinen Pinkel aus der Stadt kämen, im Dreck rumwühlten und liebevoll die Radieschen und Möhren umhegten. Für die Bauern der Gegend war es nun mal keine Frage von Lebensanschauung, Nachhaltigkeit und ökologischem Bewusstsein, Gemüse anzubauen. Was für die Mehrheit früher eine existenzielle Notwendigkeit gewesen war, hatte sich längst als nicht mehr rentabel erwiesen. Da wurden die Felder lieber flächendeckend mit subventioniertem Mais oder Raps bebaut, der dann in den Biogasanlagen landete. Gärtnern lohnte sich nicht mehr, Biogemüse erst recht nicht.

Nur Carsten Neubauer sah das anders, schon als er nach Tönnshagen gekommen war, hatte er als einer der ersten Verfechter von biologischem Anbau und Ökorichtlinien von sich reden gemacht. Natürlich hatte ihn damals kaum jemand für voll genommen. Und heute erinnerte sich kaum jemand mehr an seine guten Seiten, weil er sich inzwischen mit so ziemlich dem ganzen Dorf angelegt hatte wegen aller möglichen Klein- und Nichtigkeiten. Carsten Neubauer galt als arroganter Starrkopf und Querulant, der nur seinen eigenen Vorteil sah. Nicht dass die anderen aus der Dorfgemeinschaft so wahnsinnig viel an das Wohl der anderen dachten. Aber eine gewisse Form von Dorfehre und Solidarität gab es doch, man half sich, wenn es hart auf hart kam. Nur Neubauer scherte immer wieder aus und kümmerte sich einen Dreck um so etwas wie gute Nachbarschaft oder Rücksichtnahme. Deshalb war es meist Gesine Neubauer, der die Tönnshagener noch unter die Arme griffen, wenn es mal darauf ankam, wobei sie ihren Mann stets verteidigte und in Schutz nahm.

Auch Sven-Ole Jessen war nicht wirklich unglücklich, wenn er Carsten Neubauer nicht zu Gesicht bekam; mit Gesine hielt er dagegen gern mal ein Schwätzchen. Und ihr gönnte er auch den

Erfolg mit den Parzellen für gärtnernde Städter. Nicht zuletzt weil er wusste, dass es allein ihre Idee gewesen war, mit der sie sich gegen Carsten hatte durchsetzen können. Nicht wenige im Dorf rätselten immer häufiger, warum sie noch bei ihrem Mann blieb. Oder vielmehr, warum sie diesen Griesgram überhaupt geheiratet hatte. Vielleicht war es so etwas wie Pflichterfüllung, das sie bei ihm hielt?

Jessen nahm den Schädel und ging zur Asservatenkammer. Hier stand der alte Tresor, in dem die Polizei von Tönnshagen – aktuell in Gestalt seiner selbst – konfiszierte Gegenstände aufbewahrte, bis sie zur weiteren Untersuchung oder späteren Vernichtung verschickt beziehungsweise den rechtmäßigen Besitzern wieder ausgehändigt wurden. Wie in dem Fall, als Jessens Vorgänger Achterndiek einen »spek-ta-ku-lären Drogenfund«, so seine Worte, im Tresor deponiert hatte, dem aufgebrachten Leiter des Kirchenchores dann aber nach drei Tagen seine Großpackung grünen Tee aus Bhutan zerknirscht wieder zurückgeben musste. Die seltsamen Pflanzen in dem kleinen Kräutergarten hinter der Kirche hatte zu dessen Glück niemand einer näheren Untersuchung unterzogen.

Bevor er den Schädel nun also in sein temporäres stählernes Zuhause verfrachtete, hob Jessen ihn noch einmal ins Licht und setzte ein feierliches Gesicht auf. Er konnte es einfach nicht lassen; mit salbungsvollem Ton schickte er ein »Ach, armer Yorick …« in den Raum und senkte theatralisch den Blick.

Damals in Chicago hatte er eine Bühneninszenierung von Shakespeares »Hamlet« im legendären Steppenwolf Theatre gesehen, die ihm sehr gefallen hatte. Die Titelrolle hatte irgendein Hollywoodstar gespielt, auf dessen Namen er nicht mehr kam. Aber am meisten hatte ihn beeindruckt, dass dieser Schauspieler gerade die berühmte Stelle mit dem »Sein oder Nichtsein« wie nebenbei, fast beiläufig ausgesprochen hatte. Das imponierte ihm bis heute, er fand ja schon immer, dass man sich selbst und auch die hohe Kunst nicht so wichtig nehmen sollte.

Er legte den Schädel vorsichtig zur Seite und verschloss den Tresor. Dann ging er hinaus und schwang sich aufs Fahrrad.

Auf dem Weg zum Dorfkrug dachte er weiter über den Schädelfund nach. Ob das eine größere Sache werden könnte? Dieser Rechtsanwalt aus der Stadt hatte ziemlichen Alarm geschlagen, und er wurde das Gefühl nicht los, dass Tönnshagen von diesem feinen Herrn Liebermann noch einiges zu erwarten hatte. Aber jetzt war Feierabend, und das dazugehörige Bier wartete schon auf ihn, in den Tiefen von Willy Thomsens Zapfanlage sozusagen.

Der Dorfkrug hieß offiziell eigentlich »Zur Linde« und lag da, wo Dorfkrüge im Allgemeinen zu liegen pflegen: gleich gegenüber der Kirche. Das war praktisch für den Frühschoppen, für Taufen, Konfirmationen, Hochzeiten und Beerdigungen. Da hatte Willys Gaststätte, denn das war der Dorfkrug im Grunde, ein Alleinstellungsmerkmal. Eigentlich sogar ein Monopol, denn ansonsten gab es in Tönnshagen nur einen Kiosk, der Zeitschriften, Schul- und Büroartikel anbot und außerdem als Postamt und Modeboutique fungierte, einen Bäcker, bei dem man auch einen Kaffee trinken konnte, aber das allenfalls tagsüber, und natürlich die Metzgerei Anger, die sehr leckere Wurstbrötchen und noch mehr im Angebot hatte, aber nur auf die Hand, wie es so schön hieß.

Bei Willy bekam man solide Hausmannskost, lecker und reichlich, und von der Auswahl her das, was in Kneipen halt so angeboten wurde. Deshalb sprach auch niemand von der »Linde« und kaum einer vom Dorfkrug, es hieß immer, man treffe sich »bei Willy«, allenfalls noch »im Krug«.

Früher hatte Willy noch selbst gekocht, sein größter Traum als junger Mann war es gewesen, Koch zu werden und in allen Küchen der Welt zu arbeiten. Als dann aber sein Vater früh einen Schlaganfall bekam, hatte Willy als Einzelkind den elterlichen Hof weitergeführt. Und heute, mit seinen einundachtzig Jahren, war ihm das Kochen zu anstrengend geworden. Irgendwie war das nicht mehr sein Ding, auch sein Geschmackssinn war nicht mehr so gut wie früher. Deshalb hatte er sich auf vorgefertigte Kost verlegt, sprich: Frikadellen aus der Plastikverpackung, Knackwürste aus der Dose und Kasseler im Kochbeutel, die er allesamt in seiner Mikrowelle heiß »schoss«, wie er es selbst gern nannte. Dass ihn der Küchenjob dennoch langsam überforderte, merkte er selbst. Es war ihm tatsächlich schon passiert, dass er die Salate, die aus dem Glas oder aus großen Plastikeimern kamen, ebenfalls warm gemacht hatte, was keinen besonderen Anklang gefunden, aber zumindest bei einem seiner Kunden zu einem echten Aha-Erlebnis geführt hatte. Seitdem bestellte der seinen Salat aus eingelegter Rote Bete, Krautsalat und Möhren immer schön heiß geschossen.

Für die meisten Gäste aber war der Dorfkrug kulinarisch völlig in Ordnung, auch für Sven-Ole Jessen, der sein Fahrrad vor der Tür abgestellt hatte und nun die schwarze Holztür öffnete. Wenn man durch den schweren Windfang in den großen Raum trat, lag der Tresen zur Linken, die rechteckigen Tische an der Fenster- und der gegenüberliegenden Wandseite aufgereiht. Direkt vis-à-vis der Tresenmitte mit der großen Zapfanlage stand der runde Stammtisch, rechter Hand führte eine hohe Flügeltür in den großen Saal, der für sämtliche Feierlichkeiten benutzt wurde und bis auf die Bestuhlung gänzlich undekoriert, sprich: kahl war. Von dort gelangte man in den ähnlich kargen Garten hinter dem Haus. Für Blumenbeete hatte Willy keinen Sinn. Kein Wunder, ihn fand man in jeder freien Minute im Rosengarten, oft auf seiner Bank sitzend. Jener Rosengarten, den er nun zum Teil an Carsten Neubauer verkauft hatte.

Jessen nickte in Richtung Stammtisch, an dem bereits die üblichen Verdächtigen saßen und Skat kloppten oder was auch immer es war, das sie taten. Jessen war kein Freund von Kartenspielen und verstand auch nichts davon. Jedenfalls wurden in Abständen Spielkarten auf den schweren Holztisch geknallt, begleitet von Aussprüchen wie »Hosen runter« oder »Durchmarsch, die Herren«. Dazu tranken die Spieler Bier aus schweren Glashumpen, die ein wenig an überdimensionale Zwergenstiefel erinnerten.

Jessen setzte sich an den Tresen, wie immer ganz rechts, und bekam sein Bier hingeschoben, noch bevor er richtig saß. Er hob das Glas und prostete Willy zu, der ihn mit einem »Moin, min Jung« begrüßt hatte, wie immer. Seit er wieder hier war, war für ihn das erste Bier umsonst, das konnte er Willy einfach nicht ausreden. Früher war es Apfelsaft gewesen, denn ein bisschen hatte er bei Willy schon immer die Position des Enkels eingenommen, den der Alte nie gehabt hatte. Willys Enkelin Bente, fünf Jahre jünger als Jessen, kam nur höchst selten zu Besuch nach Tönnshagen.

Er überlegte gerade, ob er lieber Frikadelle oder Bockwurst zum exzellenten Fertig-Pellkartoffelsalat bestellen sollte – eine Entscheidung, die meist darauf hinauslief, dass er beides nahm –, als Gesine Neubauer zur Tür hereinkam. Das passierte nicht wirklich häufig, weshalb sich alle, die im Gastraum waren, zu ihr umdrehten. Auch Willy sah sie an, allerdings keineswegs überrascht, eher erwartungsvoll. Er hatte ein kariertes Geschirrtuch über der Schulter, das er jetzt in die Hand nahm, um Gläser zu polieren.

In solchen Momenten hatte Willy immer besonders große Ähnlichkeit mit Henry Vahl, dem Großschauspieler des Hamburger Ohnsorg-Theaters, nur war Willy deutlich größer. Witzig konnte er auch sein. Aber momentan war hier niemand zu Scherzen aufgelegt.

Gesine nickte allen Anwesenden zu, die sich nach und nach wieder ihrem Kartenspiel oder ihrem Bier zuwandten, und trat an den Tresen. Sie beugte sich näher zu Willy, damit nicht jeder gleich mitbekam, was sie zu besprechen hatten. »Sag mal, Willy, was ist denn das mit dem Rosengarten?«

Willy tat unwissend. »Wieso Rosengarten?«

»Na, dein alter Rosengarten, Carsten sagt, du hast ihn unterschreiben lassen, dass er ihn in dem Zustand belässt, in dem er ihn übernommen hat. Stimmt das?«

Willy wischte mit dem Geschirrtuch an den bereits blank polierten Gläsern herum und schwieg. Dann nickte er und sah Gesine an. »Das war nich' recht.«

Mehr hatte er dem wohl nicht hinzuzufügen, denn jetzt räumte er geschäftig die Gläser weg.

Gesine sah ihm eine Weile dabei zu, dann stoppte sie ihn, indem sie die Hand auf seinen Arm legte. »Willy, *ich* habe den Garten umgegraben. Carsten hatte mir nichts von dem Vertrag und eurer Abmachung erzählt. Es tut mir leid. Carsten kann wirklich nichts dafür.«

Willy sah sie an, und man konnte so etwas wie Mitleid in seinem Gesichtsausdruck erkennen. »Es stand im Vertrag, und Vertrag is' Vertrag.«

Gesine sah hilfesuchend zu Sven-Ole Jessen, der auf seinem Stammplatz unweigerlich alles mitbekommen hatte, aber nur entschuldigend die Achseln zuckte. Da wollte er sich nicht einmischen.

Gesine versuchte es noch einmal: »Willy, ich weiß, dass das einst Esthers Rosengarten war, aber das kann doch nicht auf ewig so bleiben. Wie lange ist das jetzt her, über fünfundzwanzig Jahre? Und es war doch nur ein kleiner Teil des Grundstücks.«

Jetzt kam es doch zu einer Reaktion bei Willy. Wütend funkelte er Gesine an. »Ich hab gesagt, wenn ich dod bin, könnt ihr machen, was ihr wollt, vorher nicht!«

In diesem Moment öffnete sich die Tür, und zwei junge Männer in korrekten Anzügen, der eine mit Kamera und Aktenmäppchen unter dem Arm, betraten den Raum. Schlagartig verstummten alle Gespräche.

Willy kam hinter dem Tresen hervor. »'n Abend, die Herren. Nehmen Sie doch bitte Platz.« Er zeigte auf den Tisch am Fenster. »Ich bringe Ihnen sofort die Karte.«

Gesine sah ihn an und wollte gerade noch einmal zu einer Frage ansetzen, als Willy sie ausbremste, indem er mit dem Kopf auf die fremden Gäste deutete und ein »Nich jetzt!« zischte. Dann nahm er die Speisekarte und brachte sie den Neuankömmlingen an den Tisch. »So, hier wäre unsere Speisekarte.«

»Guten Abend«, antwortete einer der beiden, ohne überhaupt einen Blick auf die Karte zu werfen. »Wir wissen eigentlich schon, was wir haben möchten.«

Willy nahm die Karte wieder an sich. »Na, dann mal los, was darf ich bringen?«

»Wir nehmen zweimal Wiener Schnitzel, dazu zwei Viertel Grünen Veltliner, bitte gut gekühlt, und eine große Flasche San Pellegrino, bitte.« Erwartungsvoll sahen die beiden Männer Willy an.

Der blieb ganz ruhig und lächelte freundlich. »Na, dann noch mal auf Anfang. 'n Abend, die Herren. Hier wäre unsere Speisekarte«, sagte er und legte die grüne Kunststoffkarte mit dem goldenen Prägedruck wieder auf den Tisch.

Bei der nächsten Bierbestellung für die Kartenrunde kam einer der Spieler zu Willy an den Tresen, teilte ihm die Bierwünsche mit und beugte sich zu ihm herüber. »Sach mal, Willy, kennst du die komischen Vögel da?«

»Hier kann jeder essen und trinken«, gab Willy ungerührt zurück. Er machte eine Pause und sah sein Gegenüber scharf an. »Wenn er bezahlt.«

Der Bierbesteller lachte nur kurz. Dann senkte er noch einmal die Stimme. »Ich mein ja nur. Weil das …« Er wurde noch leiser. »… das sind Makler. Der eine hat Hinnerk vorhin gefragt, wann denn hier die Umgehungsstraße gebaut wird, und als Hinnerk meinte, warum er das denn wissen will, sagte er, er interessiere sich für ein oder mehrere Im-mo-bi-li-en.« Das letzte Wort betonte er bewusst deutlich und akzentuiert.

Willy sah ihn nur desinteressiert an und zapfte stumm weiter Bier für den Stammtisch.

Der Kartenspieler drehte sich achselzuckend um. Im Weggehen brummelte er verdrossen: »Wenn sie genug zahlen – meinen Hof können sie haben.«

Willy zuckte zusammen, jedoch nicht, weil er den letzten Satz gehört hatte – und das hatte er –, sondern weil er wieder diese Stiche in der Brust hatte, die ihm schon länger zu schaffen machten.

Gesine sah ihn prüfend an. »Geht's dir nicht gut, Willy?«

Willy winkte ab. »Ach was, gleich wieder vorbei. Das hab ich manchmal. Die Pumpe. Bin ja keine siebzig mehr.« Er lächelte etwas verzerrt. Dann ging er zum Tisch der Makler, die jetzt den zweiten Versuch einer Essensbestellung unternehmen wollten. Zwei alkoholfreie Bier hatten sie schon vor sich stehen. Wenigstens waren die Flaschen grün.

Gesine merkte, dass es keinen Zweck hatte, jetzt noch weiter mit Willy zu reden. Sie seufzte und wandte sich zur Tür. Im Weggehen fiel ihr etwas ein, und sie trat noch einmal zu Sven-Ole Jessen an den Tresen. »Bei uns im ›Landgarten‹ fehlt übrigens schon wieder eine Spitzhacke, und einer von den guten Spaten ist auch weg. Kannst du da nicht doch mal was machen? Wer klaut denn das immer?«

Jessen hatte gerade in seine Bockwurst gebissen, die Willy ihm mangels eindeutiger Entscheidung zusammen mit den Frikadellen hingeschoben hatte. Mit vollem Mund zuckte er noch einmal mit den Schultern, nickte eifrig dazu und brachte undeutlich etwas hervor, das man als »Schkommmorgen ma vorbei« verstehen mochte. Gesine nickte und verabschiedete sich knapp. Als Jessens Mund endlich leer war, kam deutlicher ein fast kleinlautes »Ich hab morgen eigentlich frei« hinterher. Aber da war Gesine schon gegangen.

***

Der Biohof von Carsten und Gesine Neubauer lag ein Stück außerhalb des eigentlichen Ortskerns von Tönnshagen. Diese Entfernung von der ursprünglichen Dorfgemeinschaft war durchaus symbolisch zu verstehen. Carsten Neubauer hatte den Hof vor über fünfundzwanzig Jahren von Willy Thomsen gekauft. Willy, dessen Frau damals gerade an Krebs gestorben war, hatte den Hof nicht mehr weiterführen wollen. Nur den Rosengarten, den seine Frau so liebevoll angelegt hatte, hatte er zunächst behalten. Hier verbrachte er seither nicht nur viel Zeit, auf den Garten war er auch besonders stolz, denn der hatte Tönnshagen einst den Titel »Schönstes Dorf in Norddeutschland« eingebracht und damit den Grundstein für den einsetzenden Tourismus gelegt.

Beim Verkauf des Hofes war es Willy Thomsen darauf angekommen, nicht an irgendwen zu verkaufen, sondern an jemanden, der den Hof in seinem Sinne und vor allem ökologisch betreiben würde, was Willy immer gewollt hatte, aber nie umsetzen konnte. Einen geeigneten Bewerber zu finden, war damals gar nicht so einfach gewesen, und auch deshalb hatte er sich für den eigenwilligen Carsten Neubauer entschieden. Der war auf dem Land groß geworden. Als Jüngster von vier Brüdern wohnte er mit seinen Eltern und der Familie seines Bruders Heinz rund zwanzig Kilometer von Tönnshagen entfernt auf einem Hof, der bereits in der fünften Generation geführt wurde. Er war mit Leib und Seele Landwirt, doch seine Eltern hatten den Betrieb ganz traditionell ihrem ältesten Sohn überschrieben, bei dem Carsten somit angestellt war. Allein das sorgte schon für Konflikte. Zum richtigen

Streit war es gekommen, als es um die zukünftige Ausrichtung des landwirtschaftlichen Betriebes ging. Der Bruder, ein echter norddeutscher Sturkopf, unterstrich seine Argumentation gern mit einem Schlag auf den Tisch und dem Satz: »Das haben wir schon immer so gemacht, und so machen wir es weiter.«

Willy Thomsens Angebot war für Carsten Neubauer wie gerufen gekommen. Sie wurden sich über den Kaufpreis einig, und Carsten bat seinen Vater um finanzielle Unterstützung. Und auch wenn der einen Biohof für eine fixe Idee hielt, erklärte er sich doch bereit, seinem Jüngsten zu helfen.

Mysteriöserweise war es dann aber auf dem elterlichen Hof zu einem Brand gekommen, bei dem der alte Geräteschuppen und ein Teil des Heuschobers ausbrannten. Das Geld, das Carsten Neubauer eigentlich für seine Existenzgründung hatte erhalten sollen, floss nun erst einmal in den Wiederaufbau des Familienanwesens. Carsten war sich sicher, dass Heinz den Brand gelegt hatte, um ihm eins auszuwischen. Er musste als Folge daraus den teureren Bankkredit aufstocken und sprach seit diesem Tag kein einziges Wort mehr mit seinem Bruder.

Doch Carsten Neubauer war ehrgeizig und sehr diszipliniert, und so hatte er es tatsächlich geschafft, seine Schulden in kürzester Zeit abzubezahlen. Der Preis, den er dafür zahlte, war allerdings hoch: Er verbitterte geradezu. Er zog eigensinnig Aktionen durch und brach überflüssige Fehden vom Zaun, um seine Ziele zu erreichen, manchmal sogar im wörtlichen Sinne. Hin und wieder hatte es gar den Anschein, als sei er darauf aus, das gesamte Dorf systematisch gegen sich aufzubringen. Wobei er durchaus erfolgreich war.

Carsten Neubauer störte das nicht, er war der Ansicht, dass er keinen anderen Menschen brauchte, er würde schon allein klarkommen. Konzepte wie Nachbarschaftshilfe oder Solidarität waren ihm suspekt, denn warum sollte er jemandem helfen, wenn er davon nichts hatte? So hatte sich in Tönnshagen bald niemand mehr darüber gewundert, wenn mal wieder ein Knecht bei Neubauer kündigte oder ihm die Freundin weglief, was beides schon öfter passiert war.

So hatte er seine Frau denn auch aus ähnlich praktischen

Erwägungen heraus gewählt. Gesine Lappöhn hatte als Hauswirtschafterin bei ihm angefangen, als er auf die Idee mit den Ferienwohnungen gekommen war. Der Hof allein warf nicht genug ab, zumal Carsten schon früh auf Biozertifizierung gesetzt hatte, wodurch gar keine großen Gewinnmargen möglich waren, zumindest damals nicht. Inzwischen setzte zwar alles auf Bio, aber heute bot es auch fast jeder an. Manche klebten die kreativ gestalteten Öko- und Biosiegel auch einfach auf Obst und Gemüse, das wer weiß woher kam. Dafür war Carsten nicht zu haben, in der Beziehung war er eine ehrliche Haut. Aber durchaus auf seinen Vorteil bedacht.

Die Ferienwohnungen brachten nach anfänglicher Investition gutes Geld, aber man brauchte auch jemanden, der sich um die Zimmer kümmerte, sie sauber machte, Reparaturen ausführte und einfach Ansprechpartner war. Nachdem Gesine sich in dieser Hinsicht bewährt hatte und man sich außerdem allmählich nähergekommen war, war es für Carsten auf eine einfache Rechnung hinausgelaufen: Wenn er Gesine heiratete, konnte er sie von der Lohnliste streichen. Natürlich hätte er das nie offen zugegeben, aber es war auch so unverkennbar, dass sein Verhalten ihr gegenüber eher an einen Chef erinnerte, der seine Angestellte instruierte, als an einen liebenden Ehemann. An einen nicht eben freundlichen Chef. Und das auch und gerade bei ihrem sogenannten »Landgarten«. Für so eine in seinen Augen »fixe« Idee hätte Neubauer ihr nie freiwillig Land überlassen.

Gesine hatte von solchen Projekten gelesen, die es in Großstädten wie Köln, Berlin und Hamburg gab. Nachdem sie noch dazu einen Fernsehbericht gesehen hatte, der junge Leute mit ihren Hochbeeten über den Dächern von New York zeigte, war sie die Sache nicht mehr losgeworden. Den später hinzugekauften Rosengarten, der an das Grundstück mit den jetzt zu Ferienwohnungen umgebauten Stallungen angrenzte, befand sie für nahezu ideal, um ein vergleichbares Projekt auf die Beine zu stellen. Sie konnte erst einmal nur einen Teil umgestalten und bepflanzen, und je nachdem, wie die Idee ankam, ließe sich die Fläche dann erweitern. Dass sie ihren Plan in die Tat umgesetzt hatte, als Carsten für eine Woche auf einer Landwirtschaftsmesse gewesen war, würde selbst sie nicht als Zufall bezeichnen. Im Gegenteil. Gut gelaunt und tatkräftig hatte sie sich auf den Traktor geschwungen und voller Elan das Stück Feld umgepflügt, von dem sie vorher alle widerspenstigen alten Rosenbüsche entfernt hatte, die ohnehin nicht mehr viel hermachten.

Als Carsten zurückgekommen war und die »Bescherung«, wie er es nannte, entdeckt hatte, war er erwartungsgemäß aus allen Wolken gefallen. Etwas heftiger allerdings als von Gesine beabsichtigt. »Sag mal, was erlaubst du dir eigentlich? Das ist ja wirklich die Höhe! Was nimmst du dir raus?«, hatte er wüst gezetert und geschimpft.

Gesine hatte kein Wort verstanden. »Was ist denn los? Ich hab doch nur ein Stück Land umgegraben, mit dem wir sowieso nichts angefangen haben. Es ist doch gar nichts passiert.«

Carsten Neubauer jedoch war nicht zu beruhigen gewesen. »Nichts passiert? Du haust mal eben einfach alles weg, hinter meinem Rücken? Ohne mich vorher zu fragen? Und behauptest dann, es sei doch nichts passiert?« Wütend war er zum Geräteschuppen geschritten, im Gehen ordentlich weiterzeternd. Ein mürrisches »Pflügt die das einfach um« und »Die glaubt wohl, sie darf alles« waren noch milde Kommentare.

Damals hatte Gesine den Eindruck gehabt, dass es ihm im Grunde nur darum gegangen war, dass sie ihn nicht vorher gefragt hatte. Von Willy Thomsen, dem Vertrag und ihrer ganz besonderen Absprache hatte er jedenfalls nichts gesagt. Und auch nicht wieder davon angefangen, nachdem er sich erst einmal beruhigt und die wirtschaftlichen Vorteile ihrer Idee erkannt hatte. Doch jetzt war ein Schädel gefunden worden, ausgerechnet auf diesem Ackerstück. Gesine konnte sich darauf einfach keinen Reim machen. Sie hoffte sehr, dass Sven-Ole Jessen sein Versprechen halten und morgen bei ihr im »Landgarten« vorbeischauen würde. Die verschwundenen Werkzeuge waren ihr gar nicht so wichtig, auch wenn es natürlich ärgerlich war. Sie wusste nicht, was sie davon halten sollte. Die Leute, die zum Gärtnern extra aus der Stadt hierherkamen, hatten es sicherlich nicht nötig, sich bei ihren Spaten und Hacken zu bedienen. Jedenfalls nicht, wenn man sich die panzergroßen

Geländewagen ansah, in denen sie beinahe ausschließlich angefahren kamen.

Morgen, am Sonntag, würden sie alle wieder da sein. Hoffentlich auch Jessen, an seinem dienstfreien Tag.

drei

Auf Sven-Ole Jessen war Verlass. Wenn er versprach, vorbeizukommen, dann kam er vorbei, auch am Sonntag. Schließlich ging es ja um Tönnshagen, seine Heimat. Was allerdings nicht bedeutete, dass er auf sein sonntägliches Ritual verzichtete: ein ausgiebiges und reichliches Frühstück, bei dem er intensiv Zeitung las und dazu Musik hörte.

Für die Musik nutzte er einen dieser Internet-Streamingdienste, die für wenig Geld im Monat nahezu unbegrenzten Zugriff auf unvorstellbare Mengen von Songs gewährten. Man konnte dabei eine musikalische Stilrichtung vorgeben, dann hörte man endlos Musik dieses Genres. Sven-Ole war genügsam. Hauptsache, keine deutschen Texte, keine Klassik, kein Heavy Metal oder Free Jazz und vor allem: kein Gequatsche. Der Rest war ihm »ziemlich wumpe«, wie er es gern ausdrückte.

Ähnlich war es bei der Lektüre. Die überregionalen Zeitungen las er gern altmodisch in Papierform, hatte aber für alle Fälle und tiefer gehende Recherchen immer seinen kleinen Tabletcomputer auf dem Tisch liegen. Manchmal konnte er sich ganz schön verlieren in den Tiefen des World Wide Web. So holte er sich die große weite Welt ins kleine Tönnshagen, das er so ungern verließ.

Sonntags gab es bei Sven-Ole Jessen immer frische Brötchen und ein Frühstücksei, das er im Stall gleich nebenan bei seinem Nachbarn bekam. Am liebsten eines von Henne Struppi, wie er das besonders prächtige, schwarz-weiß gefiederte Huhn nannte, seit sein Nachbar ihm verraten hatte, dass die lustig zerzaust aussehenden Tiere zur Rasse der Strupphühner gehörten. Das gefiel ihm auch deshalb, weil er als Kind sehr gern die Comics um die Abenteuer von Tim und Struppi gelesen hatte – und nicht nur als Kind; manchmal tat er das heute noch.

Während des Frühstücks und noch auf dem Weg zu Gesines »Landgarten« beschäftigte ihn ein längerer Artikel, den er gerade gelesen hatte, in dem es um die Preise von Eiern ging. Er hätte gar nicht sagen können, was ein Ei kostete; er rechnete mit seinem

Nachbarn nur alle paar Wochen, manchmal auch erst nach ein oder anderthalb Monaten ab, und dann ging es nicht allein um Eier, sondern auch um das Gemüse und die Marmeladen, die er von ihm bezog. Aber er wusste, dass er jedenfalls nicht unter zehn Cent für ein Ei bezahlte. Um solche Preise war es aber gegangen, denn die wurden den Lieferanten von einigen großen Discounterketten, die meist nur vier Buchstaben im Namen trugen, entsprechend diktiert. Da hieß es dann von einem Tag auf den anderen, dass für Eier nur noch soundso viel bezahlt werde, keine Diskussion, friss oder stirb. Und es gab nicht wenige Betriebe, die mitzogen, ja, mitziehen *mussten*, obwohl sie bei solchen Preisen sogar draufzahlten.

Unfassbar, dachte Jessen, als er auf das Gelände des Neubauer-Hofes einbog.

Er lehnte sein klappriges Fahrrad, auch das übrigens ein Überbleibsel aus der Zeit seines Dienstvorgängers Achterndiek, vorsichtig an die niedrige Mauer neben dem großen grasgrünen John-Deere-Traktor und trat ein paar Schritte zurück. Durchaus ein bisschen bewundernd betrachtete Jessen das Monstrum. Es glänzte ziemlich neu und war Carsten Neubauers ganzer Stolz. Es war ja sonst oft kaum etwas aus ihm herauszukriegen, wenn er mal in den Dorfkrug kam, seit er aber den neuen Traktor hatte, war er geradezu redselig. Jedenfalls beim Thema Traktoren.

Jessen ging auf das Haupthaus zu. Ein Stück dahinter war der ehemalige Scheunentrakt zu sehen, in dem sich die Ferienwohnungen befanden. Daran schloss sich direkt Willy Thomsens geliebter Rosengarten an – das heißt das, was davon noch übrig war. Und das war gar nicht mal wenig. Gesine hatte nur etwa ein Drittel der Fläche zu Ackerland umgepflügt.

Wenn es hier etwas gab, dann war es Platz, und das war auch gut so, denn zum Parken ihrer PS-starken Autos beanspruchten die Gartenpächter etliche Stellflächen, die sich bei Regen allerdings sehr schnell in eine einzige Matschkuhle verwandelten. Aber bei Regen kam ja auch niemand aus der Stadt zum Gärtnern aufs Land. Niemand bis auf die »Hardcore-Buddler«, wie Gesine die Unermüdlichen manchmal nannte.

Gesine Neubauer sprach nie abfällig über ihre Kundschaft,

das war nicht ihr Stil. Aber neulich hatte sie, schon leicht angeschickert, beim Bier neben ihm gesessen und lustige Geschichten von dem gärtnernden Stadtvolk erzählt. Dass manche zwar nicht unbedingt mit der Nagelschere, wohl aber mit Zentimetermaß und Wasserwaage zugange waren, um Hege und haargenaue Ausrichtung ihrer Parzellen zu gewährleisten. Andere ließen systematisch einfach alles wachsen, auch jedes Unkraut, weil »auf Gottes Erde«, wie es dann gern hieß, jedes Wesen, und das schloss Pflanzen jeder Art mit ein, ein Recht auf Leben habe. Beschwerden über schlechte Ernten gab es von diesen Kandidaten aber offenbar genauso wie von den herkömmlichen Gärtnern.

Jessen kam gerade nicht auf die Begriffe, die Gesine ihm genannt hatte, um die unterschiedlichen Charaktere zu verdeutlichen – fast konnte man sagen: zu katalogisieren –, da müsste er sie in einer stillen Stunde noch einmal fragen. Sie hatten jedenfalls sehr gut gepasst.

Aus der Ferne sah Jessen, dass die Parzellen gut besucht waren. Klar, der Sonntag war Familiengroßkampftag, und es war ja schon Nachmittag.

In diesem Moment trat Gesine aus dem Haus, gefolgt von Carsten, dem man die schlechte Laune von Weitem ansah. Gesine dagegen winkte ihm fröhlich zu, offenbar ehrlich erfreut, dass er Wort gehalten hatte.

Sie kam näher und drückte ihm fest die Hand. »Moin, Sven-Ole, das ist ja schön. Magst 'nen Kaffee?«

Jessen zögerte einen kurzen Moment, schüttelte dann aber den Kopf. »Nee, lass mal, ich hatte schon.« Ihm fiel Gesines Backkunst ein, die je nach Ernte zu phantastischen Obstkuchen führte, mindestens aber zu ihrem legendären Streuselkuchen. Schnell machte er eine unentschiedene Handbewegung und fügte lächelnd hinzu: »Also *jetzt* eher nicht …« Den Satz ließ er so offen ausklingen, wie es nur möglich war.

Gesine verstand sofort. »Gut, aber nachher musst du noch meine Himbeertarte probieren. Neues Rezept.« Sie zwinkerte ihm zu. »Passt prima zum Kaffee.«

Jessen strahlte – Gesines Rezepte überzeugten ihn immer, ob neu oder alt –, bis er in Carstens finstere Miene blickte.

Neubauer, der ihn selbstredend überhaupt nicht begrüßt hatte, betrachtete ihn mit höhnischem Gesichtsausdruck und vergrub die Hände tief in den Taschen seiner Latzhose. »Ja, so ist sie, unsere Polizei, kommt völlig selbstlos am Sonntag zu Kaffee und Kuchen vorbei«, raunzte er. »Nennt sich Überstunden, was?« Er hob warnend den Zeigefinger und fixierte Jessen. »Ich zahle die jedenfalls nicht.« Er machte eine Kunstpause.

Jessen ahnte schon, was jetzt kam, das hatte Neubauer nämlich regelrecht einstudiert.

»Ach, Moment – tu ich ja doch«, ergänzte der mit gespielter Überraschung. »Ich zahl ja dein Gehalt, mit meinen sauer verdienten Steuern!«

Jessen reagierte gar nicht, er lächelte ihn nur freundlich an. Bei Leuten wie Carsten Neubauer, das wusste er nur zu gut, waren die Steuern immer sauer verdient, weil sie der Ansicht waren, die Einzigen in diesem Land zu sein, die überhaupt richtig arbeiteten. Alle anderen machten sich nach Neubauers Meinung einen schönen Lenz, und zwar auf seine Kosten. Jessen konnte es nicht mehr hören.

Gesine schaltete sich ein und schob sich vor Jessen. »Carsten, wolltest du nicht noch nach den neuen Setzlingen sehen? Nicht dass die Pächter sich da schon bedient haben.«

Carsten Neubauer schnaubte verächtlich, vermutlich um zu zeigen, dass er die Mieter im »Landgarten« noch viel mehr verachtete als Steuern und/oder Polizisten. Dann machte er kehrt und stapfte in Richtung Gewächshaus davon.

Gesine wandte sich wieder Sven-Ole zu. »Wollen wir zur Fundstelle gehen? Dann kannst du dir ja noch mal ein Bild machen. Und danach zeig ich dir, wo die Werkzeuge verschwunden sind.«

Sie hörten, wie Carsten im Weggehen missmutig so etwas wie »Die klauen doch alles, was nicht niet- und nagelfest ist, dieses Pack aus der Stadt!« vor sich hin grummelte.

»Da darfst du gar nicht drauf achten«, meinte Gesine halblaut und schob Jessen sanft vor sich her. Weiter ging sie nicht auf das Verhalten ihres Mannes ein.

Sie passierten die umgebaute Scheune mit den Ferienwohnungen. Den Umbau hatte Neubauer sich etwas kosten lassen und auch selbst tatkräftig mit angepackt. Dass die fertigen Wohnungen aber nicht nur solide gebaut, sondern auch gemütlich, geschmackssicher und vor allem liebevoll eingerichtet waren, war allein Gesine zu verdanken. Anfangs hatte Carsten die Wohnungen mit einem Mix aus ausrangierten Möbeln und dem neuesten Chic des preiswertesten Möbelhauses der Region ausgestattet. Er hatte alles ziemlich lieblos in die neu abgeteilten Wohnungen gerammt, die Miete kassiert, und gut war's für ihn. Als Gesine dann die Verwaltung der Ferienwohnungen übernahm, hatte sie nach und nach begonnen, die Wohnungen neu einzurichten. Dazu hatte sie schöne alte Möbel von irgendwelchen staubigen Speichern und aus schmutzigen Kellern der Umgebung zusammengesammelt. Auch die Aufarbeitung der alten Teile hatte sie selbst besorgt, denn so etwas machte ihr einfach Spaß. Sie mochte es, wenn alte Sachen noch einen Sinn und Zweck fanden und man für alte Küchentische, die beinahe auf dem Sperrmüll gelandet wären, später Komplimente und manchmal sogar nicht unbeträchtliche Kaufangebote bekam.

Seit die Wohnungen Gesines Handschrift trugen, machte Sven-Ole Jessen bei seinen weit verstreut lebenden Kollegen und Freunden eifrig und recht erfolgreich Werbung dafür. Sogar eine seiner ehemaligen Ausbilderinnen aus Chicago hatte schon eine Wohnung bei Gesine gemietet, als sie für eine Vortragsreihe nach Hamburg gekommen war und noch ein paar Tage drangehängt hatte. »Gorgeous, just gorgeous« waren beinahe die einzigen Worte, die ihr während des ganzen Aufenthalts über die Lippen gekommen waren. Den Kommentar hatte sie dann auch im virtuellen Gästebuch auf Gesines Homepage hinterlassen, gleich unter dem »Hyggelig as hyggelig can« eines begeisterten dänischen Pärchens und dem »Mooi, heel heel mooi« einer holländischen Kleinfamilie.

Sie kamen an die Stelle, an der gestern der Schädel gefunden worden war. Das Absperrband, das Sven-Ole Jessen eigenhändig angebracht hatte, flatterte etwas traurig im Wind. Carsten Neubauer hatte ihm am Vormittag noch vier rostige Eisenstangen hingeknallt, um damit das Areal richtig einzuzäunen. Die

Parzellen zur Rechten und zur Linken waren heute gut besetzt. Alles »ackert« fleißig vor sich hin, dachte Jessen in einem Anflug von Albernheit. Das Ehepaar Liebermann war aber nicht da, wie er erleichtert feststellte.

Jessen ging in die Hocke und sah sich die Kuhle genauer an. Es war ein größeres Loch, nicht allzu tief, gerade so, dass man den Schädel aus dem Erdreich ziehen konnte. Liebermanns Frau hatte Bohnenstangen setzen wollen und war beim Graben auf Widerstand gestoßen; ein Stein, wie sie glaubte. Den hatte sie ausgraben wollen und die Erde rundherum ausgehoben. Er würde sie dazu noch einmal genauer befragen müssen, denn wenn sie den Schädel mit ihrer Hacke oder ihrem Spaten beschädigt hatte, was nur naheliegend war, sollte er die Kriminaltechnik am besten gleich darauf hinweisen, damit die Kollegen das bei ihren Untersuchungen berücksichtigen konnten. Jessen glaubte eigentlich nicht an ein Verbrechen oder etwas Ähnliches. Wahrscheinlich war hier früher mal ein Friedhof gewesen, das hörte man doch immer wieder, dass Begräbnisstätten quasi überlaufen waren und auf andere Orte ausgewichen werden musste, vor dem einen Krieg und nach dem anderen oder so. Er müsste am besten mal im Dorf rumfragen, ob sich vielleicht noch jemand erinnern konnte. Oder nach alten Karten und Lageplänen suchen, da war so etwas bestimmt eingezeichnet.

Er kam aus der Hocke wieder hoch – etwas zu schnell, wie er gleich merkte, denn ihm wurde kurz schwarz vor Augen. Sogleich war Gesine neben ihm und ergriff seinen Arm. »Was ist denn mit dir los, geht's dir nicht gut?«

Jessen schüttelte den Kopf. »Zu schnell aufgestanden. Hatte ich schon als Kind.«

»Na dann. Aber ich glaube, ein Kaffee würde dir jetzt doch ganz guttun.« Sie blickte auf das Loch im Feld und die provisorische Absperrung. »Meinst du, das muss noch lange so bleiben? Der Liebermann taucht bestimmt bald wieder auf und will seinen Garten weiternutzen – und leichenfreies Gemüse ernten.«

Jessen winkte ab. »Dem hast du doch erst mal genug mitgegeben. Wahrscheinlich verklagt der euch eher.«

Gesine sah ihn erschrocken an.

Ebenso erschrocken über ihren Gesichtsausdruck tätschelte Jessen beruhigend ihren Arm. »Nein, muss ja nicht, ich dachte nur. Ist so'n Typ.« Er blickte auf das Ackerloch und zeigte in die Mitte. »Da lag der Schädel. Ob da noch mehr ist?« Er sprach mehr zu sich selbst, und Gesine unterbrach ihn nicht. Neugierig sah er sie an. »Hast du hier beim Umgraben schon mal was gefunden?«

Gesine schüttelte energisch den Kopf. »Nix. Steine hab ich gefunden, wie auf jedem Acker. Ansonsten war bloß alles voller Wurzelwerk von den Rosensträuchern. Ganz schön biestig, die alten Dinger, das kannst du mir glauben.«

Jessen seufzte und trat gegen einen Stein, der prompt in die Kuhle rollte und genau in der Mitte liegen blieb. Er grinste. »Wenn dieser Liebermann wüsste, dass ich den Fundort verändert habe … beziehungsweise den Tatort, wie er es sicher nennt.« Sein Grinsen wurde noch breiter, und er wandte sich ab. »Gehen wir Kaffee trinken«, sagte er zu Gesine. »Wenn hier wirklich jemand begraben ist, liegt er auch morgen noch da.« Er lachte kurz. »Oder sie: Dornröschen!«

Als Jessen sich nach mehreren Tassen Kaffee und einem Stück mächtiger Himbeertarte wieder auf den Weg nach Hause machen wollte, hatte er gar nicht bemerkt, wie spät es geworden war. Entspannt schlenderte er zu seinem Fahrrad.

Gesine war wirklich eine nette Frau; er wunderte sich immer wieder, wie sie es mit Carsten Neubauer aushielt. Jessen wusste, dass Gesines Leben von vielen Schicksalsschlägen geprägt war. Einmal, bei den Vorbereitungen für das alljährliche Kinderfest der freiwilligen Feuerwehr, hatte sie ihm davon erzählt. Aufgewachsen war sie bei ihrer Großmutter, nachdem ihre Eltern bei einem Autounfall ums Leben gekommen waren. Die Oma war jedoch schwer krank, und so bestand ihre Kindheit zum großen Teil aus Rücksichtnahme. Als Gesine gerade sechzehn Jahre alt geworden war, starb auch die Großmutter. Folglich war sie bis zu ihrer Volljährigkeit in ein Heim gekommen, in dem sie schnell lernte, dass es besser war, sich anzupassen. Jessen dachte manchmal, dass man Gesine wachrütteln und sie ermutigen müsse, sich durchzusetzen. Das war etwas, was sie in ihrem Leben nie gelernt hatte.

Er mochte sie wirklich und war geradezu stolz auf sie gewesen, als er erfahren hatte, dass sie einfach mit dem Pflug durch den Rosengarten gefahren war und einen Teil des Gartens zu Gemüseparzellen umgestaltet hatte.

Gedankenversunken ging er nun zu genau diesem Stück Land, um die Absperrung der Fundstelle noch einmal zu prüfen. Da sah er einen Schatten. Irgendjemand war auf der Parzelle der Liebermanns zugange und holte dort ganz offensichtlich gerade etwas aus der Erde. Jessen blieb im Schutz der Buchenhecke stehen und beobachtete das Geschehen eine Weile aus der Entfernung.

Als die Person sich aufrichtete, erkannte Jessen Carsten Neubauer. Eilig trat er näher.

»Na, Carsten, grad noch was säen?«

Neubauer zuckte zusammen und ließ etwas hinter seinem Rücken verschwinden. Er sah Jessen wütend an und ging sogleich zum Angriff über: »Oh, der Herr Dorfpolizist. Hatten Sie einen schönen Nachmittag mit meiner Frau, meinem Kaffee und meinem Kuchen?« Er grinste verächtlich und hob kurz und ruckartig das Kinn, um mit der Bewegung seinen Sarkasmus zu unterstreichen. »Und was soll das hier werden?« Er machte eine unbestimmte Bewegung in Richtung der Buchenhecke, hinter der Jessen hervorgetreten war. »Willst du mir etwa auflauern, oder was?« Jetzt sah er ihm direkt ins Gesicht. Dabei versuchte er möglichst unauffällig, den Gegenstand hinter seinem Rücken in die Gesäßtasche seiner Jeans zu stecken, was ihm aber misslang.

Jessen musste fast lachen ob der Plumpheit seiner Bemühungen, was Neubauer nur noch wütender machte. »Was ist denn so lustig?«

»Gar nichts.« Jessen wurde wieder ernst. »Was hast du da?«

»Nichts«, antwortete Neubauer ein wenig zu schnell und ein wenig zu schroff. Er versuchte, seinen Fund zwischen zwei Reihen Kohlrabi fallen zu lassen, verschätzte sich aber und warf es direkt hinter sich. Ein Stück Knochen. Und nicht gerade ein kleines.

Jessen ging auf Neubauer zu, der sich nun bückte und das Knochenstück wieder aufhob. Als er sich aufrichtete, konnte Jessen die Röte in seinem Gesicht erkennen.

»Das nennst du nichts?«, fragte er und streckte fordernd die Hand aus. Neubauer verstand und reichte ihm das Knochenstück.

»Ja, das nenne ich nichts, weil es nicht mehr ist als ein altes, verschissenes Stück Knochen. Ich wollte es einfach vom Feld nehmen, weil hier sonst nur noch mehr Leute durchdrehen. Mir reicht schon die Geschichte mit diesem anderen Fritzen da, dem …« Er fuchtelte mit dem Arm in der Luft herum, in der Hoffnung, dass ihm dadurch der Name des Rechtsanwaltes wieder einfallen würde.

»Liebermann«, antwortete Jessen ruhig.

»Ja genau, diesem Liebermann. Wenn der *den* sieht«, er zeigte auf den Knochen in Jessens Hand, »kann ich hier einpacken für den Rest der Saison. Mindestens. Dem traue ich zu, dass der hier alles umpflügen lässt!«

»Wenn's angebracht ist.« Jessen betrachtete das Knochenstück in seiner Hand und stellte fest, dass er nicht mit hundertprozentiger Sicherheit sagen konnte, ob der Knochen zu einem menschlichen oder zu einem tierischen Skelett gehörte.

»Genau das meine ich.« Neubauer zeigte anklagend mit dem Finger auf Jessen. Man merkte, dass er am liebsten losgebrüllt hätte und sehr bemüht war, die Fassung zu bewahren. »Nur weil irgendein Köter vor Monaten vielleicht mal einen Knochen auf der Parzelle verbuddelt hat, werden jetzt alle hysterisch. Ich verdiene mein Geld mit diesem Land, Jessen. Die Leute kommen her, weil sie hier Ferien machen wollen«, er zeigte mit ausladender Geste auf das Gebäude mit den Wohnungen, »oder weil sie in gesunder Natur ihr Gemüse anbauen wollen. Das lass ich mir doch von einer dahergelaufenen Töle, die zufälligerweise genau hier was vergraben hat, nicht kaputt machen! Was glaubst du denn, was das hier ist, ein Friedhof? Oder ein Tatort?«

Jessen besaß die seltene Eigenschaft, immer ruhiger zu werden, wenn sein Gegenüber vor Wut zu platzen drohte. »Carsten, mit deinem Verhalten machst du doch aber alles nur noch viel schlimmer. Denn wenn das hier«, er hielt Neubauer das Knochenstück vor die Nase, »zufällig mit dem Schädel in Verbindung steht, ist es meine Pflicht, das zu untersuchen. Und das Fundstück zurückzuhalten, ist Behinderung der Justiz. Wir müssen uns doch sowieso fragen, wie Schädel und Knochen da in den Acker gekommen sind und zu wem sie gehören. Ich muss die Sachen also so oder so morgen nach Hamburg schicken und untersuchen lassen.«

»Wenn du dich unbedingt lächerlich machen willst, dann schick den Suppenknochen da ruhig ein.« Neubauer lachte höhnisch und schnappte sich mit einem kurzen Ruck das Knochenstück. »Du guckst zu viel Fernsehen, das ist hier nicht die Bronx, wir sind in Tönnshagen. Nichts für ungut, Herr Wachtmeister, aber die Kollegen in Hamburg werden dich schön hochleben lassen, wenn du denen einen alten Soldatenschädel schickst, zusammen mit Lumpis eiserner Knochenreserve.« Er machte eine klitzekleine Kunstpause. »Sven-Ole.«

Mit schiefem Grinsen sah Neubauer Jessen an und schleuderte schon im nächsten Moment den Knochen mit Schwung über seine Schulter hinter den Geräteschuppen.

Man hörte ein diffuses Scheppern.

»Denn man zu, und viel Spaß beim Suchen. Ich geh dann mal. Tschüss und schöne Grüße nach Hamburg.« Neubauer stapfte an ihm vorbei und ging ins Haus.

Jessen war einen Moment lang baff, fand aber schnell wieder zu seiner inneren Ruhe zurück. Sollte er sich jetzt wie ein Hofhund auf die Suche nach einem alten Knochen machen, der wahrscheinlich wirklich einem Hund gehört hatte? Was, wenn Neubauer recht hatte? Man musste sich ja nicht unnötig Arbeit machen, und der Knochen lief ihm auch nicht weg.

Er ging also zu seinem Fahrrad und machte sich auf den Heimweg.

***

Am nächsten Morgen wachte Jessen zu spät auf und fühlte sich wie gerädert. Er hatte schlecht geschlafen, und er hatte geträumt: von Kollegen, lachenden Kriminalisten, die alle mit dem Finger auf ihn zeigten und sich die Tränen aus den Augen wischten: ein Suppenknochen! Ganz großes Kino! So stark konnte der Morgenkaffee gar nicht sein, dass er das einfach abschüttelte.

Und als er das Revier betrat, leuchtete ihm der Schädel schon von Weitem entgegen, jedenfalls hatte er den Eindruck.

Er überlegte gerade, wie er das Fundstück ordnungsgemäß und sachgerecht verpacken sollte, als sein Alarm losging. Die Zentrale meldete einen Verkehrsunfall auf der Bundesstraße Richtung Tönnshagen auf Höhe der Eisenbahnbrücke. Rettungskräfte und Einsatzwagen seien unterwegs, aber er wäre der Unfallstelle am nächsten, und eine Vollsperrung sei dringend erforderlich. Jessen griff nach seiner Jacke und sprintete los. Solche Einsätze hasste er. Man wusste nie, was einen erwartete – und er hatte schon viele Verkehrsunfälle, Verletzte und Tote gesehen.

Das Bild, das sich ihm am Unfallort bot, war grauenvoll. Der große Claas-Mähdrescher war eigentlich nur noch für den Fachmann als solcher zu erkennen. Das riesige Gefährt stand, dicht an den Brückenpfeiler gedrückt, quer zur Straße, umringt von Blech, Glas und diversen anderen Teilen, bei denen man gar nicht genau sagen konnte, wozu sie eigentlich gehörten. Das gesamte Schneidwerk, bestehend aus Haspel, Messerbalken und Einzugsschnecke, war abgerissen und bildete mit dem Unfallwagen eine einzige Blecheinheit, die jetzt unter der Brücke klemmte. Der Wagen, ein Kombi, wie Jessen an der rückwärtigen Tür erkennen konnte, musste mit hohem Tempo in die Landmaschine hineingerast sein, das konnte man schon jetzt mit Bestimmtheit sagen.

Jessen spürte beim Anblick des goldfarbenen Blechknäuels, dass ihm leicht übel wurde. In Tönnshagen und Umgebung fuhr seines Wissens nur ein Mann einen goldenen Kombi, einen etwas betagten, aber durchaus flotten Mercedes: Heinrich Lüders. Und der war jetzt anscheinend in den Mähdrescher gebrettert, ungebremst. Zumindest gab es keinerlei Bremsspuren auf dem Asphalt. Explodiert war der Wagen nicht, so was passierte nur im Fernsehen oder beim Film. Ungebremst, dachte Jessen, als er aus seinem Dienstwagen sprang. Hat man da überhaupt noch eine Chance zu überleben?

Zeitgleich mit ihm kam der Notarzt am Unfallort an, der die Situation sofort richtig einschätzte und den Rettungshubschrauber Libelle 2 anforderte. Gemeinsam mit der kurz darauf eintreffenden Feuerwehr machte er sich daran, die Verunfallten zu bergen, während Jessen und seine ebenfalls herbeigeeilten Kollegen alles weiträumig absperrten.

Der Fahrer des goldfarbenen Kombis war schwer verletzt und nicht mehr bei Bewusstsein, konnte jedoch wie durch ein Wunder problemlos aus dem Wagen geborgen werden. Jessen konnte aus der Ferne nicht sagen, ob es sich tatsächlich um Heinrich Lüders handelte, und hoffte inständig, dass er sich irrte. Der Fahrer des Mähdreschers, ein aus dem Nachbarort stammender Bauer, den Jessen kannte, wenn auch nicht näher, hatte großes Glück gehabt. Das Auto war direkt unterhalb der Fahrerkabine mit dem Mähdrescher kollidiert und hatte dabei den vorderen Teil des Gefährts abgetrennt, den Fahrer aber verfehlt. Dafür hatte sich die Fahrerkabine bei dem Aufprall verzogen und musste von der Feuerwehr mit schwerem Gerät geöffnet werden. Der Fahrer stand unter Schock und stammelte immer nur: »Bremsen, der muss bremsen …«

Der Notarzt hatte mit dem schwer verletzten Fahrer des Kombis unterdessen alle Hände voll zu tun und drehte sich erleichtert um, als er den herannahenden Rettungshubschrauber hörte. Die Besatzung der Libelle 2 sprang heraus und lief in gebückter Haltung, mit Rettungskoffern in der Hand, unter den Rotorblättern hindurch zur Unfallstelle. Während der Fahrer des Mähdreschers bald darauf in den Krankenwagen geschoben und mit Blaulicht abtransportiert werden konnte, versuchten die Ärzte weiterhin, das Leben des Mannes zu retten, den Jessen für Heinrich Lüders hielt. Als sie ihn für den Transport ausreichend stabilisiert hatten, wurde er vorsichtig auf eine Trage gelegt und zum Hubschrauber gebracht.

Jessen machte es bei allem Unglück immer auch ein bisschen stolz zu sehen, wie schnell und professionell solche Rettungsaktionen mit den Ärzten und den Kollegen der Feuerwehr durchgeführt werden konnten. Auch hier hatte sich wieder mal gezeigt, wie gut alles ineinandergriff. Seit seinem Eintreffen am Unfallort waren gerade mal fünfundvierzig Minuten vergangen, und beide Unfallopfer waren bereits auf dem Weg in die Klinik.

Die Verletzten waren versorgt, nun musste man sich um die

Unfallstelle kümmern. Jessen besprach sich mit den anwesenden Kollegen. Während eine Gruppe weiter dafür sorgte, dass die Autos, die vor der Absperrung standen, umdrehten, und eine Umleitung einrichtete, rief Jessen bei der Straßenmeisterei an und informierte sie über die Schäden an der Brücke. Er erfuhr, dass der Gutachter sofort losgeschickt werden würde und er bis zu dessen Eintreffen sowohl Straße als auch Brücke sperren sollte.

Ein Polizeikollege kam auf Jessen zu und bestätigte, was dieser die ganze Zeit über befürchtet hatte: »Hör ma, Jessen, die Halteranfrage, die ich gerade gemacht habe, hat ergeben, dass der Fahrer des Pkw aus Tönnshagen kommt, ein Heinrich Lüders. Das ist ja dein Revier, nicht? Dann überlass ich es am besten dir, die Angehörigen zu informieren. Sie haben ihn übrigens ins Unfallkrankenhaus Boberg geflogen.« Er legte Jessen jovial die Hand auf die Schulter und drückte sie aufmunternd.

»Äh, ja. Natürlich«, antwortete Jessen abwesend. Er war gedanklich schon weiter, denn er wusste, dass es nicht einfach sein würde, Lüders' Familie zu benachrichtigen. Heinrich Lüders war seit sechs Jahren geschieden, und seine Exfrau lebte, mittlerweile wieder verheiratet, irgendwo in Frankfurt. Stefan, der einzige Sohn, den Lüders hatte, war Ingenieur, Spezialist für Fahrradgangschaltungen, um genau zu sein, und arbeitete weltweit für international tätige Rennställe, der konnte also gerade sonst wo sein. Das würde keine leichte Aufgabe werden – in jeder Hinsicht.

Zunächst musste er aber dafür sorgen, dass die Fahrzeuge abgeschleppt und die Straßen wieder freigegeben wurden. Das dauerte erwartungsgemäß erheblich länger als der Abtransport der verletzten Personen. Als schließlich alles geräumt war und der Statiker die Brücke begutachtet und wieder freigegeben hatte, war es bereits neunzehn Uhr. Jessen war nun wirklich übel, denn die Unterzuckerung machte sich bemerkbar: Er musste dringend bei Willy etwas essen.

***

Essen wollte auch Sebastian Liebermann gern, aber der Kellner kam nicht. Unruhig rutschte der Anwalt auf seinem Stuhl hin und her und schaute suchend durch den Gastraum des Lokals, in dem sich gerade eine größere Gruppe lautstark zuprostete.

»Du siehst doch, dass Liborio alle Hände voll zu tun hat.« Wiebke Liebermann sah ihren Mann über den Rand der Speisekarte hinweg genervt an. »Wenn die Gruppe gleich ihr Essen bekommen hat, wird er sicher sofort die Bestellung aufnehmen. Was nimmst du? Wie immer?«

»Genau darüber hätte ich mit Liborio oder irgendeinem anderen Kellner gern mal gesprochen, denn die Tafel mit den Tagesgerichten steht ja auch noch da drüben.« Liebermann machte eine verdrießliche Handbewegung in Richtung der Gruppe.

Wiebke nahm ihr Glas Prosecco, das es bei ihrem Lieblingsitaliener »Da Rocco e Viola« immer zur Begrüßung gab, und stieß damit gegen das Glas ihres Mannes. »Auf einen schönen Abend«, säuselte sie ironisch, »schließlich war es deine Idee, hierherzukommen.«

Liebermann schnaufte nur und schaute wieder nach dem Kellner. »Also, wirklich, das geht gar nicht. Wenn Rocco möchte, dass wir weiterhin zu seinen Stammgästen zählen, sollte er vielleicht mal ein bisschen mehr Personal einstellen. Das kann doch nicht angehen, wir sitzen hier mindestens schon zehn Minuten und werden von allen geflissentlich ignoriert!«

In diesem Moment ging die Tür auf, und Rocco, der Chef, betrat das Lokal. Als er die Liebermanns erblickte, trat er sogleich an ihren Tisch und begrüßte beide überschwänglich mit großem Hallo und Küsschen auf die linke und rechte Wange. Dann fiel sein Blick auf den Tisch. »Was isse hier denn los? Ihr habt ja noch gar keine bevande, keine Getränke!«

Energisch klatschte er in die Hände und rief durch das gesamte Restaurant: »Liborio, warum haben i Signori Liebermann noch keine Getränke? Rapido, Liborio, rapido!«

Alle anwesenden Gäste hatten sich zu ihnen umgedreht, was Liebermann, der sich jetzt entspannt zurücklehnte, mit Genugtuung registrierte. »Nun lass mal, Rocco, wir sehen doch, was hier los ist.« Er lächelte den Padrone, wie er ihn gern nannte, breit an. »Wir sitzen hier warm und trocken, da besteht keine Eile.«

Wiebke Liebermann leerte ihren Prosecco in einem Zug.

»Ich kummere mich persönlich, meine Freund. So wie immer? Una bottiglia di vino bianco e aqua frizzante?«

Liebermann nickte zufrieden. »Gern. Und das mit dem Essen hat wirklich Zeit.«

»Isch mache das. Und vielleicht hast du nach dem Esse noch eine Minute Zeit fur mich. Ich habe da, wie soll ich sagen ... eine kleine Problem. Du bist avvocato, vielleicht hast du für deinen alten Freund Rocco eine consiglio? Eine Rat?«

»Aber sicher doch«, antwortete Liebermann gönnerhaft, während Rocco schon in Richtung Tresen verschwand.

Nach Spaghetti con Tartuffi und Involtini di Vitello waren die Liebermanns gesättigt und Rocco mit Espresso und Grappa »auffe 'aus« zur Stelle. Mit einer leichten Verbeugung sagte er an Wiebke gewandt: »Signora, Entschuldigung, aber ich muss Ihre Mann kurz entfuhre. Verspreche, bringe ihn zuruck in cinque minuti.«

Wiebke Liebermann, die dem Wein beim Essen ordentlich zugesprochen hatte, winkte ab und griff beherzt nach dem Grappa. »Das macht üüüberhaupt nix«, erwiderte sie mit schon ein bisschen schwerer Zunge, »ich warte hier – wie immer.«

Die beiden letzten Worte hatte sie derart genuschelt, dass weder ihr Mann noch Rocco sie gehört hatten. Während Sebastian Liebermann nun mit dem Italiener das Lokal in Richtung Büro verließ, lehnte sie sich zurück und betrachtete den Kellner Liborio, der voller Inbrunst zu dem Song »Blu« von Zucchero Gläser polierte.

Drei weitere Songs später kehrte ihr Mann zurück.

»Ich hätte nicht gedacht, dass das noch so ein schöner Abend werden würde«, bemerkte er süffisant.

Sie sah ihn an. »Was wollte Rocco denn von dir?«

»Er hat mir ein Video gezeigt. Einen Film aus der Überwachungskamera am Schaufenster vom Juwelier nebenan, du weißt schon.«

»Was weiß ich schon? Und was hast du damit zu tun?«, fragte Wiebke verwundert und etwas gereizter, als sie eigentlich beabsichtigt hatte.

Liebermann griff nach ihrer Hand und lächelte siegessicher.

»Auf dem Band ist deutlich ein alter Freund von mir zu sehen. Leider war er vor ein paar Tagen, wie soll ich sagen, nicht mehr ganz in der Lage, einen Wagen zu führen.« Er lehnte sich entspannt nach hinten und trank den letzten Schluck Grappa aus seinem Glas. »Er ist aber trotzdem gefahren und hat dabei leider Roccos schönen Wagen gänzlich geschrottet.«

Jetzt beugte er sich wieder zu seiner Frau vor und flüsterte verschwörerisch: »Und dann ist er einfach weitergefahren. Fahrerflucht.«

Wiebke sah ihn gespannt an. »Und wer war es?«

Liebermann hielt sein Grappaglas hoch und bestellte so bei dem Kellner noch einen weiteren Schnaps. »Du auch?«

»Nein, danke, ich hab genug.« Wiebke machte sich nicht allzu viel aus Grappa, sie trank lieber noch ein Glas Prosecco. »Sag schon, wer war es?«

»Das glaubst du nicht.« Man merkte, wie diebisch er sich freute, die Spannung jetzt auf ein Höchstmaß gebracht zu haben. Er leckte sich die Lippen, dann grinste er schadenfroh. »Unser verehrter Polizeioberrat Jan Matthies!«

***

Als Sven-Ole Jessen gegen zwanzig Uhr im Dorfkrug eintraf, hatte er kurz zuvor bereits die Nachricht bekommen, dass Heinrich Lüders auf dem Weg ins Krankenhaus verstorben war.

»Willy, ich brauch dringend eine große Portion Kartoffelsalat und vier Frikadellen«, orderte Jessen, während er seinen angestammten Platz am Tresen einnahm.

Der Krug war an diesem Abend ungewöhnlich gut besucht. Willys Tochter Anneke saß an einem Tisch in der Ecke und blätterte in einem Urlaubskatalog, während ihr Lebensgefährte Thomas Willy immer mal wieder zur Hand ging. Gerade brachte er Willys bestem und ältestem Freund Gustav Bertram ein frisch gezapftes kleines Bier. Die Kartenspieler hatten wieder in alter Runde am Stammtisch Platz genommen, und Frau Siemsen, die pensionierte Lehrerin, war mit einer ganzen Gruppe Ausflügler im Krug eingefallen.

»Und, was macht der Kopf?«, wollte Willy wissen.

»Kopf? Welcher Kopf?« Jessen verstand nicht.

»Na, der vom Acker. Der Schädel!« Willy öffnete noch einmal kurz den Zapfhahn, sodass sich eine schöne Blume auf dem Bier bildete, und legte ein Bierlätzchen um den Fuß des Glases.

Jetzt fiel bei Jessen der Groschen. »Ach der. Der muss warten. Am Wochenende ging keine Post, und heute ist was Schreckliches passiert. Ich mag das gar nicht erzählen.«

Willy stellte das Bier vor ihm ab. »Mir kannst du alles sagen, das weißt du doch, min Jung.« Mit ernstem Blick guckte er Sven-Ole an.

In diesem Moment verstummten durch Zufall alle Gespräche, und Jessen sagte, ohne es zu wollen, für alle hörbar: »Tot. Heinrich Lüders ist tot.«

Wie auf ein Stichwort drehten sich alle zu Jessen um. Das Brummen der Kühlanlage dröhnte förmlich in den Ohren der Anwesenden, so still war es im Krug.

»Sag, dass das nicht wahr ist. Oh Gott!« Willy war ganz weiß geworden, jetzt stöhnte er auf, fasste sich an die Brust, torkelte ein Stück zurück und sackte zusammen.

Anneke reagierte sofort. Mit einer Art Hechtsprung war sie hinter dem Tresen. Jessen folgte ihr, sah Willy auf dem Boden liegen, drehte sich zum Gastraum hin und rief: »Einen Notarzt, schnell!«

Während Frau Siemsen den Notruf wählte und der Zentrale alle wichtigen Fakten durchgab, hievten Jessen, Anneke, Thomas und der ebenfalls herbeigeeilte Gustav Bertram den bewusstlosen Willy hinter dem Tresen hervor. Ruhig und routiniert checkte Jessen Willys Vitalfunktionen und diktierte Frau Siemsen in den Hörer: »Person nicht ansprechbar. Keine Spontanatmung, beginne jetzt mit der Herzdruckmassage.« Er legte ihm seine Hände auf den Brustkorb und begann zu drücken, während Anneke alle Gäste aus dem Lokal schickte.

Jessen stand bereits der Schweiß auf der Stirn, als er endlich die Sirene des Notarztwagens hörte. Die Sanitäter stürmten in den Krug, öffneten den Koffer mit dem Defibrillationsgerät und knieten sich neben Jessen.

»Okay, ab hier übernehmen wir«, sagte einer der beiden, während er die Elektroden auf Willys Oberkörper setzte. »Und jetzt: weg vom Patienten!« Dann löste er den Stromstoß aus.

***

Ächzend schnallte Sebastian Liebermann sich an. Der Parkplatz neben dem italienischen Restaurant war schon ziemlich leer, die Liebermanns waren erst nach weiteren Proseccos und Grappas, spendiert von Cheffe Rocco persönlich, in die Nacht entlassen worden. Liebermann hatte dem Italiener noch einmal versichert, er werde sich um alles kümmern, er solle sich keine Sorgen machen und nichts weiter unternehmen, dann waren sie zum Wagen gegangen. Fahrtüchtig waren beide nicht mehr, aber Liebermann überließ das Steuer seines Wagens ungern jemand anderem, und vor allem nicht seiner Frau. Die war heute allerdings noch weniger in der Lage, ein Fahrzeug zu führen oder auch nur in eine Diskussion darüber zu treten, als sonst. Sie saß mit geschlossenen Augen auf dem Beifahrersitz und hatte ihren Kopf gegen die Seitenscheibe gelehnt.

Als er den Wagen schon starten wollte, änderte Liebermann seine Meinung, schnallte sich noch einmal ab und griff nach hinten zu seinem Jackett auf der Rückbank. Aus der Innentasche fingerte er sein Smartphone heraus, entsperrte es und rief das Nummernverzeichnis auf. Er scrollte zum Buchstaben M. Nach dem Ärger auf dem Acker und der ständigen Wiederholung seines Anliegens, weil er erst an irgendwelche »Subalterne«, wie er zu sagen pflegte, geraten war, hatte er sich von Matthies dessen private Mobilnummer geben lassen – wenn auch unter Protest.

Nicht zu unrecht, wie sich gleich zeigen würde.

Wiebke öffnete die Augen. »Fahren wir nicht los?«

Liebermann tätschelte beruhigend ihr Knie, ohne sie anzusehen. »Kleinen Moment, Schatz, ich muss nur gerade noch …« Am anderen Ende der Leitung meldete sich jemand, und Liebermann drehte sich zur Seite. »Jan, Mensch, ich hoffe, du hast noch nicht geschlafen.«

Die Antwort war für Wiebke nicht zu verstehen, aber ganz

offensichtlich interessierte sie Liebermann auch nicht, denn er redete einfach weiter, im gezielten Plauderton.

»Du, wir müssen uns treffen, am besten gleich morgen.« Er hörte einen Moment zu. »Nein, es geht nicht um den Schädel, also nicht nur. Da ist noch was anderes … Und das ist nicht ganz unwichtig für dich.« Liebermann lauschte kurz, dann gab er zurück: »Was heißt hier Geheimnistuerei? Ich sag nur so viel, dass es besser wäre, wenn du morgen Mittag Zeit für mich hättest, ja? Ich steh hier nämlich auf dem Parkplatz bei Rocco, den kennst du ja, wie ich gerade gehört oder besser gesehen habe.« Er sah zu Wiebke, die wieder mit geschlossenen Augen dasaß. »Jan, bist du noch dran?«

Er hörte noch kurz zu und schien zu begrüßen, was Matthies sagte, denn er begann zu grinsen. »Jan, ich muss Schluss machen, wir wollen nach Hause. Wir treffen uns morgen im Bistro hinter dem Gerhart-Hauptmann-Platz. Sagen wir gegen zwölf?« Sein Grinsen wurde breiter. »Genau, bis dann.«

Er beendete das Gespräch, steckte das Smartphone wieder weg, schnallte sich an und startete den Wagen.

Wiebke Liebermann zeigte keinerlei Regung; es ließ sich nicht sagen, ob sie das Gespräch überhaupt mitverfolgt hatte. Aber sie schlief nicht.

vier

Kommissar Zufall war genervt. Gerade hatte er sich einen frischen Kaffee holen wollen, als ein ihm unbekannter Kollege, einen Stapel Aktenmappen unter dem Arm, mit einem fröhlichen »Zufall?« ins Zimmer gekommen war. Nach dem richtungweisenden Kopfnicken der Kollegen, die wohl schon ahnten, worum es ging, ließ der junge Mann nun mit Schwung die Mappen vor ihn auf den Schreibtisch rumsen. Er strahlte ihn an und tönte: »Wie's der Zufall will: Ihre Akten.« Zum Glück verzog er sich, leicht glucksend, gleich wieder, bevor Schlimmeres passieren konnte.

Werner Zufall stieß laut die Luft aus und schloss, um Ruhe bemüht, kurz die Augen. Seine Kollegen, die teilweise bereits in Deckung gegangen waren, wandten sich wieder ihrer Arbeit und ihren Computern zu. Zufall griff nach seinem Kaffeebecher, dem einzigen ohne Polizeiaufdruck, den er jeden Abend eigenhändig auswusch und wieder in seiner Schreibtischschublade verstaute, und stand auf.

Eigentlich konnten ihn alberne Scherze bezüglich seines Nachnamens nicht mehr treffen. Er kannte wirklich jede Variante, jeden blöden Spruch, jede für originell gehaltene Bemerkung. Schließlich hatte er nicht nur schon ein Leben lang damit zu tun, in Zeiten von Social Media, Onlineshopping und Telefonhotlines vervielfachte sich auch der Kontakt mit solchen Witzbolden. Da brauchte man ein dickes Fell, und das hatte er. Eigentlich. Und leider nicht nur im übertragenen Sinn.

Mit den Jahren war er, der einst so sportliche Gesetzeshüter, etwas aus dem Leim gegangen, wie man so unschön sagt. Bei der letzten amtsärztlichen Untersuchung hatte es unglücklicherweise sogar so etwas wie die Gelbe Karte gegeben – Zufall sollte unbedingt abspecken. Dafür kochte seine Frau aber leider viel zu gut, zudem war Zufall nach Dienstschluss einem Bier mit Kollegen oder dem einen oder anderen guten Glas Wein zum Essen überhaupt nicht abgeneigt. Das rächte sich.

Unter seinen Kollegen galt Werner Zufall als harter Hund,

als jemand, der allem immer auf den Grund gehen musste. Nach mehreren Fortbildungslehrgängen zum Fallanalytiker oder »Profiler«, wie die Freunde amerikanischer TV-Krimis sagen würden, hatte er sich auf Mordfälle und Täterprofile spezialisiert. In letzter Zeit war aber immer häufiger die Order von oben gekommen, dass in Zeiten von Etatkürzungen, Personalnot und hohem Krankenstand auch ungewöhnliche Maßnahmen zum Einsatz kommen sollten.

Zufall dachte missmutig an die kleine Ansprache von Polizeioberrat Matthies, in der dieser die Spezialisierung von Kollegen als »Hobby« oder »Luxus« abgekanzelt und das Wort vom »Polizeiallrounder« geprägt hatte. »Jeder Polizist sollte alles können«, war des obersten Bosses neues Credo.

Er blickte auf die rosafarbenen Mappen. Verkehrsdelikte. Das konnte ja heiter werden. Aber er wusste, dass Protest zwecklos war. Auf seine Profilerkompetenz würde er sich allenfalls bei einem entsprechenden Fall berufen können, doch da war momentan wenig in Sicht. Einfach so würde sein Vorgesetzter ihm das Schicksal als Verkehrspolizist bestimmt nicht ersparen, wo er doch ständig von »Flexibilität« und »Spontanität« faselte. Außerdem hatte Matthies ihn sowieso auf dem Kieker, weshalb auch immer, das spürte er. Wahrscheinlich war er deswegen in letzter Zeit so empfindlich und reagierte ungewohnt angefasst auf harmlose Namensscherze. Manchmal wusste er selbst nicht, was mit ihm los war.

Zufall blätterte den Stapel im Stehen kurz durch. Autodiebstähle, Nötigung auf der Autobahn, ein schwerer Unfall nach Fahren unter Alkoholeinfluss, Beschädigung eines parkenden Fahrzeugs mit Fahrerflucht, alles nicht wirklich originell. Oha, Geschwindigkeitsüberschreitung und das Überfahren roter Ampeln in einem besonders schweren Fall, das könnte ganz lustig werden. Er verstand nicht, wieso es nicht auch in Deutschland mehr Blitzgeräte an Ampeln gab, die Rotsünder erwischen konnten. Bei Tiefrot über die Kreuzung zu fahren, war inzwischen zu einer Art Volkssport geworden und galt dennoch als Kavaliersdelikt. Dabei musste nur mal richtig was passieren. Er wünschte es niemandem, aber dann würde vielleicht auch die Presse mal entsprechend reagieren und nicht immer nur vom »Knöllchenwahn« der Polizei oder der angeblichen »Bullenwillkür« bei Demonstrationen schreiben.

Er griff nach der Mappe mit dem Unfall mit Fahrerflucht. Der Wagen eines italienischen Restaurantbesitzers war erheblich beschädigt worden, der Fahrer hatte sich aus dem Staub gemacht. Zufall sah genauer auf die beigelegten Fotos. Das Restaurant kannte er sogar, da war er schon ein paarmal gewesen. Leckere Pizza, sehr gute Pasta – wenn auch keineswegs so gut wie die seiner Frau – und ein überaus reeller Hauswein. Vielleicht sollte er da mal einen Ortstermin anberaumen, zur Mittagszeit? Zufall strich seufzend über seinen Bauch und ging in die Küche zur Kaffeemaschine.

Er war gerade um die Ecke gebogen, da kam Polizeioberrat Matthies ins Gemeinschaftsbüro. Er blickte sich kurz um, nahm dann von einem Kollegen ein säuberlich abgetipptes Protokoll entgegen. Beim Rausgehen kam er an Zufalls Schreibtisch vorbei und sah dort den Stapel rosafarbener Mappen liegen. Er stutzte, als sein Blick auf die Fotos fiel. Dann verließ er den Raum. Schließlich hatte er noch eine Verabredung, zu der er nicht zu spät kommen wollte.

***

»War alles Wiebkes Idee. Ich wär da ja im Leben nicht draufgekommen.« Sebastian Liebermann stieß verächtlich die Luft aus. »Ich meine, ein Schrebergarten, gut und schön, den lass ich mir noch gefallen. Spießig, klar, aber da lässt sich ja was draus machen, mit Gartenhäuschen und so.« Er zwinkerte vielsagend und winkte nach der Kellnerin.

Jan Matthies sah ihn irritiert von der Seite her an. Er mochte diese Männerkumpanei nicht, dieses anzügliche »Knick, knack, Sie wissen schon«, als seien alle männlichen Wesen gleich gestrickt. Das musste er in seinem Job bei der Polizei schon zur Genüge ertragen. Er wusste nicht mal, was Liebermann eigentlich meinte, wollte der sich im Schrebergarten mit seiner Geliebten treffen? Aber das war ja im Grunde auch egal, denn deshalb waren sie nicht hier. Der Anwalt ging auf sein Schweigen auch gar nicht mehr ein, sondern bestellte bei der blonden Kellnerin mit großer Geste nun schon den zweiten Weißwein – »Aber den teuren Franzosen, Schätzchen, nicht eure Hausschlorke, verstanden?« – und konnte sich sicher gerade so zurückhalten, ihr danach noch auf den Hintern zu hauen. Zumindest war Liebermann genau der Typ dafür.

Matthies seufzte. Er mochte diesen Großkotz nicht, er hatte schon Liebermanns Vater, ebenfalls Anwalt, nicht leiden können, mit dem er jahrelang notgedrungen im Vorstand des Fußballvereins hatte zusammenarbeiten müssen. Liebermann senior war ob seiner Verbindungen zeit seines Lebens eine wichtige Figur in der Hamburger Wirtschaft und Politik gewesen. Über das Ticket einer ziemlichen Rechtsauslegerpartei war er nach deren überraschendem Wahlsieg irgendwann sogar zu einem Senatorenposten gekommen. Davon hatte auch der Sohnemann mit seiner Anwaltskanzlei ganz gut profitiert; inzwischen war er in eine Position gekommen, angesichts der es sich die meisten zweimal überlegten, ob sie es sich mit ihm verscherzen wollten. Das galt spätestens seit dem Anruf gestern Abend leider auch für ihn. Denn Liebermann verfügte anscheinend über ein ganz bestimmtes Wissen, das besser nicht an die Öffentlichkeit drang. Nur deshalb ließ Matthies sich auf diese Farce ein. Er nahm einen Schluck von seinem Kaffee, der inzwischen kalt geworden war, und verzog das Gesicht.

Liebermann missdeutete das als eine Form der Zustimmung. »Bescheuert, nicht? Wir fahren über eine halbe Stunde da raus, in dieses öde Kaff, das außer Feldern und Wiesen nichts zu bieten hat, Wiebke pusselt auf dem Acker rum und gräbt fünf Mohrrüben aus, die wir dann zu Hause mit großem Tamtam waschen, schälen und in den Salat raspeln.«

Matthies linste unauffällig auf seine Armbanduhr. Es war zwölf Uhr fünfzehn.

»Und weißt du was? Ich mag Mohrrüben nicht mal.« Liebermann lachte laut, als hätte er einen tollen Gag gelandet. Dann beugte er sich Vertrauen heischend zu Matthies rüber: »Aber ich hab mir gedacht, lass sie mal machen, dann ist sie zufrieden und mischt sich nicht in meine Angelegenheiten ein.« Er lehnte sich wieder zurück. »Und sie ist tatsächlich glücklich, wenn sie mit dem ganzen Biorotz in der Küche steht. Na ja, ist ja ihr natürliches Umfeld …«

Wieder dieses Lachen, gefolgt von einem kurzen Hustenanfall. Matthies schüttelte sich innerlich.

Liebermann griff nach seinem Weinglas und trank hastig. Dann stellte er es weg und schlug wieder den vertraulichen Ton an. »Daher ist die Sache mit dem Schädel im Grunde ein Gottesgeschenk. Solange die Polizei vor Ort alles absperrt und untersucht und umgräbt, kriegen wir das Gemüse frei Haus, denn so lange kann dort nicht gegärtnert werden.« Er rieb sich den Nacken. »Zumindest nicht bei uns auf der Parzelle. Und deshalb, lieber Jan«, er rückte jetzt so nah an Matthies heran, dass der Liebermanns sauren Weinatem riechen konnte, »deshalb wäre es gut, wenn die Untersuchungen noch eine ganze Weile andauern. Da kannst du doch sicher was machen, oder?«

Matthies lehnte sich zur Seite. Er wusste, dass Liebermann das nicht als Frage gemeint hatte, sondern vielmehr als Aufforderung, wenn nicht gar eine unterschwellige Drohung darin mitschwang. Widerlich. Etwas erwidern musste er trotzdem. »Na ja, ich kann da schlecht einen Trupp der KTU hinschicken, wenn wir nicht mal wissen, was für ein Schädel das ist, der da gefunden wurde.«

Er sah an Liebermanns enttäuschtem Blick, dass der Anwalt sich eigentlich genau das vorgestellt hatte und wahrscheinlich am liebsten auch noch ein Sondereinsatzkommando auf den Acker gestellt hätte. Hier musste er Grenzen ziehen.

»Und ich kann auch nicht dem Kollegen vor Ort befehlen, ohne entsprechende Untersuchungsergebnisse wochenlang diesen Acker umgraben zu lassen. Da müsste man schon noch was anderes finden, wenn der Schädel selbst nirgends hinführt.«

Liebermann nickte nachdenklich. Matthies hatte ihn auf eine Idee gebracht, die vielleicht sogar besser war als das, was er sich bislang vorgestellt hatte. Trotzdem musste er den Polizeioberrat noch etwas unter Druck setzen. Matthies sollte begreifen, worum es hier ging. Er fixierte sein Gegenüber scharf. »Du musst verstehen, es geht hier nicht nur um diesen Schädel oder …«, er leckte seine Lippen, »ausschließlich um mich.« Er lächelte listig. »Es geht auch um dich. Ich hatte ja schon angedeutet, dass es gewisse, ähm, unschöne Begebenheiten gibt, von denen ich erfahren habe.« Er nahm einen Schluck Wein und wechselte scheinbar abrupt das Thema. »Ich habe gehört, dein Auto ist kaputt?«

Matthies sah ihn scharf an. »Äh, ja, ein Lackschaden, kein großes Ding. Warum fragst du?«

»Ein Lackschaden? Also, bei Roccos Auto sah das nach ein bisschen mehr aus.«

Matthies merkte, wie ihm plötzlich leicht schwindelig wurde. Welche Detailkenntnis hatte Sebastian Liebermann von der Sache?

»Also, Jan, du in deiner Position solltest doch eigentlich wissen, dass man erstens nicht betrunken Auto fährt, sich zweitens nicht vom Unfallort entfernt und sich dann drittens wenigstens nicht dabei beobachten lässt.«

»Was redest du da?«, fragte Matthies scheinbar verständnislos, innerlich jedoch um Fassung bemüht. »Was soll ich gemacht haben? Wieso Unfallort und von wem beobachten?«

»Ach weißt du, Rocco hat von seinem Nachbarn eine Videodatei bekommen.« Liebermann sah Matthies jetzt offen ins Gesicht. »Der Juwelier gleich nebenan hatte, nachdem wiederholt bei ihm eingebrochen wurde, vor ein paar Wochen eine Überwachungskamera draußen an seinem Laden installieren lassen. Und die filmt nicht nur den Laden. Sondern zufälligerweise auch genau den Abschnitt der Straße, in dem Rocco seinen Wagen abgestellt hatte. Tja, und ebendieses Filmchen hat Rocco mir gestern gezeigt.«

Matthies überlegte. Auf keinen Fall konnte er sich erpressen lassen, aber wenn das herauskam, war er erledigt. Karriere, Pension, Ansehen, wahrscheinlich auch seine Ehe, alles hin. Es kotzte ihn an, dass er ausgerechnet einem Typen wie Liebermann ausgeliefert war.

»Und was, bitte, soll auf diesem Film zu sehen sein?«, tat er weiter ahnungslos.

»Oh, mein lieber Jan, du bist darauf zu sehen, und zwar klar und deutlich.«

»Was wird das jetzt hier?« Matthies war gereizt.

Liebermann winkte gerade wieder der Kellnerin mit seinem leeren Weinglas. »Willst du auch noch was?« Er zeigte auf die zu zwei Dritteln leere Kaffeetasse vor Matthies.

»Nein, danke, ich muss jetzt auch wieder.« Er stand auf.

Liebermann bestellte den Wein und drehte sich dann wieder zu Matthies um, der gerade seine Brieftasche suchte. »Du, lass mal, ich zahl deinen Kaffee mit. Ich hab Rocco gesagt, dass es besser wäre, wenn wir die Sache ohne Polizei regeln. Schließlich …« Er grinste verschwörerisch. »Schließlich bist du ja die Polizei. Den Unfall hat er natürlich schon gemeldet, auch wegen der Versicherung, aber die Sache mit dem Film weiß bislang nur ich, das hält er erst mal zurück.« Er zwinkerte Matthies zu und beugte sich weiter vor. »Ich würde für dich die Vermittlung übernehmen, ganz diskret, versteht sich. Dafür solltest du mir dann aber bei dieser anderen Sache ein bisschen entgegenkommen. Eine Hand wäscht … du weißt schon.«

Er richtete sich wieder auf. »Überleg doch mal, hast du nicht irgendeinen Beamten, den du eine Zeit lang entbehren kannst? Einen, der diesem Dorfschupo vielleicht ein bisschen unter die Arme greifen und da ein wenig Druck machen kann, wenn …« Er machte eine bedeutungsvolle Pause. »Also, wenn da zum Beispiel noch mehr gefunden wird? Wenigstens das müsste doch gehen, Jan!«

Matthies zog sein Jackett an und seufzte. Liebermann hatte ihn in der Hand. Der Anwalt würde keine Ruhe geben, das wusste er, und ganz sicher hatte er keinerlei Bedürfnis, jeden zweiten Tag von ihm angerufen oder zum Plausch bei kaltem Kaffee und Wein zitiert zu werden. Er zog sein Notizbuch hervor. »Wie heißt denn der Kollege in diesem, äh, Tönnsbach?«

»Tönnshagen.« Liebermanns Stimme klang verächtlich. »Tönnshagen heißt das Kaff, und der Bulle, sorry, der Kollege vor Ort heißt Jessen, glaub ich jedenfalls. Kann ich dir aber auch noch per Mail schicken.«

»Bloß nicht.« Matthies winkte erschrocken ab. »Es ist besser, wenn dazu nichts Schriftliches existiert. Ich krieg schon raus, wo dieses Tönnshagen liegt und wer da Dienst tut. Aber ich muss mich in der ganzen Sache erst mal schlaumachen. Du hörst von mir, ich ruf dich an.« Er schüttelte Liebermann kurz die Hand, der dabei sitzen blieb und an ihm vorbeisah.

Als er auf den Bürgersteig trat, atmete Matthies tief durch und ging nachdenklich zum Parkhaus, wo er seinen Leihwagen abgestellt hatte. Irgendwas hatte Liebermanns Geschichte bei ihm ausgelöst, er kam nur noch nicht darauf, was genau.

Als er im Parkhaus den Wagen aufschloss und sich auf den Fahrersitz gleiten ließ, nahm in seinem Kopf eine vage Idee Gestalt an, die gleich zwei seiner Probleme auf einmal lösen könnte. Könnte. Er musste sich noch einmal die aktuelle Einteilung derjenigen Kollegen ansehen, die die Verkehrsdelikte bearbeiteten.

Sebastian Liebermann zückte indes sein Smartphone und öffnete das Telefonverzeichnis. Er scrollte einmal hoch und runter, fand dann die richtige Nummer und drückte auf das grüne Verbindungssymbol. Es klingelte nur zweimal, dann meldete sich Gerry Schmieder, Lokalreporter einer großen Hamburger Boulevardzeitung.

»Gerry, ja, Mensch, gut, dass ich dich erreiche. Was sagt deine Lokalreporterseele zu dieser Story: Knochenfund im Biogarten?«

Er lauschte Schmieders Antwort.

»Das kann ich dir genau sagen, also …« Liebermann legte los und ließ kaum ein Detail aus, im Gegenteil, einige der Ereignisse vom Samstag schmückte er kräftig aus und hielt auch mit seinen eigenen Vermutungen nicht hinterm Berg.

Nachdem er das Gespräch beendet hatte, trank er seinen Wein aus und gab der Kellnerin ein Zeichen, dass er zahlen wolle. Während er seine Brieftasche aus der Sakkotasche zog, murmelte er sehr zufrieden: »Na, da wollen wir doch mal sehen, ob die Polizei unter den Augen der Presse nicht doch ein wenig gründlicher ermittelt …«

***

Sven-Ole Jessen saß in seiner Dienststelle in Tönnshagen und starrte den Schädel an. Und der starrte zurück, zumindest hatte

Jessen mittlerweile ganz stark diesen Eindruck. Es war fast magisch. Nur schwer konnte er sich davon losreißen.

Endlich legte er ihn zur Seite; er musste den Schädel baldmöglichst zur weiteren Untersuchung nach Hamburg schicken. Aber zunächst war da noch jede Menge Papierkram zu Heinrich Lüders' Autounfall zu erledigen. Er konnte sich immer noch keinen Reim darauf machen, warum Lüders anscheinend überhaupt nicht gebremst hatte. War er dazu nicht mehr gekommen? Hatte er gar einen Herzinfarkt gehabt, so wie Willy? Der hatte ja schon länger immer wieder Probleme mit der Pumpe gehabt. Beim alten Lüders musste das die Autopsie zeigen, angeordnet war sie schon. Nach Willy Thomsen würde sich Jessen später im Krankenhaus erkundigen. Hoffentlich ging es dem Alten bald wieder gut, ohne ihn wäre der Dorfkrug nicht mehr, was er war.

Priorität hatte im Moment jedoch die Suche nach Lüders' Angehörigen. Bislang war Jessen da eher erfolglos gewesen. In den einschlägigen sozialen Netzwerken – beziehungsweise den »asozialen Hetzwerken«, wie ein Bremer Kollege mit speziellem Humor sie immer nannte – war Lüders' Sohn Stefan nicht zu finden. Jessen hatte sich bei einigen von ihnen eigens anmelden und einen Account anlegen müssen, um überhaupt nach ihm suchen zu können. Was da wohl wieder an nervigen Spammails auf ihn zukam – zum Glück legte er sich für solche Zwecke immer anonyme Mailadressen an, die er notfalls einfach wieder löschen konnte. Obwohl die ihm manchmal regelrecht ans Herz wuchsen. Von seiner letzten Lieblingsadresse, bakerstreet221b, die Adresse von Sherlock Holmes, hatte er sich schweren Herzens trennen müssen, als dort nur noch Werbung für Onlinecasinos, lukrative Jobangebote mit garantiert sechsstelligem Jahressalär und Heiratsangebote aus dem Baltikum eingetrudelt waren.

Die Adresse von Heinrich Lüders' Exfrau hatte Jessen inzwischen herausbekommen und die Kollegen aus dem Frankfurter Raum hingeschickt, um ihr die traurige Botschaft zu überbringen. Leider erfolglos. Laut Aussagen der Nachbarn war sie verreist, keiner wusste, wohin oder wie sie zu erreichen war. Und Stefan war Lüders' einziger weiterer Verwandter. In diesem Moment wurde Jessen erst so richtig klar, dass er in den letzten Jahren herzlich wenig Kontakt zu Lüders gehabt hatte. Eigentlich hatte er ihn überhaupt selten gesprochen, weil Lüders immer unterwegs, immer im Job gewesen war. So wie sein Sohn Stefan auch, und den musste er jetzt irgendwie ausfindig machen.

Die größte Hoffnung setzte Jessen in mehrere Radsportportale, auf denen er einige Artikel über Stefans Arbeit für internationale Rennställe gefunden hatte. Darüber konnte er dessen Spur während der letzten Jahre von Südfrankreich, Italien und Spanien bis nach Amerika verfolgen. Schließlich fand er ein ziemlich aktuelles Interview, das ein atemloser Reporter am Rande irgendeines Radrennens mit Stefan und einem Mechaniker geführt hatte, das Foto zeigte deutlich das Kona Beach Resort auf Hawaii. Laut Artikel wohnte die gesamte Crew dort, und zwar noch bis Anfang nächster Woche. Jessen überlegte kurz. Wenn Stefan Lüders noch in diesem Hotel war, könnte er ihn wahrscheinlich über die Rezeption telefonisch erreichen. Er blickte auf die Uhr und überschlug im Kopf die Zeitverschiebung von zwölf Stunden. Nein, selbst wenn das Telefon im Hotel rund um die Uhr besetzt war, lag Stefan Lüders jetzt noch im tiefsten Schlaf, es sei denn, er war ein Partyhengst oder litt unter akuter Schlaflosigkeit, beides jedoch war eher unwahrscheinlich. Außerdem wollte man nicht gerade mit der Nachricht aus dem Bett geholt werden, dass der eigene Vater gestorben war.

Jessen überlegte, wie er ihm die furchtbare Neuigkeit so sensibel wie möglich beibringen konnte. Übers Telefon am liebsten gar nicht. Aber er würde wohl nicht drum herumkommen, schließlich konnte er ihn schlecht in Übersee anrufen und das Gespräch eröffnen mit: »Moin, Stefan, hier ist Sven-Ole, wir haben zwar seit Jahren keinen Kontakt mehr gehabt, aber kannst du wohl trotzdem mal kurz nach Tönnshagen kommen, ich muss dir was Wichtiges mitteilen, kann dir aber nicht sagen, worum's geht.«

Er seufzte. Stefan würde es wahrscheinlich sowieso sofort erahnen. Schließlich war es Lichtjahre her, dass sie das letzte Mal miteinander gesprochen hatten. Jessen überlegte, wann er Stefan Lüders überhaupt zum letzten Mal gesehen hatte. Sie waren gemeinsam zur Schule gegangen, er eine Klasse über Stefan. Im Fußballverein hatten sie zeitweise in einer Mannschaft gespielt, und er erinnerte sich, dass Stefan schon damals alles reparieren konnte, was auch nur ansatzweise mit Rädern zu tun gehabt hatte. Er versuchte, sich Stefans Gesicht in Erinnerung zu rufen. Die Fotos im Internet halfen ihm nicht wirklich, ein stimmiges Bild zu zeichnen, meist war Stefan nur zufällig auf Mannschafts-Gruppenbildern irgendwo schraubend im Hintergrund zu sehen. Jessen bekam das Bild des heutigen Stefan noch nicht in Übereinstimmung mit seiner Erinnerung von damals. Vielleicht würde es klappen, wenn er seine Stimme hörte. Er sah noch einmal auf die Uhr. Ein paar Stunden würde er noch warten müssen.

***

Auch Anneke Sørensen wartete. Sie saß im Besucherbereich des Krankenhauses in Kiel, in das man Willy Thomsen gebracht hatte. Er lag seit gestern auf der Intensivstation, bisher gab es keine Veränderung. Nicht zum Schlechten, aber auch nicht zum Guten. Anneke hatte sich einen Kaffee aus dem Automaten geholt, der überraschend gut schmeckte für diese Art von Instantbrühe. Die Situation machte er aber nur partiell besser.

Seit Stunden versuchte Anneke, ihre Tochter Bente zu erreichen. Bislang vergebens. Immer wieder wählte sie Bentes Mobilnummer, immer wieder meldete sich nur die Mailbox mit der stets gleichen Ansage: »Bente hier, hinterlasst eine Nachricht. This is Bente, please leave a message.«

Bis vor Kurzem hatte Bente noch als Köchin in New York gearbeitet, in einem angesagten Nobelrestaurant, das zwar schlecht bezahlte, aber gut für den Lebenslauf war. Das war anscheinend so üblich in dieser seltsamen Branche, denn Bente hatte nach einer Ausbildung in einem Hamburger Edelrestaurant und daran anschließenden sechs Monaten Fortbildung in einer Dependance in London gut anderthalb Jahre bei einem Sternekoch gearbeitet, der sie alles in allem auch nicht eben fürstlich bezahlte. Danach war es in die Schweiz gegangen und schließlich nach New York, wo Bente gern noch länger geblieben wäre. Doch Christian, Annekes geschiedener Mann und Bentes Vater, hatte ihr ein mögliches Engagement im dänischen Spitzenrestaurant Noma in Kopenhagen verschafft. Diese Chance wollte Bente sich nicht entgehen lassen; das Noma war mehrere Jahre hintereinander zum besten Restaurant der Welt gewählt worden. Aus der ganzen Welt kamen teils überaus renommierte Köche nach Dänemark, nur um dort ein paar Monate Praktikum machen zu dürfen – unbezahlt versteht sich.

Anneke hinterließ keine Nachricht auf der Mailbox, das hatte sie schon mehrere Male getan. Sie wollte auch nicht zu panisch wirken. Aber sie wusste, wie wichtig ihr Großvater für Bente war. Willy war schließlich der Auslöser für ihre Berufswahl gewesen, der Grund, weswegen sie überhaupt in die Gastronomie gegangen war. Im Grunde lebte Bente Willys Traum von der internationalen Kochkarriere. Der Alte behauptete gern, dass Bente irgendwann triumphal mit fünf Sternen zurück nach Tönnshagen kommen, den Krug übernehmen und das Lokal zum besten Restaurant in Deutschland machen würde. Sie lachten dann alle herzlich darüber, Willy auch, aber so ein bisschen ernst meinte er es doch immer.

Und jetzt lag er da, an all den Schläuchen. Hoffentlich hielt er noch durch.

Anneke überlegte, was aus dem Krug werden sollte, wenn Willy nicht mehr war. Im Moment konnten Thomas und sie einspringen, sie hatten gerade Urlaub, und Willys kulinarisches Konzept war nicht so anspruchsvoll, dass sie das nicht wuppen könnten. Gerade jetzt war einiges los in Tönnshagen, es gab etliche Urlauber, die Neubauers Ferienwohnungen belegten und abends ganz gern wenigstens auf ein Bier in den Dorfkrug kamen. Auch die pensionierte, aber noch ausgesprochen rührige Frau Siemsen, die diverse Kurse anbot und immer alles Mögliche organisierte, sorgte für einigen Umsatz, indem sie ständig neue Gruppen mit aufs Land brachte. Und die Radwanderwege, die an beiden Seiten Tönnshagen streiften, schaufelten ebenfalls durstiges und hungriges Touristenvolk herbei.

Zudem wuselten seit ein paar Wochen ständig irgendwelche Immobilienmakler durch den Ort, die sich für dies und das und allerlei Wichtiges und Unwichtiges in Tönnshagen interessierten. Kurz vor dem furchtbaren Unfall von Heinrich Lüders hatte Anneke das Gerücht gehört, dass der sein Haus verkaufen wolle und dafür einen Makler eingeschaltet habe. Was würde nun daraus werden? Anneke wählte noch einmal Bentes Nummer.

***

Heinrich Lüders hatte sein Haus tatsächlich verkaufen wollen. In seinem Job als Distributionsmanager eines großen Landmaschinenherstellers war er praktisch dauernd unterwegs gewesen. Er hatte viel und gern gearbeitet, aber sein Privatleben, und damit die Familie, war dabei unter die Räder gekommen. Das war schon so gewesen, als Stefan noch klein war, und es wurde auch nicht anders, als Lüders nach dem Tod von Stefans Mutter wieder heiratete. Die Ehe war geschieden worden, seine Ex zog weit weg, und auch Stefan tauchte allenfalls zweimal im Jahr bei seinem Vater in Tönnshagen auf, wenn überhaupt. Und doch hatte Heinrich Lüders mit siebenundfünfzig Jahren noch einmal durchstarten wollen.

Er erkundigte sich nach Versetzungsmöglichkeiten in seiner Firma und machte sich in Hamburg auf die Suche nach einer Eigentumswohnung. Schnell landete er bei einem sehr engagierten Makler, der ihm nicht nur etliche Objekte zeigen konnte, sondern auch gleich anbot, den Verkauf des Hauses in Tönnshagen zu übernehmen. Lüders' Haus lag mitten im Ort, gleich neben dem Dorfkrug. Mit Willy hatte Lüders sich immer gut verstanden, in bester nachbarschaftlicher Weise, wie das bei Männern auf dem Dorf halt so ist. Manchmal sprach man wochenlang nicht einen Satz miteinander, nickte sich bei einer Begegnung nur kurz zu und ließ den anderen in Ruhe. Das war in Ordnung, das hatte Gesicht. Und wenn Heinrich Lüders nach längeren Dienstreisen eines Abends plötzlich wieder in Willys Krug saß, gab's von Willy allenfalls ein freundlich-interessiertes »Hein, allns klor?« zu dem Bier, das er ihm rüberschob. Auf Lüders' beredtes Nicken ließ Willy diesen dann weiter in sein Bier schweigen, und alles war wirklich vollkommen klar.

Der Makler hatte Lüders im Laufe mehrerer Esseneinladungen bei einem überteuerten Italiener in Pöseldorf davon überzeugen können, dass dieser sein Haus ursprünglich viel zu günstig abgeben wollte. So schraubte sich der Preis in die Höhe. Lüders konnte sich zwar kaum vorstellen, dass irgendjemand so viel Geld für ein doch reichlich renovierungsbedürftiges Haus – immerhin mit großem Grundstück – in Tönnshagen bezahlen würde. Aber wenn er den Makler richtig verstand, wuchs Hamburg immer weiter, und die öffentlichen Verkehrsanbindungen reichten immer weiter ins Umland, das dadurch gerade für Familien und Pendler interessanter wurde. Was früher abfällig als Provinz und Walachei bezeichnet worden war, nannte man nun Idylle und Oase vor den Toren der Stadt, im Speckgürtel.

Der erste Makler, der sich Lüders' Haus angesehen hatte, war aufgeregt mit Tabletcomputern und Smartphones durch die Räume gelaufen und hatte ihm versichert, dass er da gar keine Probleme sehe. Dieses »Schmuckstück« würde er in null Komma nichts an den Mann respektive den solventen Kunden bringen. Doch wo ein Makler ist, sind andere nicht weit: Heinrich Lüders selbst hatte sich auf das Spiel eingelassen, gleich mehrere Makler Angebote machen zu lassen. Und einmal vor Ort, fanden die Immobilienexperten durchaus auch Interesse am restlichen Tönnshagen, wo ihrer Ansicht nach problemlos weitere Geschäfte zu machen waren. Ein Problem bekamen sie dann aber, und zwar in Willys Krug, als sie dort nämlich mit großer Geste Latte macchiato und Pasta mit Trüffeln orderten und postwendend Filterkaffee und Frikadellen serviert bekamen, mit ähnlich großer Geste, wohlgemerkt.

Aber jetzt war Heinrich Lüders tot, Willy Thomsen lag im Krankenhaus, und im Dorfkrug stand Annekes Lebensgefährte Thomas Buntheimer hinter dem Tresen. Während Anneke im Krankenhaus darauf wartete, etwas Neues über Willys Zustand zu erfahren – und endlich Bente zu erreichen –, schmiss er hier den Laden. Nicht dass er das zum ersten Mal tat. Seit einiger Zeit schon half er bei Willy aus und hatte den Einkauf und auch die Organisation der Gaststätte inzwischen komplett übernommen. Das Wichtigste an ihrer erfolgreichen Zusammenarbeit war gewesen, Willy das Gefühl zu geben, dass er selbst auf die Idee gekommen war, ihm diese Aufgaben zu überlassen. In der Beziehung war Thomas mittlerweile ziemlich gewieft. Ihm machte es aber auch durchaus Spaß, im Krug zu hantieren und zu werkeln. Nur das Kochen war so gar nicht sein Fall.

Seinen Job als Investmentbanker hatte Thomas vor einigen Jahren drangegeben, als er gemerkt hatte, dass er die Produkte, die »seine« Bank den Menschen andrehte, nicht mehr guten Gewissens an den Mann bringen konnte. Jetzt arbeitete er an drei Tagen in der Woche bei einer sogenannten »grünen Bank« in Hamburg, ein Geldinstitut, das die Ersparnisse seiner Kunden nach ökologischen und ethischen Gesichtspunkten anlegte, und fühlte sich generell viel besser dabei.

Im Moment war er aber ziemlich genervt, und zwar von dem reichlich geschniegelten Mann, der ihn jetzt schon zum dritten Mal an seinen Tisch winkte. Beim ersten Mal hatte er wenigstens etwas bestellt, einen Cappuccino nämlich, und einen Filterkaffee mit Sprühsahne bekommen, der seither unberührt vor ihm stand. Beim zweiten Mal hatte er nach Heinrich Lüders gefragt und sich mit Thomas' ausweichender Antwort, er solle mal nicht mehr damit rechnen, dass der noch käme, nicht zufriedengeben wollen.

Natürlich hätte Thomas dem Mann ganz offen sagen können, dass Lüders tot war, das war schließlich kein Staatsgeheimnis, aber der Typ war ihm so blöd gekommen, dass Thomas darauf gar keine Lust gehabt hatte. Und jetzt winkte der schon wieder.

Er trat an den Tisch und griff nach der vollen Tasse. »Darf's noch einer sein? – Oh, schmeckt Ihnen unser Cappuccino etwa nicht?«, fügte er in sorgenvollem Tonfall hinzu.

Der Mann, er mochte noch keine dreißig sein, kam ihm schnell zuvor und trank hastig, wobei er sich verschluckte. Hustend wehrte er Thomas' Versuche ab, ihm kräftiger als nötig auf den Rücken zu klopfen.

»Danke, danke, geht schon.« Er blickte auf die Tasse und ergänzte: »Ich glaube, ich nehme jetzt lieber was Kaltes. Haben Sie Coke Zero?«

Das richtige Getränk für so eine Null, dachte Thomas, verzog aber keine Miene, drehte sich um, ging zum Tresen und goss Pepsi Light in ein neutrales Glas.

Als er dem skeptisch dreinschauenden Mann das Getränk

brachte, kam Sven-Ole Jessen herein, in Uniform und ganz offensichtlich im Dienst. Er sah sich suchend in dem auch am Nachmittag im Halbdunkel liegenden Raum um und stutzte. Gleich aus zwei Ecken wurde ihm zugewinkt. Zuerst ging er zu Frau Siemsen, die auf der rechten Seite saß, und begrüßte sie. Dann ging er hinüber zu ihrem Nachbarn, Bauer Harms, der auf der Bank in der genau gegenüberliegenden Ecke des Raumes Platz gefunden hatte. Er sprach kurz mit ihm, woraufhin Harms etwas widerstrebend aufstand, den Raum durchquerte und sich mit einem Kopfnicken zu Frau Siemsen an den Tisch setzte. Sie grüßte auf dieselbe Weise. Gleich darauf ignorierten die beiden einander wieder.

Thomas, der jetzt wieder am Tresen stand, sah Jessen an. »Musst du mal wieder Streit schlichten?«

Jessen nickte resigniert. »Hmm. Man glaubt's ja nicht, aber die beiden kabbeln sich andauernd. Ihn nervt, dass die Teilnehmer ihrer ganzen Yoga-, Töpfer- und was weiß ich, was noch für Gruppen immer auf seinem Grundstück parken. Aber statt einfach mal rüberzugehen und ihr das zu sagen, beschmiert er die Autos mit Kuhmist und droht mit dem Abschleppdienst.« Jessen grinste sarkastisch. »Dabei könnte er die Anfahrt gar nicht bezahlen.« Er nahm das Tablett mit Kaffee, Tee und Korn, das Thomas für ihn bereitgestellt hatte, in beide Hände. »Mal sehen, ob ich was ausrichten kann. Frau Siemsen war vorhin am Telefon jedenfalls sehr insistierend.«

Thomas senkte den Kopf. »Oh ja, das kann sie sein.«

»Ich musste alles stehen und liegen lassen. Dabei habe ich eigentlich genug zu tun. Hab es noch nicht mal geschafft, den blöden Schädel zur Untersuchung einzuschicken. Ich will nur hoffen, dass dieser Liebermann nicht dauernd anruft und wissen will, wie der Stand der Dinge ist. Oder gar selbst hier auftaucht.« Er stellte das Tablett wieder ab und sah Thomas zerknirscht an. »Sach ma, ich quatsch hier rum von irgendwelchen Parkplatzproblemen und alten Schädeln und frag nicht mal, wie's Willy geht – gibt's was Neues, hat Anneke schon angerufen?«

Thomas schüttelte den Kopf. »Alles wie gehabt, sie hat sich vorhin kurz gemeldet. Er liegt noch auf Intensiv. Uns bleibt nichts anderes übrig, als abzuwarten. Blöderweise erreicht sie Bente nicht.«

Aus einem ihm nicht ganz erklärlichen Grund fiel Jessen bei der Erwähnung von Bentes Namen Stefan Lüders wieder ein. Er sah Thomas an. »Was macht ihr denn jetzt mit dem Krug? Könnt ihr auch langfristig einspringen? Was, wenn Willy nicht mehr so richtig kann, wenn er aus dem Krankenhaus kommt, so Gott will.« Er klopfte dreimal auf den hölzernen Tresen.

Bevor Thomas antworten konnte, trat der junge Capuccinotrinker zu ihnen. »Ach, entschuldigen Sie, Herr Kommissar …«

Jessen sah ihn belustigt an. »Polizeihauptmeister reicht, Herr …«

»Möller, Andy Möller.« Er sprach den Vornamen betont englisch aus.

Jessen verzog keine Miene. »Ach, wie der Fußballer?«

Möller lächelte verlegen. »Äh, kann sein, weiß nicht, ich mach mir nicht so viel aus, äh … Fußball. Aber ich habe gerade zufällig …« Jetzt drehte er Thomas demonstrativ den Rücken zu und zwang Jessen dadurch, sich ebenfalls umzudrehen. »Ich bin Makler und habe gerade zufällig mitbekommen, dass diese Gaststätte eventuell zum Verkauf steht, stimmt das? Oder habe ich da was falsch verstanden?«, raunte er.

Thomas war wieder hinter dem Tresen zugange und hatte diese Unverschämtheit zum Glück nicht mitbekommen. Jessen musste sich arg beherrschen. »Hören Sie, ich glaube, da sollten Sie sich besser raushalten. Das geht Sie überhaupt nichts an, mal ganz davon abgesehen, dass es mehr als pietätlos ist, solche Fragen zu stellen, während der Besitzer im Krankenhaus liegt und um sein Leben kämpft.« Er war immer leiser geworden, hatte dafür aber immer mehr Betonung in seine Worte gelegt. Jetzt sah er Möller verächtlich an. »Was wollen Sie überhaupt hier?«

Der Mann straffte sich. »Geschäfte. Ich hatte eine Verabredung mit Heinrich Lüders, aber der Herr hat es anscheinend vorgezogen, nicht zu erscheinen. Dabei hatte ich gestern Morgen noch mit ihm telefoniert.«

»Der Herr, wie Sie so schön sagen, kann nicht mehr erscheinen«, erwiderte Jessen beherrscht. »Herr Lüders ist tot. Und damit haben sich wohl auch Ihre Geschäfte erledigt. Guten Tag.«

»Wie, tot?« Möller sah Jessen irritiert an.

»Wie tot kann man denn sein?« Jessen ärgerte sich, er wollte ganz sicher nicht mit diesem windigen Makler über den gerade verstorbenen Heinrich Lüders reden. »Sie entschuldigen mich.« Er wandte sich ab und griff nach dem Tablett.

Typen wie dieser Möller, was sind das nur für Menschen?, fragte sich Jessen. Sind das überhaupt Menschen? Unfassbar. Er sah auf die Uhr. Selbst wenn er sein Schlichtungsgespräch hier einigermaßen flott über die Bühne brachte, musste er sich danach beeilen, um zur telefonisch verabredeten Zeit den Fahrer des Mähdreschers aus dem Nachbarort zu vernehmen, zum Unfallhergang und überhaupt. Und es wartete auch noch einiges in der Dienststelle auf ihn, nicht zuletzt dieser dämliche Schädel vom Acker.

Jessen wollte schon zu Frau Siemsen und Bauer Harms gehen, als er sich plötzlich an etwas erinnerte. Er trat an den Tisch des Schnöselmaklers und sah ihn an. »Sagen Sie, wann genau haben Sie gestern Morgen mit Heinrich Lüders telefoniert?«

***

Es klingelte, aber niemand ging ran. Polizeioberrat Matthies legte auf, bevor wieder dieser seltsame Anrufbeantworter ansprang, dessen Ansage er schon beim ersten Mal nur mit Schwierigkeiten verstanden hatte. Wo trieb sich dieser Jessen bloß rum? Matthies hatte sich darüber informiert, wer in Tönnshagen Dienst tat und wie die Dienststelle zu erreichen war. Aber seit einer Dreiviertelstunde erreichte er dort niemanden. Was, wenn jetzt etwas Schlimmes passierte, und das Telefon war nicht besetzt?

Na ja, was sollte in einem Ort, der Tönnshagen hieß, schon Schlimmes passieren? Ein Treckerunfall? Eine Mistgabelattacke? Jemand könnte in einer Jauchegrube ertrinken. Matthies grinste schief. Oder es wurde eben ein Scheißschädel in einem Gemüsebeet ausgegraben. Er schob das Telefon zur Seite und machte sich an das Studium der Akte auf seinem Schreibtisch, das er unterbrochen hatte, um Hauptmeister Sven-Ole Jessen anzurufen. Doch er konnte sich nicht darauf konzentrieren. Innerlich verfluchte er sich selbst und ärgerte sich, dass er in seinem Brausebrand an dem Abend bei Rocco noch ins Auto gestiegen war. Er hatte mit seiner Frau gestritten, und sie war mit dem Taxi nach Hause gefahren, während er trotzköpfig und starrsinnig noch dageblieben war und einen Grappa nach dem anderen getrunken hatte. In seiner Erinnerung war er gar nicht so betrunken gewesen, auch die Beschädigungen an dem anderen Auto konnten eigentlich nicht gravierend sein. Gut, vielleicht hatte er einen Außenspiegel erwischt, eventuell auch den Kotflügel. Vor seinem inneren Auge sah er eine tiefe Schramme im Autolack.

Er rieb sich den Nacken. Warum hatte da auch eine Überwachungskamera sein müssen? Verdammter Mist. Jetzt war er diesem widerlichen Liebermann auf Gedeih und Verderb ausgeliefert. Hätte er nur auf seine Frau gehört!

Er zog das Telefon wieder zu sich heran und atmete laut und vernehmlich aus. Es half nichts, er musste sich um die Sache kümmern. Und wenn dieser Jessen auch nicht zu erreichen war, konnte er wenigstens mit Zufall schon mal ein paar Takte reden. Er hatte inzwischen herausgefunden, dass Zufall neuerdings für Verkehrsdelikte eingeteilt war und tatsächlich Roccos Anzeige gegen unbekannt auf dem Schreibtisch liegen hatte, ausgerechnet der! In der rosa Mappe, die er gestern im Gemeinschaftsbüro der Kollegen ganz oben auf dem Stapel von Zufalls Fällen hatte liegen sehen, war auf den Fotos zweifelsfrei Roccos Wagen zu erkennen gewesen. Zufall durfte auf keinen Fall weiterermitteln, denn der, das wusste Matthies, entdeckte immer etwas und würde ihn bestimmt auffliegen lassen. Er musste ihn abziehen, sofort. Das würde ihm auch etwas Luft bei Liebermann verschaffen.

Matthies wählte Zufalls Nummer. Es klingelte. Einmal, zweimal, insgesamt achtmal. Matthies legte wütend auf. War denn überhaupt irgendjemand zu erreichen an diesem Scheißtag?

fünf

Endlich war es Anneke gelungen, ihre Tochter Bente zu kontaktieren, wenn auch über Umwege. Da sie sich nicht hatte erklären können, wieso Bentes Mobiltelefon immer ausgeschaltet war, hatte sie schließlich bei ihrem Exmann Christian angerufen und ihm ihre Situation erklärt. Nachdem sie ihm mehrfach versichert hatte, dass es Willy den Umständen entsprechend gut gehe, waren sie übereingekommen, dass er es übernehmen würde, Bente zu informieren. Die war mit einem der Köche aus dem Noma und anderen Lernwilligen auf einer Tagesexkursion an der Küste, um Gräser, Kräuter, Moos und Algen für das nächste Edelmenü zu sammeln. Das Noma setzte nicht nur auf regionale Küche im herkömmlichen Sinne, es konnte auch durchaus passieren, dass etwas auf dem Teller landete, das man landläufig als Gras oder Unkraut bezeichnete. Im Dorfkrug in Tönnshagen hätte man wahrscheinlich gefragt, ob Willy jetzt völlig durch den Wind sei und hier Viehfutter serviere.

Jedenfalls fand die kulinarische Entdeckungsreise in einer Gegend statt, in der es kaum oder nur ganz selten Handyempfang gab. Christian schien aber zu wissen, wie er die Gruppe erreichen konnte, und hatte versprochen, sich zu melden, sobald das geklappt hatte.

Anneke seufzte. Ihr war egal, ob Christian einen reitenden Boten, eine Brieftaube oder einen Mitarbeiter am Lenkdrachen in die Gegend schickte, solange er Bente nur bald erreichte. Wenn Willy starb, ohne dass seine Enkelin über seinen schlechten Gesundheitszustand informiert worden war, würde Bente ihr das nie verzeihen.

Ihr Telefon piepte. Das ging schnell. Aber es war nur Thomas, der wissen wollte, ob sie bei Bente schon Erfolg gehabt und vielleicht außerdem eine Ahnung habe, wo Willy die Senfeimer verstecke. Anneke musste laut lachen.

***

Sven-Ole Jessen fuhr in bedächtigem Tempo über die Landstraße. Er dachte über das nach, was der Bauer aus dem Nachbardorf, der mit seinem Mähdrescher in den Unfall verwickelt war, ihm gerade erzählt hatte: Er habe eigentlich nur die Bundesstraße auf dem Weg von einem Feld zum anderen überqueren wollen, wie immer, als der goldfarbene Kombi mit unverminderter Geschwindigkeit in ihn hineingerast sei. Von Weitem hatte er ihn herankommen sehen und noch gedacht, dass der nun aber gleich mal abbremsen müsste, übersehen haben könne er seinen über drei Meter hohen Mähdrescher ja schließlich nicht. Dann hatte es auch schon gekracht, und viel mehr wusste er nicht. Außer dass er im Grunde noch Glück gehabt hatte, denn es hätte alles noch viel schlimmer kommen können. So trug er nur etliche Prellungen, ein paar minder schwere Brüche und eine ordentliche Gehirnerschütterung davon. Und natürlich den Schock darüber, dass er in den Unfalltod eines Menschen verwickelt war. Dass Heinrich Lüders der Fahrer gewesen war, der das Ganze nicht überlebt hatte, machte es noch schlimmer für ihn, denn den habe er ja sogar gekannt.

Jessen konnte das gut nachvollziehen. Und wieder stellte er sich die Frage, warum Lüders offenbar nicht einmal ansatzweise gebremst hatte. Nachdenklich bog er auf den Parkplatz vor der Dienststelle ein. Als er die Einganstür aufschloss, hörte er drinnen schon das schrille Klingeln des Telefons. Er warf die Autoschlüssel auf den Schreibtisch und stürzte zum Apparat. »Jessen?«

»Ah, wie schön«, klang es kühl aus dem Hörer, »dass bei Ihnen tatsächlich mal jemand anzutreffen ist. Matthies hier, Polizeioberrat Matthies, ich hatte schon mehrfach versucht, Sie zu erreichen.«

»Ja, ich war unterwegs.« Jessen fühlte sich etwas überrumpelt, weshalb er glaubte, hinzufügen zu müssen: »Dienstlich.«

Am anderen Ende der Leitung war so etwas wie ein Schnauben zu vernehmen. »Da gehe ich mal von aus, dass Sie um diese Zeit noch Dienst tun, Kollege, äh, Jensen.«

»Jessen«, korrigierte Sven-Ole schlicht.

»Was? Ach so, na ja, ist auch egal. Jedenfalls geht es um diese Sache bei Ihnen in Tönnsbach …«

»Tönnshagen«, warf Jessen ein. Er war jetzt ganz ruhig. Typen wie diesen Matthies kannte er zur Genüge. Hatten keinen Schimmer, was eigentlich los war, hörten nie richtig zu und stellten Fragen, die längst beantwortet waren. So eine Haltung befähigte offensichtlich zu Höherem. Höherem Dienst wenigstens.

Matthies räusperte sich, anscheinend irritiert, dass Jessen ihn ständig unterbrach. »Ja, meinetwegen auch Tönnshagen. Jedenfalls war da diese Sache mit einem Schädel auf einem Acker, wie ich erfahren habe.«

Jessen zuckte kurz zusammen. Neben ihm auf dem Schreibtisch lag gut sichtbar jener inzwischen sorgsam eingewickelte Schädel, der immer noch darauf wartete, zur weiteren Untersuchung verschickt zu werden. Mist. Dazu war er heute wieder nicht gekommen.

Matthies bemerkte seine kurze geistige Abwesenheit zum Glück nicht, kam aber dummerweise auf genau diesen Punkt zu sprechen: »Ich nehme an, besagter Schädel befindet sich derzeit zur weiteren Untersuchung in der Rechtsmedizin?«

Jessen gab ein undefinierbares Geräusch von sich, das durchaus als Zustimmung verstanden werden konnte. Wenn man es so verstehen wollte.

Zum Glück fragte Matthies nicht weiter nach, sondern polterte los: »Na, das kann ja dauern, bis die Kollegen was rausfinden. Oder haben Sie schon irgendwelche Untersuchungsergebnisse bekommen?«

»Nein, bisher noch nicht«, antwortete Jessen wahrheitsgemäß. Jetzt war er doch neugierig. »Herr Polizeioberrat, darf ich fragen, weshalb Sie daran so interessiert sind?« Jessen wartete gespannt.

Matthies räusperte sich ausgiebig, bevor er antwortete. »Na ja, das ist doch ein eher ungewöhnlicher Fall. Man findet ja nicht alle Tage einen Schädel auf dem Acker. Und im Gegensatz zu dem Schädelfund auf dem Münchener Viktualienmarkt, der in dieser Hinsicht zuletzt Schlagzeilen gemacht hat, können wir nicht davon ausgehen, dass dort mal ein Friedhof war, oder? Ich denke, dass hier eine lupenreine Aufklärung erforderlich ist. Und schließlich haben wir hier einen Spezialisten, der Ihnen sicher ganz gut dabei helfen könnte.« Matthies schien selbst zu merken, dass das doch etwas zu konziliant klang, und schaltete wieder auf höhere Führungsebene: »Sie auf dem Dorf haben mit solchen Sachen ja eher selten zu tun, Forensik, Profiling et cetera pp. Da ist es schon besser, wenn man auf verfügbare Ressourcen zurückgreift, Synergien nutzt, Kräfte bündelt und so weiter, und da ist Zufall der beste …«

Jessen stutzte. »Wieso Zufall? Was hat denn der Zufall damit zu tun?«, fragte er verwundert.

Jetzt lachte Matthies kurz. »Nein, ach so, das wissen Sie ja nicht, der Kollege heißt Zufall. Zufall wie …« Ihm fiel auf die Schnelle kein passender Vergleich ein. »Wie Zufall eben.«

Jessen überlegte, was das Gegenteil von Zufall war. »Vielleicht Zufall wie nicht geplant?«

Matthies ging darauf nicht mehr ein, er schien zum Ende kommen zu wollen. »Jedenfalls ist er am Freitag bei Ihnen in Tönnsdings, äh … ja, und da wäre es gut, wenn Sie sich um die Unterbringung kümmern könnten, falls es länger dauert. Gibt es ein Hotel bei Ihnen? Oder, na ja, vielleicht wenigstens einen Gasthof?«

Jessen unterdrückte den Impuls einer beißenden Bemerkung, man habe hier seit letzter Woche zwar endlich Strom und fließend Wasser, aber an Tourismus sei noch nicht zu denken. Stattdessen sagte er freundlich: »Kein Problem, ich weiß, wo wir ihn sehr gut unterbringen können, Ihren Herrn Zufall.«

Jessen legte auf und kramte Gesines Nummer hervor. Dann packte er den Schädel in einen Karton und begann, diesen zu beschriften. Die Adresse der zuständigen KTU-Abteilung am Bruno-Georges-Platz in Hamburg fand er im Intranet. Gerade war er dabei, das Etikett zu schreiben, als erneut das Telefon schrillte.

»Mann, Mann, Mann, hier is aber auch wieder wat los«, murmelte er und musste unwillkürlich grinsen. So hatte sein Vorgänger Achterndiek immer reagiert, wenn noch vor Mittag zum zweiten Mal das Telefon geklingelt hatte. »Jessen, Polizei Tönnshagen, wie …«

Er griff gleich nach seinem Notizblock. »Ein Wildunfall mit dem Schulbus? Wo genau?« Jessen begann zu schreiben. »Kurz hinter der Haltestelle Brunnenberger Redder, gleich beim Gewerbegebiet. Ja, kenn ich.« Konzentriert hörte er weiter zu. »Der Fahrer ist ansprechbar? Ich denke, der Notarzt ist bestimmt schon vor Ort, ich flitz auch los, danke für die Meldung.«

Während er in Gedanken schon die einzuleitenden Maßnahmen durchging, vervollständigte er in Windeseile den Adressaufkleber: Brunnenberger Platz. Dann schnappte er sich die Autoschlüssel, klemmte sich das Paket unter den Arm und sprang in den Einsatzwagen.

Nachdem Jessen am Unfallort dafür gesorgt hatte, dass der Notarzt sich um den nur leicht verletzten Fahrer, der Jäger sich um das tote Reh kümmerte und alle aufgeregten Grundschüler wohlbehalten nach Hause kamen, machte er sich auf den Weg zur Postannahmestelle im Kiosk. Als er um die Ecke bog, sah er gerade noch, wie der Postwagen losfuhr. Jessen drückte aufs Gaspedal, überholte hupend den gelben Transporter und zeigte dem Fahrer an, dass er noch einmal anhalten sollte.

Jessen sprang aus dem Wagen. »Peter, ich hab was, das musst du unbedingt noch mitnehmen.«

Der Postbote schnippte die Zigarette weg, die er am Steuer geraucht hatte, sah Jessen unbeeindruckt an und meinte: »Unser Sven-Ole, immer auf den letzten Drücker, was?« Er zeigte auf Jessens Dienstwagen. »Und immer schneller, als die Polizei erlaubt!« Er lachte laut und nahm das Paket entgegen. Dann fuhr er provozierend langsam weiter.

***

»Und wieso du?« Jenny Mietzner nahm sich noch eine Handvoll Katzenpfötchen aus der stets gut gefüllten Glasschüssel auf ihrem Schreibtisch, mit »Rollgriff«, wie Zufall die Handbewegung bezeichnete, mit der Jenny die Süßigkeiten packte. Jetzt starrte er aber gerade aus dem Fenster und war irgendwie abwesend.

Dann fand er seine Konzentration wieder. »Was weiß denn ich? Ist halt 'ne Order von Matthies. Ich glaube, der hat mich auf dem Kieker, keine Ahnung, warum.«

Jenny lachte hell. »Warum? Vielleicht, weil du dir nie was sagen lässt und generell immer erst mal auf Opposition machst? Das kommt bei Vorgesetzten meist nicht so toll an.« Jenny lächelte ihn unschuldig an und ließ dann ihren Blick durchs Großraumbüro schweifen. »Und nicht nur bei denen.« Sie lehnte sich zurück und schob ein paar der Lakritzballen in ihren Mund.

»Pfft.« Zufall ließ geräuschvoll Luft entweichen. »Mir doch egal. Du tust ja gerade so, als sei ich aufsässig.« Sein Blick streifte die Porzellanfigur, die seit letzter Woche neben Jennys Telefon stand, eine Katzendame namens Duchesse aus dem Disney-Zeichentrickfilm »Aristocats«, wie sie ihm stolz erklärt hatte.

Zufall nahm all die unterschiedlichen Katzentrophäen, die rund um Jennys Bildschirm, teils ihm, teils ihr zugewandt, aufgebaut waren, meist gar nicht mehr wahr. Vielleicht hatte er sich einfach schon daran gewöhnt, jedes Mal, wenn er zu der ihm gegenübersitzenden Kollegin blickte, in die Augen einer geheimnisvollen schwarzen Glaskatze aus Ägypten, einer grünäugigen Holzmieze aus Italien und dieser stoisch vor sich hin winkenden Goldlackkatze aus Japan zu schauen. Bei den Kollegen galt Jenny als »nett, aber spinnert«, zumindest, was ihre Katzenbegeisterung betraf. Hinter ihrem Rücken wurde sie deshalb manchmal »Miezekatze« genannt, was Zufall zwar ablehnte, aber irgendwie auch niedlich fand. Und ganz passend.

Mit vollem Mund war es für Jenny schwierig, gleich zu antworten. Sie schluckte geräuschvoll. »Obstinat ist, glaube ich, der richtige Begriff.«

Jetzt war es Zufall, der grinsen musste. Die ständigen Versuche der im Osten Deutschlands aufgewachsenen Jenny, ihren Wortschatz bewusst um neue, insbesondere norddeutsche Worte und Begriffe zu erweitern, erheiterten ihn als gebürtigen Hamburger immer wieder.

Er sah noch einmal auf den Zettel, den Matthies ihm vorhin überreicht hatte, als er ihn zu sich zitiert hatte. »Dass ich morgen und übermorgen Urlaub habe, passte Matthies gar nicht. Ich soll mich gleich am Freitag bei einem Polizeihauptmeister Sven-Ole Jessen melden, in Tönnshagen.«

Jenny richtete die Position der Winkekatze neu aus. »Klingt doch nett. Und immer noch besser, mal wieder rauszukommen, als immer hier rumzuhängen.« Sie rollte übertrieben theatralisch mit den Augen.

Zufall lachte und klopfte auf den Stapel rosafarbener Mappen. »Vor allem besser, als Verkehrsdelikte durchzuackern. Die gebe ich nur allzu gern ab.« Er sah zufrieden auf die Mappen. »Kollege Kaul wird sich ein Loch in den Bauch freuen, wenn ich ihm den Stapel rüberbringe.«

Jenny schnitt eine Grimasse. »Ach Gott, die Abteilung Lahm & Faul soll das übernehmen? Dann wirst du's wahrscheinlich doch selbst machen müssen, wenn du wieder da bist. Oder du musst lange genug wegbleiben.«

Zufall wiegte abwägend den Kopf hin und her. »Muss nicht sein. Wenn Kaul ebenfalls keine Lust darauf hat, winkt er sicher einfach alles durch, ohne größere Prüfung.« Er sah auf die Uhr. »Weißt du, ob er jetzt da ist? Oder nimmt er schon wieder eine vorgezogene Kaffee-und-Kuchen-Auszeit?«

Jenny blickte an die Decke. »Weder noch, Kaul hat seit gestern Urlaub. Nächste Woche ist er wieder da, glaube ich.« Sie wedelte mit den Händen. »Gib mal her, den Kram. Ich werde den lieben Kollegen nur zu gern darüber informieren, welche Spezialaufgabe ihn erwartet.« Sie grinste gehässig.

Zufall reichte ihr den Stapel. »Wenn ich dich nicht hätte …«

»… dann hätt'ste 'ne andere«, war Jennys routinemäßige Entgegnung auf diesen Running Gag zwischen den beiden.

Zufall stand auf und suchte ein paar Sachen aus seinem Schreibtisch, die er in seiner verschrammten Lederaktentasche verstaute. Die Tasche war sein beinahe wertvollster Besitz, ein Familienerbstück, das »Geschichte geatmet hat«, wie er gern ein bisschen zu theatralisch betonte. Seine Frau rümpfte immer die Nase, wenn er mit der Tasche unter dem Arm loszog, sie vermutete nämlich eher den »Mief von tausend Jahren« in dem alten Ding. Schon mehrfach hatte sie versucht, ihn vom dringend notwendigen Wechsel zu überzeugen – ohne Erfolg. Zwei sehr geschmackvolle und nicht eben billige Aktentaschen verstaubten bereits in der hintersten Ecke von Zufalls Kleiderschrank. Alles Zureden nützte nichts, er benutzte sie einfach nicht. Zufalls Ehefrau hatte sich hinter seinem Rücken sogar mit Jenny Mietzner verbündet, die daraufhin ihrerseits versucht hatte, ihm seine neuen Aktentaschen schmackhaft zu machen, indem sie ihn im Büro mit dem alten Ding aufzog. Aber es war zwecklos, und irgendwann hatte Jenny schließlich aufgegeben.

Jetzt klappte Zufall die Tasche zu und sah zu Jenny hinüber. »Was ist denn nun eigentlich mit deiner Wohnung? Wann genau musst du raus?«

Jenny schob genervt den Aktenstapel zur Seite. Seit ihr Vermieter Eigenbedarf angemeldet hatte, war sie auf das Thema Wohnen nicht mehr gut zu sprechen, verständlicherweise. Eine neue und vor allem bezahlbare Wohnung war noch nicht in Sicht, und der Auszugstermin rückte immer näher, auch wenn sie mit Hilfe des Mietervereins und ein wenig Anwaltsdruck das ganze Dilemma ein wenig hatte hinauszögern können. »Ich hätte heute eigentlich noch einen Besichtigungstermin, aber ich gehe da, glaub ich, gar nicht mehr hin. Das frustet nur.«

Sie sah Zufall an. »Inzwischen stehst du ja nicht mal mehr mit hundert anderen in der Wohnung, weil sie vorher genau aussieben. Du musst schon die Hosen runterlassen, damit du überhaupt zum ›persönlichen Termin‹ eingeladen wirst, wie die Maklerbrut das jetzt gern nennt.« Das Wort »Makler« spuckte sie regelrecht aus. »Wenn doch bloß endlich mal geregelt wird, dass nicht die Mieter und Käufer die Makler bezahlen, sondern die Vermieter und Verkäufer – eben die, die sie auch beauftragen …« Sie griff wieder in die Glasschale. »Ach was soll's, ich reg mich nur wieder auf. In meiner Gegend ist einfach nichts auch nur halbwegs Bezahlbares zu finden.«

Zufalls Lächeln war zuckersüß. »Musst du halt doch nach Wilhelmsburg ziehen. Oder Veddel. Das soll ja demnächst ganz groß rauskommen …«

Jennys Reaktion war erwartungsgemäß heftig: »Über die Elbe, spinnst du? Im Leben nicht! Da zieh ich eher nach Pinneberg.«

Zufall schmunzelte. Irgendwie fand er es sehr rührend, wie vehement Jenny die Ansichten alteingesessener Hamburger übernommen hatte. In der Beziehung war sie längst waschechte Hamburgerin, mindestens ehrenhalber. Er hob die Hand zum Abschiedsgruß. »Du weißt ja, dass du bei uns immer willkommen bist, wir haben zwei Gästezimmer, seit die Kinder weg, äh … also jedenfalls nicht mehr so häufig da sind. Und einen großen Keller – obwohl, der ist ziemlich vollgestellt. Damit darf ich mich übrigens an meinen freien Tagen beschäftigen. Na, aber eine Garage wäre zumindest noch da für deinen ganzen Krempel.«

Jenny lächelte dankbar. »Das ist lieb, aber deine Frau würde sich bedanken.«

»Das würde sie tatsächlich. Klara wäre froh, wenn sie mal ein bisschen andere Gesellschaft hätte. Und kochen tut sie sowieso immer für drei.« Er streichelte versonnen über seinen Bauch. »Na gut, wir klären das, wenn ich zurück bin, ich bleib da auf keinen Fall länger in diesem Tönns, äh, Dingsbums …«

»Tönnshagen.« Jenny winkte zum Abschied. »Schick mal eine Postkarte. Vielleicht gibt's ja da bezahlbare Wohnungen. Und keine Makler.« Sie begann, gedankenverloren in dem Stapel Akten zu blättern, kaum dass Zufall zur Tür raus war.

***

Bente Sørensen erschrak, als sie am nächsten Tag von ihrer Exkursion am Öresund zurück in ihr Quartier nach Humlebæk kam und dort die handgeschriebene Notiz vorfand, sie solle sich unbedingt sofort bei ihrer Mutter melden. Das konnte nichts Gutes bedeuten, denn seit sie im Ausland arbeitete, telefonierte sie jeden Sonntagabend – nach mitteleuropäischer Zeit – mit ihr. Und jetzt sollte sie sich ganz schnell bei ihr melden? Da musste was passiert sein.

Bente setzte sich auf das Bett in ihrem Gastzimmer und kramte ihr Handy aus dem Rucksack. Von Humlebæk aus waren sie in Richtung Norden die Küste hochgefahren. In Helsingør hatten sie kurz angehalten, immerhin war hier die Handlung von Shakespeares »Hamlet« angesiedelt. Und von dort konnte man sozusagen rübergucken nach Schweden, nach Helsingborg. Dann war es weitergegangen bis Hornbæk ganz oben am Öresund, und von da ins Landesinnere zum Kloster Esrum. Überall hatten sie Moose, Algen, Gräser, Kräuter und Kies gesammelt, teils als Zutaten für die verrückten Menüs im Noma, teils zur Deko, teils einfach nur »weil's schön ist«, wie ihr kundiger Naturführer Niels ihnen immer wieder erklärt hatte. Er war eigentlich Unidozent, inzwischen aber pensioniert und führte solche Exkursionen nebenbei durch, weil es ihm Spaß machte und er den Küchenchef vom Noma aus Schulzeiten kannte. Überhaupt schien die dänische Kultur- und Gastroszene aus einem engen Netz alter Freund- und Feindschaften zu bestehen. Kaum ein Restaurant, in dem nicht ein alter Kumpel von der Kunsthochschule die Inneineinrichtung gestaltet hatte, kaum eine Geschäftsidee, die nicht ihren Ursprung in irgendwelchen Kreativ-WGs hatte, in denen neben den heute angesagten Köchen, Schriftstellern oder Regisseuren Dänemarks oft auch noch dieser inzwischen durch eine höchst populäre US-Fantasyserie bekannte Schauspieler oder jener gerade heiß gehandelte Designgott gewohnt hatte. Eine besondere Rolle schien dabei oft die Insel Bornholm zu spielen, wie Bente immer wieder mitbekommen hatte. Die Zusammenhänge hatte sie aber noch nicht genau verstanden.

Ihr Mobiltelefon zeigte, jetzt, da sie wieder ein Netz hatte, diverse Anrufe ihrer Mutter an sowie drei Nachrichten. Sie ließ sich zurücksinken und schaute dabei aus dem Fenster auf den Öresund, der sich malerisch vor ihr ausbreitete, zur Rechten die niedrigen Gebäude des Museums Louisiana mit seiner prachtvollen Sammlung zeitgenössischer und moderner Kunst, eine gute halbe Stunde nördlich von Kopenhagen. Die Praktikanten des Noma waren im Gästehaus neben dem Museum untergebracht – dem »Gasthaus«, wie die freundliche und unfassbar geduldige PR-Managerin des Museums, Tine Morck-Møller, es immer nannte. Am Freitag sollte es noch ein Abschlussdinner im Museum geben, ein typisch dänisches Essen mit lokalem Bier, italienischem Wein und deutscher Musik, dargeboten von einem Kopenhagener Streichquartett. Danach ginge es dann zurück in die dänische Hauptstadt.

Bente freute sich auf das Dinner, wenngleich sie bei der Formulierung »typisch dänisches Essen« etwas hellhörig geworden war. Die traditionelle dänische Küche, so viel hatte sie inzwischen mitbekommen, zeichnete sich nicht eben durch kulinarische Raffinesse aus. Viel Fisch natürlich, aber auch viele Kartoffelgerichte, Kohl, Gurken und anderes Gemüse, alles vom Acker eben, und dazu helle Béchamelsoßen oder Sauce béarnaise. Die gab es in jeglicher vorstellbarer Kombination. Oder auch unvorstellbarer. In Dänemark bekam man Sauce béarnaise zu allem, ob zu den legendären roten Pølserwürsten, einem Wiener Schnitzel oder auf der Pizza, die gern zusätzlich mit Kebab belegt war. Eine Kollegin im Restaurant hatte ihr erklärt, dass solche Soßen besonders nach dem Krieg als Zeichen von Wohlstand galten und seitdem auf fulminante Weise Einzug in den dänischen Küchenplan gefunden hatten, neben Schweinebraten mit dicker Speckkruste und Leberpastete auf Schwarzbrot mit Rotkohl.

Bente hörte die Nachrichten ab. Die aktuellste war von ihrem Vater, der sie in seinem typischen Singsang aufforderte, sich doch schnellstmöglich bei Anneke zu melden. Die anderen beiden Mitteilungen kamen von ihrer Mutter, die gefasst, aber ernst klang und dringend um Rückruf bat. Bente atmete einmal tief durch, dann wählte sie Annekes Nummer. Unangenehme Aufgaben musste man gleich hinter sich bringen. Und sie vermutete stark, dass es sich um etwas Unangenehmes handelte.

Eine Stunde später hatte Bente einen Platz im Flieger ab Kopenhagen gebucht; für Freitag, früher war einfach nicht gegangen. Sie informierte ihre Mitausflügler, dass sie am Freitagvormittag abreisen müsse und noch nicht wisse, wann sie wieder zurück ins Noma kommen werde. Tine Morck-Møller ließ sie wissen, dass sie leider nicht am Abschlussdinner teilnehmen könne.

Wieder zurück auf dem Zimmer, hing sie ihren Gedanken nach. Hoffentlich hielt Willy durch, das war jetzt das Wichtigste. Dennoch bedauerte sie es, den dänischen Abend zu verpassen. Vielleicht abgesehen von der Sauce béarnaise.

***

Am Freitagmorgen steckte Sebastian Liebermann zufrieden das Handy in die Innentasche seiner Barbour-Steppweste. Gerade hatte ihm Polizeioberrat Matthies mitgeteilt, dass quasi ab sofort einer seiner fähigsten Leute, so Matthies' Aussage, in Tönnshagen nach dem Rechten sehen würde. Liebermann schob seine sorgsam in Plastiktüten eingepackte neueste Errungenschaft auf die

Ladefläche des Landrovers, neben seinen noch immer strahlend neu blinkenden Spaten aus bestem Edelstahl mit handgeöltem Zedernholzschaft. Den hatte ihm seine Frau geschenkt, als er zugestimmt hatte, die Gemüseparzelle in Tönnshagen zu mieten. Benutzt hatte er ihn noch nie, vor Ort gab es ja Werkzeug, da musste er seines nicht schmutzig machen. Außerdem machte sich das Teil viel besser in der eigens von ihm angebrachten Halterung hinten im Landrover. Das sah original so aus wie in den Prospekten dieses »Von Hand gemacht«-Kaufhauses, das mit dem Slogan »Zurück zu den guten alten Dingen« völlig überteuerte Retro- und Nostalgiegegenstände anbot. Schwarze Bakelittelefone mit Wählscheibe, die natürlich keiner der Kunden wirklich benutzte, die sich aber »so toll« im kleinen Gästeflur machten, gleich neben der alten Singer-Nähmaschine. Und eben auch Gartengeräte: Gießkannen aus Blech, genietete Gärtnermesser aus Kohlenstoffstahl, Eschenholzgartenrechen und Wurzelstecher mit Buchenholzgriff und Echtlederschlaufe.

Liebermann sah sich den Spaten an. Vielleicht sollte er ihn doch einmal benutzen, inzwischen hatte er schon zu vielen Leuten von der Gärtnerei erzählt, die würden sich wundern, wenn der Spaten nicht auch mal schmutzig war. Und er würde ja nun Gelegenheit dazu haben.

Er schloss die hintere Tür, stieg ein und steuerte den Wagen Richtung Tönnshagen. Zuerst hatte er überlegt, irgendwann klammheimlich in der Nacht dort aufzutauchen, aber ein einzelner Wagen wäre nachts auf dem Acker sofort aufgefallen. Der meist übellaunige Verpächter hätte sicher gleich mit dem Luftgewehr neben ihm gestanden. Nein, im Dunkeln dorthin zu fahren, war zu riskant. Daher fuhr er jetzt, im Hellen, ganz offen. Wenn ihn jemand fragte, war er dort, um sich um seine Parzelle zu kümmern, die zwar von der Polizei noch nicht freigegeben war, aber gießen und Unkraut jäten musste man ja trotzdem. Und wenn man schon nichts ausgraben durfte, konnte man ja wenigstens etwas eingraben.

***

Die Lampen passten perfekt. Gesine hatte sie gestern in einem dieser unpersönlichen Möbelkaufhäuser entdeckt, bei denen man nur bei jedem dritten Besuch auf etwas stieß, das halbwegs akzeptabel war. Der große Rest war meist Schrott, fürchterlicher Kram, bei dem sich Gesine immer fragte, wer so etwas kaufte. Und dann sah sie die Leute, die so etwas kauften, und dachte, dass sie es eigentlich auch nicht anders verdient hatten. Im nächsten Moment schimpfte sie innerlich mit sich selbst, weil sie so fiese Gedanken hatte. Aber manchmal war das eben so.

Die Nachttischlampen waren jedenfalls erstaunlich geschmackvoll – schlicht, aus matt schimmerndem Metall und solide verarbeitet –, und das auch noch zu einem erstaunlich günstigen Preis. Natürlich »Made in India«, aber manchmal war der Wunsch nach fair produzierter und gehandelter Ware eben nicht mit der finanziellen Realität zu vereinbaren, Ökohof hin oder her. Gesine hatte gleich für jede ihrer sechs Ferienwohnungen solch eine Lampe gekauft und zufrieden festgestellt, dass sie wie erwartet perfekt auf das Fenstersims über dem Bett passten.

Nur in der Wohnung, die sie gleich für Kommissar Zufall herrichten wollte, stand das Bett auf der anderen Seite, da ging das nicht. Sie brauchte noch irgendein kleines Tischchen für die Lampe. Gerade überlegte sie, ob sie noch einmal losfahren sollte, da fiel ihr ein, dass auf dem Dachboden noch dieses kleine alte Nachtschränkchen stehen musste, für das sie irgendwann keine Verwendung mehr gehabt hatten.

Gesine liebte es, Altes mit neu gekauften Sachen zu kombinieren. Ihr ganzer Stolz war ein altes dänisches Silberschränkchen aus hellem Holz, das sie auf einem Flohmarkt in der Nähe der dänischen Grenze entdeckt und liebevoll aufbereitet hatte. Das alte Nachtschränkchen ließe sich sicherlich ebenfalls noch ein bisschen aufpeppen.

Auf dem Dachboden türmten sich alte Möbel, Koffer, Werkzeuge, Zeitungen und Einweckgläser. Brauchbares und Unbrauchbares stand nebeneinander, und beim Anblick dieses Sammelsuriums meldete sich wieder Gesines schlechtes Gewissen, das sie schon seit Jahren ermahnte, hier mal Ordnung zu schaffen. Die Arbeit auf dem Hof und die Vermietung der Ferienwohnungen ließen ihr aber einfach zu wenig Zeit dazu.

Das Mobiliar, das den Dachboden füllte, stammte zum größten Teil noch aus Willy Thomsens Besitz. Carsten Neubauer hatte beim Kauf des Hofes auch den Großteil der Einrichtung übernommen. So stand es im Kaufvertrag. Willy hatte nach dem Tod seiner Frau einen Neuanfang gewollt, er nahm nur die Möbelstücke mit, die ihm wichtig waren, und zog in die Wohnung über dem Krug. Den Rest überließ er dem neuen Besitzer.

Carsten, von Natur aus sparsam, hatte die ersten Jahre einfach Willys Möbel weiterbenutzt, so hatte er es Gesine zumindest einmal erzählt. Alle neueren Möbelstücke, die sich bei ihrem Einzug im Haus befanden, waren von Neubauers Freundinnen angeschafft worden. So waren nach und nach die alten Sachen vom Wohnbereich auf den Dachboden gewandert und fristeten dort ihr Dasein.

Gesine schaltete das Licht ein. Irgendwo hier musste das Nachtschränkchen sein, sie konnte sich noch gut daran erinnern, dass es früher in der Diele gestanden hatte. Ein kleines dunkles Schränkchen mit Schublade und einer Tür, hinter der ganz früher wohl mal der Nachttopf aufbewahrt wurde. Sie selbst hatte das Möbelstück auf den Dachboden gebracht.

Jetzt konnte sie es aber nirgends entdecken. Nachdem sie diverse Pappkartons mit ausgemusterter Garderobe, eine alte Nähmaschine und den alten Teppich aus dem Wohnzimmer zur Seite geräumt hatte, entdeckte sie es schließlich in der hintersten Ecke. Es dauerte eine ganze Zeit, bis Gesine sich den Weg dorthin gebahnt hatte. Unfassbar, was sich im Laufe der Jahre so alles ansammelte. Sie streckte die Hand nach dem Griff eines mintgrünen Kunstlederkoffers aus, der den Nachtschrank blockierte, und wollte ihn zur Seite heben. Das wohl vierzig Jahre alte Reiseutensil gab dem Ruck mit einem Knirschen nach, und Gesine hatte den Griff des Koffers in der Hand. Dieses Mistding, dachte sie verärgert, während sie das verstaubte Teil aus der Ecke zerrte, dann sah sie ihn sich genauer an.

Diesen Koffer hatte sie noch nie gesehen. Ob der auch noch aus Willys Besitz stammt?, fragte sie sich, während sie ihn öffnete.

Ein pinkfarbener Rock und türkisfarbene Shorts kreischten ihr entgegen. Gesine musste an Willys verstorbene Frau Esther denken. Die hatte sie zwar nie persönlich kennengelernt, denn Esther starb 1989, da war Gesine gerade elf Jahre alt und noch gar nicht in Tönnshagen. Doch auch Jahre nach Esthers Tod wurde hier noch immer viel über sie gesprochen. Jeder in Tönnshagen, ob Mann oder Frau, hatte mindestens eine Geschichte im Repertoire, die sie oder ihn mit Esther verband. Und ausnahmslos jede und jeder hatte sie gemocht. Daher wusste auch Gesine mittlerweile so viel von ihr, dass ihr Esther beinahe vertraut war. Sie schloss den Koffer, stellte ihn zur Seite und trug das Nachtschränkchen nach unten.

Es machte sich gut im hellen Schlafzimmer der Ferienwohnung. Das dunkle Holz passte sogar zum helleren Buchenholzrahmen des Bettes und zur neuen Nachttischlampe. Vielleicht war es gar nicht nötig, es neu zu lackieren.

Beim Saubermachen des Schränkchens war Gesine ein Umschlag mit Fotos in die Hände gefallen, der wohl irgendwann hinter die Schublade gerutscht war. Urlaubsfotos ganz offensichtlich; Aufnahmen, auf denen Carsten Neubauer und seine damalige Freundin zu sehen waren. Gesine war ein bisschen eifersüchtig geworden. Nicht direkt auf die Frau auf dem Foto, die kannte sie ja gar nicht. Es wurmte sie jedoch, dass sie nichts von dieser Frau wusste, denn über seine Exfreundinnen schwieg Carsten sich aus. Das wenige, was er ihr über ihre einzige ernst zu nehmende »Vorgängerin« erzählt hatte, war in einem Satz zusammengefasst: Sie hieß Alicja, kam aus Polen und war irgendwann einfach abgehauen. So hatte Carsten es jedenfalls ihr gegenüber formuliert, und mehr war dazu nicht aus ihm herauszubringen gewesen. Es musste ihn damals sehr getroffen haben, denn nachdem Alicja ihn verlassen hatte, war er zehn Jahre lang an keiner ernsthaften Beziehung interessiert gewesen. Erst dann hatten Gesine und er sich kennengelernt und waren ein Jahr später ein Paar geworden.

Gesine betrachtete noch einmal das Foto. Hübsche Frau, dachte sie und steckte es wieder zurück in den Umschlag, den sie in die Gesäßtasche ihrer Jeans schob.

Während sie das Bett bezog und die Wohnung für ihren neuen

Feriengast herrichtete, schweiften ihre Gedanken immer wieder ab. Sie musste daran denken, wie sie Carsten kennengelernt hatte. Damals hatte sie in einem kleinen Hotel in Berlin gejobbt. Eines Tages stand Carsten Neubauer vor ihr, als einer von vielen Gästen, die zur »Grünen Woche«, der Landwirtschaftsmesse schlechthin, nach Berlin gekommen waren. Gesine mochte ihn auf Anhieb, er sah mit seinen zweiundvierzig Jahren blendend aus und hatte im Gegensatz zu den vielen anderen in der Agrarwirtschaft tätigen Hotelgästen gepflegte Fingernägel. Das Meldeformular füllte er in einer ausdrucksstarken, klaren Schrift aus.

Gesine erinnerte sich, dass sie vom ersten Augenblick an beeindruckt gewesen war, und das hatte nicht nur daran gelegen, dass sie gerade mal halb so alt war wie er. Sie musste schmunzeln, denn beeindruckt hatte sie damals besonders Carstens Parfüm – im doppelten Sinn. Er trug ein markantes After Shave, und aus seiner Jackentasche ragte Patrick Süskinds Roman »Das Parfum«. Darüber waren sie dann auch ins Gespräch gekommen; später erzählte er von seinem Hof, seinem Garten, seinen Plänen.

Bereits am Ende der Woche hatte Carsten sie gefragt, ob sie sich nicht vielleicht vorstellen könnte, für ihn zu arbeiten, der Ökohof könnte eine Frau wie sie gut gebrauchen. Sie hätte die Welt umarmen können, denn Komplimente, egal welcher Art, bekam sie nicht oft. Vier Wochen später war sie nach Tönnshagen gezogen.

Das alles lag nun schon fünfzehn Jahre zurück. In der Zwischenzeit hatten sie und Carsten geheiratet und auf dem Hof vieles umstrukturiert. Die sechs Ferienwohnungen, die Neubauer in den alten Stall gebaut hatte, waren von ihm vor allem funktional eingerichtet worden und ließen sich zu Beginn nur schwer vermieten. Es hatte einige Zeit gebraucht, bis Gesine ihn überzeugen konnte, noch ein bisschen was zu investieren, das sich auf lange Sicht bezahlt machen würde. Carsten hatte nachgegeben, wenn auch widerwillig, und ihr freie Hand bei der Gestaltung gelassen. Heute war das ehemals triste, gesichtslose Gebäude ein echtes Schmuckstück mit Traumgarten. Zuerst hatte Gesine einen geschmackvollen Steinweg pflastern lassen, der als großer Halbkreis vor dem Eingang endete. Die einfache Haustür wurde durch eine weiße Landhaustür ersetzt, die Fenster mit weißen Läden ausgestattet. Sie pflanzte Wein an die Fassade, der mit seinem satten Grün einen schönen Kontrast zur weißen Hauswand bildete. Zur Straße hin ließ sie einen Staketenzaun ziehen, an den sie Stockrosen und Sonnenblumen pflanzte. Eine Buchsbaumhecke säumte den Weg zum Haus, dahinter lagen der Rasen und die Staudenbeete.

Alle Touristen, die nach Tönnshagen kamen, fotografierten seither Neubauers Ferienparadies, das eigentlich Gesines Ferienparadies war.

***

Für Paradiese hatte Sebastian Liebermann kein Auge, jedenfalls nicht in diesem Kuhdorf, das seine Frau zum gemeinsamen Gärtnern ausgesucht hatte. Ohne sie eines Blickes zu würdigen, fuhr er an Gesines Ferienwohnungen vorbei, um seinen Wagen auf dem Parkplatz bei den Gartenparzellen abzustellen. Er hatte beschlossen, ganz offensiv mit der Sache umzugehen, um nur ja keine Aufmerksamkeit zu erregen. Auf dem Parkplatz stand aber ohnehin nur ein weiteres Auto, irgend so ein lächerlicher Kleinwagen, bestimmt schon zehn Jahre alt.

Liebermann stellte den Motor ab. Wiebke hätte wahrscheinlich sogar den Namen des Besitzers gewusst, die unterhielt sich ja auch immer mit allen. Ihn interessierten diese Leute nicht im Geringsten. Wenn er seine Frau hinterher fragte, kam fast immer raus, dass die meisten überkandidelte Ökomütter, brotlose Künstler oder, noch schlimmer, sendungsbewusste Journalisten waren, die für irgendwelche hippen Hochglanz-Landillustrierten schrieben und den Zurück-zur-Natur-Trend auch selbst leben wollten. Er hatte keine Lust, mit den anderen Parzellenbesitzern zu reden. Über was auch? Ihn interessierte weder Gemüse noch das Gärtnern an sich. Als Wiebke ihn einmal gebeten hatte, doch auch einmal mit diesem netten Lokalredakteur vom Soundso-Tageblatt zu sprechen, hatte er sie mit dem Satz »Ich rede nur mit Entscheidern« abgebügelt.

Er stieg aus dem Wagen und holte Spaten und Plastiktüte aus

dem Kofferraum. Dann zog er seine sündhaft teuren original »Highland«-Gummistiefel an und stellte zufrieden fest, dass sie an der Seite genau das richtige Maß an Schmutzrand aufwiesen, um gut auszusehen. Wenn dieser Gärtnerquatsch endlich vorbei war, würde er sie zum nächsten Angelurlaub nach Irland mitnehmen, natürlich ohne Wiebke.

Er stapfte los und bog auf den breiten Querweg ein, der alle Parzellen teilte. Am Horizont konnte er in einiger Entfernung eine Gestalt in gebückter Haltung wahrnehmen. Ein Glück, der Schreiberknilch oder wer auch immer es war, war weit genug weg von Liebermanns Parzelle, als dass er etwas mitkriegen würde. Und offensichtlich auch gut beschäftigt, Liebermann konnte gerade noch erkennen, wie der Mann fast verbissen sein Unkraut jätete.

Er schüttelte den Kopf, warf die Plastiktüte auf den Boden und legte den Spaten vorsichtig daneben, als wollte er verhindern, dass er verkratzte. Dann suchte er sich eine Stelle, die genau im richtigen Abstand von der Fundstelle des Schädels lag, nicht zu nah, nicht zu weit. Er stieß den Spaten in den Boden und hob die lockere Erde aus. Dann ließ er den Inhalt der Plastiktüte in das Loch fallen.

sechs

Zufall konnte gerade noch einem vom Grundstück donnernden Paketdienstfahrzeug ausweichen und parkte seinen Wagen direkt neben dem Polizeiauto, das auf dem kleinen Parkplatz vor der Tönnshagener Polizeistation stand. Dass es sich um die örtliche Polizeiwache handelte, erkannte man vor allem an dem beleuchteten Schild neben der Eingangstür, von außen sah das Gebäude eher aus wie ein Provinzsupermarkt. Ein ziemlich geschlossener Provinzsupermarkt. Am unteren Ende der großen Schaufensterscheibe konnte man sogar noch die gelb-blaue Werbeschrift einer Supermarktkette erkennen. Das Fenster selbst war im unteren Teil von innen mit einer Folie beklebt worden, die für einen Milchglaseffekt sorgte. Zufall sah, dass drinnen ein Mann in Uniform an einem Schreibtisch saß und telefonierte. Das war sicher dieser Jessen.

Er wartete noch einen Moment und ging vor dem Gebäude, das im Schatten eines riesigen Kastanienbaums stand, ein bisschen auf und ab. Auch rundherum war viel Grün; das gefiel Zufall schon mal viel besser, als er sich eingestehen wollte. Denn eigentlich hatte er beschlossen, alles mies zu finden an diesem »Sondereinsatz in der Provinz«, wie es Polizeioberrat Matthies mit diesem spöttischen Zug um den Mund genannt hatte.

Sondereinsatz, pah. Zufall kickte einen Kieselstein weg. Beim letzten Sondereinsatz, der diesen Namen verdient hatte, war er einem pathologischen Frauenmörder so nahe gekommen, dass es fast zu spät gewesen wäre. Hier ging es bloß um einen ausgegrabenen alten Schädel.

Er blickte wieder ins Innere der Dienststelle. Der Beamte telefonierte immer noch, hatte Zufall aber offensichtlich inzwischen entdeckt, denn jetzt wedelte er einladend mit beiden Händen, während er den Telefonhörer zwischen Schulter und Kinn eingeklemmt hielt. Dazu lächelte er aufmunternd. Zufall nahm seine am Auto abgestellte alte Ledertasche und betrat die Tönnshagener Wache.

Drinnen wurde er von dem immer noch freundlich dreinblickenden Beamten mimisch in Richtung der vor einem alten Brotregal aufgereihten Besucherstühle dirigiert. Der Mann bedeutete ihm, dass es nicht mehr lange dauern würde, und formte mit den Lippen überdeutlich das Wort »Übersee«. Zufall winkte ihm beruhigend zu, dass er sich ruhig Zeit lassen solle, und konnte sich ein Grinsen nicht verkneifen. Ein Telefonat mit Übersee war sicher eine große Sache hier in Tönnshagen. Oder meinte der mit Übersee vielleicht nur das benachbarte Dänemark auf der anderen Seite vom Fehmarnbelt? Er würde es sicher gleich erfahren.

Zufall schlenderte an dem Tresen entlang, der vermutlich anstelle der alten Kasse samt Warenlaufband installiert worden war und bis etwa zur Hälfte in den Raum hineinragte. Neben dem Tresen, auf dem das Paket lag, das wohl der eilige Paketpostbote gerade gebracht hatte, stand ein Zeitschriftenständer, in dem früher sicher Frauenmagazine, Fernsehprogrammzeitschriften und vielleicht die »Kieler Nachrichten« oder das »Hamburger Abendblatt« zum Kauf angeboten worden waren. Jetzt steckten darin Broschüren der Polizeigewerkschaft neben Ratgebern zu den Themen Einbruch, Diebstahl, Trickbetrug und Flyer örtlicher Veranstaltungen, wie Zufall überblicksweise erkennen konnte. Er nahm sich einen Flyer über Radwanderwege rund um Tönnshagen und setzte sich vor das einstige Brotregal. Verblassende Werbung für »Graumischbrot, das Gute!« und irgendetwas Unleserliches »… von echtem Schrot und Korn« verrieten, dass er mit seiner Annahme über den früheren Zweck des Drahtgestells, das jetzt anscheinend schon länger als Ablagefläche für Büromaterial, Aktenordner und Polizeiinventar diente, richtiglag. Zufall konnte Kellen, Signalwesten, Absperrleuchten und weiteren Krempel identifizieren.

Polizeihauptmeister Jessen war jetzt dabei, das Gespräch zu beenden: »Gut, Stefan, meine Kontaktdaten hattest du nach unserem letzten Telefonat bekommen, ja? Okay, meld dich, sobald du weißt, wann du fliegen kannst, ja? Und noch einmal mein herzliches Beileid, ehrlich …« Es folgten noch ein paar bestätigende Laute, dann verabschiedete er sich und legte auf.

Er sah rüber zu Zufall, der den Flyer sinken ließ. »Er wusste sofort, was los war, als ich ihn das erste Mal erreicht hatte«, sagte er, als wollte er es sich selbst erklären. Dann stand er auf, kam auf Zufall zu, sah im Vorbeigehen auf den Adressaufkleber auf dem Paket und stutzte. »O haua haua haua ha, ach du Scheiße, wo kommt der denn nun wieder her?« Er klemmte sich das Paket unter den Arm und wandte sich wieder an Zufall. »'tschuldigung, ich sollte Sie erst mal vernünftig begrüßen.« Er reichte ihm die Hand. »Willkommen in Tönnshagen, ich bin Hauptmeister Jessen.« Er grinste ein bisschen unsicher. »Äh, Sven-Ole.«

Zufall erwiderte den kräftigen Händedruck. »Kriminalhauptkommissar Zufall, äh, Werner.«

Jessen lächelte, zeigte aber sonst keinerlei Reaktion. Dann meinte er: »Dafür gibt's bestimmt immer viel Spott und blöde Sprüche.«

Zufall nickte. »Und ich kenn jeden – wie's der Zufall so will.«

»Ich meinte eigentlich für einen Vornamen wie Werner.« Jessen grinste immer noch.

Zufall lachte kurz und laut. Jetzt ahnte er, dass dieser Job wahrscheinlich doch ein Spezialeinsatz werden könnte. Und sogar einer mit Spaß.

***

Zufrieden stieg Sebastian Liebermann in seinen Wagen, nachdem er sein Werkzeug wieder ordentlich verstaut hatte. Den chromglänzenden Spaten zierte jetzt ein dezenter Schmutzrand, der Liebermann schon mal ganz gut gefiel. Vielleicht sollte er damit als Nächstes nach einem Regenguss irgendwas ver-, aus- oder umgraben, das würde sich bestimmt noch besser machen. Er startete den Motor und fuhr ziemlich rasant an. Fast touchierte er dabei den Kleinwagen des anderen Hobbygärtners, kriegte aber gerade noch rechtzeitig die Kurve und brauste davon. Im Rückspiegel erblickte er den Kleinwagenbesitzer, der ihm kopfschüttelnd hinterhersah, während er seinerseits seine Heckklappe öffnete und Spaten und Gartenkralle darin verschwinden ließ. Liebermann überlegte einen kurzen Moment, ob er umkehren und den Typ fragen sollte, was denn da zu kopfschütteln wäre, aber dann fuhr er doch weiter. Der war's nicht wert. Der machte auch sicher keine halbe Million im Jahr, ohne Bonusoptionen, versteht sich.

Liebermann steuerte den Wagen an dieser albernen Polizeidienststelle vorbei, die Tönnshagen besaß. Die Polizei im Supermarkt, völlig bescheuert. Na ja, passte aber auch irgendwie, der Dienststellenwärter hatte was von einem phlegmatischen Wurstverkäufer.

Liebermann amüsierte sich königlich über seinen Witz und bog schwungvoll ab.

***

»Den werden Sie auch noch kennenlernen«, sagte jener phlegmatische Wurstverkäufer in diesem Moment zu seinem Gast aus der Großstadt, wies aus dem Schaufenster der Dienststelle und fügte, mehr zu sich selbst, ein beinahe kontemplatives »Da fährt er nu hin« hinzu.

Zufall hatte ihm so schnell nicht folgen können und spähte etwas irritiert hinaus. »Wie, was? Wer fährt wohin?«

Jessen wiegte bedächtig den Kopf hin und her und nahm das Paket in beide Hände. »Sebastian Liebermann, Anwalt aus Ihrem schönen Hamburg. Auf seiner Parzelle wurde der Schädel gefunden, und ich vermute, dass er derjenige war, der dafür gesorgt hat, dass die Sache solche Aufmerksamkeit bekommt.« Er sah erst Zufall an und dann das Paket. »Auch in Ihrem Hamburg.«

Zufall winkte ab. »Jetzt sagen Sie nicht immer ›Ihr‹ Hamburg, da gibt es auch ganz schön viel, was ganz und gar nicht ›mein‹ Hamburg ist.« Er sah Jessen an. »Aber Moment, Liebermann? Da klingelt was. Ist der Typ nicht irgendein hohes Tier im Hamburger Senat?«

Jessen zuckte mit den Schultern. »Keine Ahnung, möglich. Ich hab mich mit dem Herrn noch nicht so intensiv beschäftigt. Muss man für den Job überheblich sein?«

Zufall feixte. »Es schadet jedenfalls nicht.« Dann blickte auch er auf das Paket, auf dem über der Adresse ein Aufkleber prangte. *Zurück – Empfänger/Firma unter der angegebenen Anschrift nicht zu ermitteln*, war dort zu lesen. »Ich hoffe, das war nicht dringend«, sagte er.

Jessen schaute zerknirscht zu Boden. Dann sagte er leise: »Das ist der Schädel.«

Zufall stutzte. »Ich dachte, der wäre schon längst zur weiteren Untersuchung im Labor?«

Jessen bekam jetzt tatsächlich ein bisschen Farbe in die Wangen. »Jaaa, schon, aber hier war so viel los, erst der schlimme Verkehrsunfall von Lüders, dann die Sache mit dem Schulbus und dem Wild …« Er zeigte etwas hilflos auf den Telefonapparat. »Da hab ich wohl die falsche Adresse draufgeschrieben.« Er seufzte. »Und dann diese Makler.«

Zufall hob abwehrend beide Hände. »Keine Frage, das stimmt natürlich. Wenn Makler im Spiel sind …« Er musste an Jenny Mietzner denken. Prüfend nahm er das Paket hoch und sah Jessen freundlich an. »Ach was soll's, ich nehm es einfach mit, wenn ich nachher zurück nach Hamburg fahre, und liefere es höchstpersönlich bei der KTU ab.«

***

Bente Sørensen drückte zum siebenundzwanzigsten Mal den kleinen Knopf am Lenkrad ihres Leihwagens und wechselte damit den Radiosender. Doch auch hier hörte sie nur schlechte Nachrichten: Krieg, Tote und ein versuchter Totschlag im Rahmen einer schrecklichen Familientragödie in einem kleinen Ort in Schleswig-Holstein. Achtundzwanzig, sie wechselte erneut den Sender. Dann doch lieber »Dudelfunk«, wie sie despektierlich sämtliche Privatradiostationen nannte. Von schlechten Nachrichten hatte sie im Moment genug, da reichten ihr die aus dem kurzen Telefonat, das sie heute Morgen mit ihrer Mutter geführt hatte. Nicht nur, dass ihr Opa Willy im Krankenhaus war und noch immer im künstlichen Koma lag, auch die Nachricht von Heinrich Lüders' Tod hatte sie getroffen. Sie war als Kind immer gern bei den Lüders' zu Gast gewesen. Deren Sohn Stefan hatte die gleiche Schule wie Bente besucht – nur vier Stufen über ihr. Sie musste schmunzeln, als sie daran dachte, dass die anderen

Mädchen in ihrer Klasse sie damals beneidet hatten, weil sie diesen gut aussehenden Jungen aus der Oberstufe kannte. Stefan war schon damals ein großer Radsportler gewesen, der gern an Gangschaltungen herumbastelte und seine Räder immer wieder aufs Neue auseinandernahm und zusammenschraubte. Wann immer Bente ein Problem mit ihrem Rad gehabt hatte, war sie zu Stefan gegangen. Während sie dann in der Hollywoodschaukel saß und sich nett mit Frau Lüders über die Schule oder das Kochen unterhielt, reparierte Stefan ihre Lotte, wie sie ihr Hollandrad nannte, und zwar in Windeseile. Stefan war immer nett zu ihr gewesen, sie fand ihn aber auch ein bisschen kauzig.

Vor ein paar Stunden hatte sie noch neben Niels im Auto gesessen, der darauf bestanden hatte, sie persönlich zum Kopenhagener Flughafen Kastrup zu bringen. Schweigend hatte sie aus dem Fenster gesehen, bis schließlich die schicken Villen des Kopenhagener Vororts Klampenborg an ihr vorbeigeglitten waren. Am Flughafen Hamburg-Fuhlsbüttel hatte dann der kleine Mietwagen für sie bereitgestanden.

Und nun, es war inzwischen später Nachmittag, fuhr sie also auf der von Linden gesäumten Landstraße in das Tönnshagen ihrer Kindheit. Bente war gespannt und auch ängstlich, was sie dort erwarten würde, denn von ein paar Kurzbesuchen zur Weihnachtszeit abgesehen, war sie in den letzten Jahren nie länger als zwei Tage am Stück dort geblieben. Jetzt hatte sie mit ihrer Mutter vereinbart, gleich eine Woche zu bleiben, je nach Willys Befinden und der Situation im Krug. Bente verlangsamte ihr Tempo, setzte den Blinker und bog von der Allee ab. Links erstreckte sich ein kleiner Wald, hinter dem Tönnshagen lag, zur Rechten blickte man weit über die Felder. Wenn man genau hinsah, konnte man auch die neue Umgehungsstraße erkennen.

Das Haus, in dem Bentes Mutter mit ihrem Lebensgefährten Thomas Buntheimer lebte, lag nur wenige Häuser vom Krug entfernt. Die kleine Dorfstraße führte direkt auf das Grundstück zu und endete dort. Bente überlegte, ob sie den Wagen in die Garagenauffahrt stellen sollte, entschied sich aber dagegen und parkte ihn am Straßenrand. Das rote Backsteinhaus lag hinter einem weißen Gartenzaun, dessen Tor von Rosen üppig umrankt war. Der Weg, der zum Haus führte, war gesäumt von großen Blumentöpfen, in denen neben Buchsbäumen und Margeriten auch Rosmarin, Salbei und Thymian blühten. Bente sah nach links, wo unter dem Kirschbaum im Vorgarten ringförmig kleine Pflastersteine verlegt waren, die sich wie ein großer Notenschlüssel auf den Garten legten und vor dem Eingang des Hauses in einen kleinen Platz mündeten. Hier lag Uwe, der dicke Kater, auf einem der zwei Korbstühle in der Abendsonne. Bente verspürte das Verlangen, sich in einen der Korbstühle fallen zu lassen, denn jetzt, wo sie ihr Ziel erreicht hatte, merkte sie plötzlich, wie erledigt sie war. Doch das würde noch ein bisschen warten müssen.

Der Kater drehte sich mit einem müden Maunzen auf die andere Seite, als Bente seinen Namen rief, und sie ging hin und begann, ihn am Hals zu kraulen.

***

Anneke Sørensen hatte das Abendessen schon vorbereitet und stellte gerade den selbst gemachten Eiersalat auf den Tisch, als sie ihre Tochter mit dem Kater sprechen hörte. Sie war ein bisschen aufgeregt, das musste sie sich eingestehen. Immerhin war Bente schon länger nicht mehr hier gewesen, und dann war da die Sache mit Willy. Sie wusste zudem, dass es nicht einfach sein würde, Bente um den Gefallen zu bitten, über den sie schon die ganze Zeit nachdachte.

»Bente, bist du es?« Sie öffnete die Haustür.

»Hallo, Mama.« Bente gab ihrer Mutter einen herzlichen Kuss auf die Wange. »Geschafft, endlich. Schön, dich zu sehen.«

»Komm erst mal rein, ich habe uns etwas zu essen gemacht.« Anneke wusste, dass Essen und ein gutes Glas Wein am besten geeignet waren, die Lebensgeister ihrer Tochter wieder zu wecken.

»Eiersalat! Wie großartig, den habe ich ja seit Ewigkeiten nicht mehr gegessen.« Bente schnappte sich gleich eine Gabel und steckte sich einen Happen in den Mund.

»Na ja, so etwas Profanes haben deine Arbeitgeber sicher nicht im Programm …« Anneke knetete verlegen ihre Hände.

Bente protestierte kauend: »Das stimmt nicht. Gerade das Alltägliche und Ursprüngliche erhält wieder Einzug in die Sterneküchen. Genau das ist ja auch der Erfolg des Noma. Der Chef setzt konsequent auf die nordische Küche und kocht mit heimischen Produkten. Da gibt es statt Hummer und Garnelen eben Kabeljau und Makrele. Statt mit Ingwer und Kurkuma wird mit Sauerklee, Dill und Petersilie gewürzt. Okay, der Eiersalat würde anders aussehen als deiner, aber grundsätzlich ist die Idee: zurück zur Region.«

Anneke schüttelte den Kopf. »Komisch, ich weiß noch, wie alle Leute plötzlich nur noch französische Küche wollten. In den achtziger Jahren gab es überall Coq au Vin, Quiche Lorraine und Ratatouille. Jeder wollte kochen wie Paul Bocuse und ist meist schon an den Rezepten von Alfred Biolek verzweifelt.« Sie lachte.

»Tja, und heute kochen die Leute immer weniger, gucken dafür aber immer mehr Kochshows im Fernsehen und kaufen jede Menge Kochbücher, die sie nie benutzen. Das ist schon seltsam.« Bente streckte sich.

»Ich finde es aber auch kurios, dass die Menschen bei euch dreihundert Euro für ein Menü ausgeben und dann Dinge auf ihrem Teller haben, die sie in ihrem eigenen Garten als Unkraut bezeichnen würden.«

Bente nickte. »Stimmt. Aber lass uns lieber was essen, statt nur drüber zu reden. Ich sterbe vor Hunger. Wo ist eigentlich Thomas?«

»Der ist im Krug. Einer muss ja.«

»Thomas im Krug? Kann der das denn?«

Anneke schnitt eine Grimasse. »Na ja, er bemüht sich. Mit Zahlen kann er ja, aber mit Gastronomie hat er nun mal nichts am Hut, nie gehabt. Die meisten hier wissen natürlich, dass er nur die Notbesetzung ist, und unterstützen ihn auch.«

Nachdem Bente zu essen angefangen hatte, holte Anneke den Wein aus dem Kühlschrank und goss beiden ein. Dann fasste sie sich ein Herz und nahm die Hand ihrer Tochter. »Bente, wir brauchen deine Hilfe. So geht es auf Dauer nicht weiter mit dem Krug. Selbst wenn Willy wieder gesund wird, kann er nicht mehr jeden Tag hinter dem Tresen stehen, und Thomas und ich haben ja beide auch noch einen anderen Job.«

Bente legte ihre Gabel auf den Tellerrand und sah auf. »Ich hab dir gesagt, dass ich da bin, wenn ihr mich braucht, und hier bin ich.« Sie trank einen Schluck Wein. »Aber du denkst an etwas anderes, stimmt's? Soll ich etwa den Krug übernehmen?« Sie lachte kurz, dann bemerkte sie Annekes Gesichtsausdruck. »Nee, Mama, wirklich nicht. Ich habe bei David Bouley in New York gearbeitet und jetzt sogar eine Festanstellung im Noma in Aussicht. Das sind die Toprestaurants der Welt, und du willst, dass ich Kartoffelsalat und Würstchen im Krug verkaufe?«

Bente schüttelte den Kopf und griff wieder nach ihrem Weinglas. »Ich bin hier, weil ich Opa besuchen will, und auch, weil ich euch sehen wollte. Eine Woche war ausgemacht, zehn Tage maximal, in der Zeit helfe ich euch auch gern im Krug, aber dann bin ich ganz sicher wieder auf dem Weg nach Kopenhagen.« Mit Schwung trank sie ihr Weinglas aus und stellte es auf den Tisch. »So, und jetzt gehen wir in den Krug, ich muss mich mal ein bisschen bewegen.«

***

Zufall ging hinter Sven-Ole Jessen her. Man könnte auch sagen, er trottete hinterdrein. Vielleicht hätten wir doch lieber den Wagen nehmen sollen, dachte er missmutig, und das nicht zum ersten Mal. Aber Jessen hatte gemeint, man müsse ja nur kurz über die Straße rüber, das würde sich nicht lohnen. Jetzt latschten sie allerdings schon geraume Zeit die sich durch den Ort schlängelnde Dorfstraße entlang. Zufall war es nicht gewohnt, so viel zu Fuß zu gehen, in Hamburg ging er allenfalls im Parkhaus vom Auto zum Fahrstuhl und abends wieder zurück zum Auto. Die Gelbe Karte als Verwarnung bei der letzten Fitnessprüfung war nicht ohne Grund gekommen. Er musste abspecken, das wusste er selbst. Allerdings war er, was die Anzahl der Kilos betraf, die purzeln sollten, keinesfalls der Meinung dieses schnöseligen, drahtigen Amtsarztes, der doch tatsächlich zu einer regelrechten Radikalkur geraten hatte.

Während der letzten Stunde hatten die beiden Polizisten den Fall mit dem gefundenen Schädel besprochen und die wenigen Fakten, Berichte und Aussagen, die Jessen bislang zusammentragen konnte, durchgesehen. Es war klar, dass die kriminaltechnische Untersuchung die eigentlich wesentlichen Informationen bringen musste. Die Entscheidung, ob man nach weiteren Fundstücken buddeln würde, hing davon ab.

Jessen hatte Zufall, zu dem er instinktiv Vertrauen gefasst hatte, die ganze Geschichte von Heinrich Lüders' schwerem Verkehrsunfall erzählt und auch Willy Thomsens Herzanfall erwähnt. Zufall wiederum, der immer in Zusammenhängen dachte, hatte ein paar Fragen gestellt und sich vorgenommen, so viel wie möglich über dieses Dorf und seine Bewohner herauszufinden.

Zufall war es auch, der Jessen auf das fehlende Handy im Unfallprotokoll aufmerksam gemacht hatte. Jessen erzählte gerade, dass er vermutete, Lüders habe vom Wagen aus den Makler angerufen, kurz bevor er in den Mähdrescher rauschte. Zufall sah dabei den Bericht durch. Dann stutzte er. »Lüders' Wagen war mit einer Freisprechanlage ausgerüstet, das steht hier. Die könnte kaputt gewesen sein. Aber ein Handy taucht im Bericht gar nicht auf. Wo ist das abgeblieben?«

Schon hatte Jessen sich den Bericht geschnappt, die Durchwahl des zuständigen Technikers der KTU rausgesucht und ihn nach der Freisprechanlage gefragt.

»Ja, das stimmt, die Freisprechanlage war defekt«, lautete die Antwort. »Im Sinne von: nicht funktionsfähig.«

Jessen nickte Zufall zu und fragte nach: »Kann das durch den Unfall passiert sein?«

»Guter Mann, Sie hören nicht richtig zu. Wenn das durch den Unfall passiert wäre, hätte ich gesagt, sie sei kaputt, zerschmettert, zerbröselt, was auch immer. Wenn ich sage *defekt*, heißt das, sie war es schon vorher, eben im Sinne von nicht funktionsfähig.«

Jessen blieb ganz ruhig, er wusste, wie man solche Typen nehmen musste. »Na, Herr …«, ein kurzer Blick auf den Zettel, »Herr Behning. Deshalb frage ich ja Sie, ich hab doch keine Ahnung von so etwas. Jedenfalls haben Sie uns sehr geholfen, schönen Tag noch.« Er legte auf.

»Respekt, ich wäre da nicht so ruhig geblieben. Ich hasse Wichtigtuer.« Zufall, der über Lautsprecher mitgehört hatte, blätterte bereits wieder im Unfallbericht. »Trotzdem, sein Handy wird nicht erwähnt. Entweder ist es beim Unfall vollständig ›zerbröselt‹, wie unser KTU-Freund meinte, was aber unwahrscheinlich ist, da sich immer irgendwelche Reste finden, oder es ist beim Aufprall rausgeflogen.«

Daraufhin hatte Jessen genickt und sich vorgenommen, bei Gelegenheit das angrenzende Feld genauer zu durchkämmen. Er hatte bei der Staatsanwaltschaft zudem noch schnell einen Antrag auf Herausgabe der Einzelverbindungsnachweise von Lüders' Handy gestellt, was erfahrungsgemäß dauern konnte, und dann hatten sie sich auf den Weg gemacht.

Als Zufall nun den Kirchturm sah, atmete er auf. Er wusste, dass die Gaststätte, die Jessen immer nur den »Krug« nannte, gleich bei der Kirche lag.

Sie betraten die recht gut gefüllte Wirtsstube. Jessen wurde mit für norddeutsche Verhältnisse großem Hallo begrüßt – das hieß, die anwesenden Gäste nickten ihm kurz zu, als Zeichen ihrer Wertschätzung. Zufall beachteten sie nicht. Jessen steuerte direkt auf einen kleinen Tisch am Ende des Tresens zu. Gleich daneben, auf einem Barhocker, saß ein kleiner älterer Mann mit silbergrauen Haaren, der Zufall ein wenig an den einstigen TV-Showmaster Blacky Fuchsberger erinnerte. Jessen begrüßte ihn herzlich, und Zufall hörte, dass der Mann Gustav hieß. Dann sprach Jessen mit dem Mann hinter dem Tresen, dem er zur Begrüßung die Hand schüttelte. Hier kannte man sich offensichtlich. Trotzdem war irgendwas komisch, die Stimmung im Raum wirkte gedrückt. Zufall registrierte das und nahm sich vor, Jessen nachher mal diskret danach zu fragen. Aber jetzt musste er erst einmal was essen, er hatte Hunger. Und Durst – ob die hier auch alkoholfreies Bier hatten? Schließlich wollte Zufall heute noch zurück nach Hamburg fahren.

Er sah sich nach einer Speisekarte um. Im selben Moment knallte eine grüne Kunstledermappe vor ihn auf den Tisch, und Jessen grinste ihn an. »Sie können gern da reinschauen. Oder ich sage Ihnen einfach, was Sie nehmen sollten – wäre einfacher.«

Zufall sah erst ihn, dann die etwas klebrige Karte an und lehnte sich zurück. »Ich muss auf meine schlanke Linie achten, was kann mir der Maître de Cuisine da heute empfehlen?«

Jessen deutete eine Verbeugung an und legte die Karte wieder zurück an ihren Platz. »Frikadellen. Oder Bockwurst. Auf jeden Fall aber Pellkartoffelsalat, der ist legendär lecker.«

Zufall blieb für einen Moment noch eisern. »Nach leichter Kost klingt das jetzt irgendwie nicht. Gibt's denn nicht so etwas wie einen grünen Salat?« Er räusperte sich. »Vielleicht mit Putenbruststreifen?«

Thomas war zu ihnen an den Tisch getreten und hatte den letzten Satz mitbekommen. Belustigt sah er Zufall an und meinte dann zu Jessen: »Was ist er denn für einer?«

Jessen verzog keine Miene. »Ein Netter«, erwiderte er ehrlich, um wie entschuldigend hinzuzufügen: »Polizist aus Hamburg.«

»Oha«, meinte Thomas nur. Im Weggehen wandte er sich noch einmal an Jessen: »Du erzählst ihm ja sicher gerade, was hier los ist. Ich mach jedenfalls zweimal Kartoffelsalat mit Frikadellen und Würstchen. Und zwei Bier?«

Die letzte Frage ging auch an Zufall, der an seine Rückfahrt dachte und schnell »Alkoholfrei!« erwiderte. Fast erwartete er, ausgelacht oder schief angesehen zu werden, aber Thomas nickte nur, und drei Minuten später hatte Zufall eine Flasche alkoholfreien Bieres vor sich stehen, sogar die Marke, die er mochte. Nicht dass er besonders gern alkoholfreies Bier trank, im Zweifel war ihm ein richtiges lieber. Aber manchmal ergab es sich, wenn seine Frau und er zu irgendwelchen Feiern im weiteren Umkreis von Hamburg eingeladen waren, dass er das Fahren übernahm. Und dann trank er konsequent überhaupt keinen Alkohol; er fand, das gehörte sich so für einen Polizisten. Auch wenn er wusste, dass nicht jeder seiner Kollegen so dachte und handelte.

Er stieß mit Sven-Ole Jessen an und trank wie ein Verdurstender. Das tat gut. Dann lehnte er sich erwartungsvoll zurück.

Jessen wirkte irritiert, doch dann fing er sich wieder. »Ach so, was hier los ist, ja.« Er trank noch einmal einen großen Schluck. »Also, der Mann hinterm Tresen ist Thomas, das ist quasi der

Schwiegersohn vom alten Willy Thomsen, dem der Krug gehört. Willy kennt hier jeden, und jeder kennt Willy, deshalb kommen auch alle hierher, um ihr Bier zu trinken.«

Thomas kam mit zwei gut gefüllten Tellern, stellte sie vor ihnen ab und wünschte völlig ironiefrei guten Appetit. Jessen ließ ein »Tiet!« ertönen und fing sogleich an zu kauen. Doch auch mit vollem Mund konnte er sich noch erstaunlich klar artikulieren: »Willy liegt jetzt im Krankenhaus, der hatte einen Herzinfarkt. Der Gustav hier ...«, er zeigte mit einem auf die Gabel gespießten Stück Würstchen auf den Blacky-Fuchsberger-Doppelgänger auf dem Barhocker neben ihnen, »... der Gustav hat ihn gerade besucht, im Krankenhaus.« Jessen biss von der Frikadelle ab. Jetzt wurde es noch undeutlicher. »Intnsvschtjon.«

Zufall fügte in Gedanken die fehlenden Vokale hinzu. »Okay, Intensivstation, das ist ja gar nicht schön.« Er betrachtete die Portion vor ihm auf dem Teller. Für Kneipenessen war das völlig in Ordnung, zumal wenn man hungrig war, auch wenn natürlich alles aus der Packung kam; nicht mal die Gurke zur Garnierung war frisch.

Jessen schluckte. »Ja, also, Willy kann schon richtig kochen. Aber in den letzten Jahren hat er das immer seltener gemacht, es wurde ihm alles zu viel.« Er sah Zufall an. »Willy hat den Krug ja erst übernommen, nachdem seine Esther gestorben war.«

Zufall vermutete folgerichtig, dass Esther Willys verstorbene Ehefrau war. Jessen blickte versonnen vor sich hin und stellte für einen Moment die Nahrungsaufnahme ein. »Mann, Willys Bratkartoffeln waren echt der Hammer.« Er biss wieder in die Frikadelle. »Als Esther tot war, verkaufte Willy seinen Hof an Carsten Neubauer, der da jetzt die Städter gärtnern lässt.«

Zufall war froh, alles verstanden zu haben. »Ah ja, und das ist da, wo der Schädel gefunden wurde?«

Jessen nickte bestätigend. »Genau. Aber eigentlich ist das Gesines Ding. Gesine ist Neubauers Frau, sehr nett, keiner weiß, warum die bei dem bleibt ...« Jessen schwieg für einen Moment.

Zufall ließ ihm Zeit.

»Na, egal. Jedenfalls hatte Gesine die Idee mit den Gemüseparzellen, und sie hat auch die Ferienwohnungen bei Neubauer auf Vordermann gebracht, die sind echt ein Traum.« Er stutzte. »Wo waren wir?«

»Bei Willy und den Bratkartoffeln«, half Zufall nach.

»Stimmt, genau. Willy ist jetzt schon über achtzig, seine Tochter Anneke wohnt zwar hier im Ort, arbeitet aber halbtags beim Steuerberater und will den Krug nicht übernehmen, das ist überhaupt nicht ihr Ding. Sie und Thomas«, Jessen zeigte zum Tresen, »helfen dem Willy natürlich, Thomas kümmert sich um das Organisatorische, den Einkauf und so weiter. Nur ist er eigentlich bei einer Bank angestellt, und Gastronomie liegt ihm nicht, das weiß er, und das wissen auch sonst alle hier. Aber solange Willy noch halbwegs konnte ...«

»Wann ist Esther denn überhaupt gestorben?«, fragte Zufall interessiert dazwischen. Offensichtlich war der Mann noch in der Trauerzeit.

»Vor fünfundzwanzig Jahren. Die Maueröffnung zum Beispiel hat Esther nicht mehr erlebt.« Jessen ließ offen, ob er das für eine gute oder eine eher nicht so gute Sache hielt. »Das Verrückte ist: Willys Enkelin Bente, die Tochter von Anneke, macht genau das, wovon Willy immer geträumt hat: Kochen in der Spitzengastronomie. Die war schon in der ganzen Welt.« Jessen trank sein Glas leer. »Als Köchin, meine ich.«

Zufall wollte gerade fragen, wieso Willy nach so vielen Jahren schließlich die Lust an Bratkartoffeln verloren hatte, als Jessens Gesicht sich aufhellte und er mit einem Poltern aufsprang. »Bente! Ja, Mensch, lebst du auch noch?«

***

Nach köstlichem Vitello tonnato und einer ähnlich schmackhaften Portion Spaghetti vongole, die Sebastian Liebermann zum Leidwesen eines jeden Italieners mit Bergen von Parmesan überschüttete, bestellte er Espresso und Grappa. Es war eine gute Idee gewesen, auf dem Rückweg von Tönnshagen noch einen kleinen Essensstopp einzulegen. Und sehr aufschlussreich.

Noch bevor er sein Essen bekommen hatte, war Rocco zu ihm an den Tisch gekommen, hatte sich kurz zu ihm gesetzt und ihn noch einmal auf »unser kleines Problem« angesprochen. Er sei unsicher, ob er den Film der Überwachungskamera nicht doch der Polizei übergeben sollte, irgendwie habe er ein blödes Gefühl. Liebermann hatte ihn beruhigt und ihm versichert, er kümmere sich schon darum, das laufe alles »ganz pronto«, wie er grammatikalisch nicht ganz korrekt erklärte. Dann hatte er versucht, Rocco auf eine weitere Idee zu bringen. Ob er nicht vielleicht irgendetwas habe, wobei ihm »ihr gemeinsamer amigo Matthies« helfen könnte? Bei einem Antrag auf eine erweiterte Ausschanklizenz zum Beispiel? Oder bei etwaigem Ärger mit dem Ordnungsamt?

Rocco hatte einen Moment überlegt und ihm dann mit einem Leuchten in den Augen erzählt, er würde schon seit einiger Zeit darüber nachdenken, den Außenbereich zu erweitern, der Hof auf der Rückseite sei geradezu ideal für eine schöne neue Holzterrasse. Nur leider seien die Nachbarn dagegen, die ihm sogleich das Ordnungsamt auf den Hals gehetzt hatten, als er im letzten Jahr ohne Genehmigung einfach schon mal mit dem Ausbau angefangen hatte. Italienisch eben. In Italien, erklärte Rocco, sei das immer so. Da schaffte man vollendete Tatsachen, und danach stritt man ein bisschen über die Genehmigungen. Schließlich zahlte man irgendeine Strafe oder sonstige Gebühr, und damit hatte sich die Sache.

Liebermann lächelte zufrieden, als Kaffee und Schnaps gebracht wurden. Die Crema war perfekt, der Grappa angenehm mild. Leise schmatzend holte er sein Smartphone aus der Innentasche seines Jacketts und suchte Matthies' Nummer aus seinem Adressbuch.

Es klingelte. Dann ging jemand ran.

Liebermann schnalzte leise mit der Zunge. »Jan? Ich bin's. Dreimal darfst du raten, wo ich gerade bin ...« Er wartete auf die Antwort. »Richtig. Sag mal: Wie sind eigentlich deine Verbindungen zum Ordnungsamt?«

***

Der Bus hatte Verspätung gehabt, weshalb Gesine heute erst spät dazu kam, Abendessen zu machen. Carsten hatte auf ihre

Nachricht, dass es noch ein bisschen dauern würde, nur mit einem unfreundlichen Brummen reagiert, sich ein Bier genommen und sich gleich wieder verzogen. Wahrscheinlich polierte er wieder an seinem neuen Trecker herum, das war neuerdings sein liebstes Hobby.

Gesine schnitt Brot ab und suchte ein paar schöne Tomaten aus dem Korb auf der Fensterbank. Sie war bei ihrer Freundin Krista gewesen, ein paar Orte weiter, die seit dem Tod ihres Mannes nicht mehr sehr gesellig war, wie manche es ausdrückten. Gesine bearbeitete sie schon seit Monaten, doch wenigstens mit ihr zur Chorprobe zu kommen, um zu sehen, ob ihr das gefiel. Krista hatte früher viel im Chor gesungen, aber mittlerweile beinahe sämtliche sozialen Aktivitäten eingestellt. Trotzdem war es Gesine inzwischen gelungen, sie dazu zu bewegen, wenigstens darüber nachzudenken. Ihr heutiger Besuch hatte den Ausschlag gegeben, morgen würde Krista bei der Chorprobe erscheinen, das hoffte Gesine jedenfalls inständig.

Während sie in der großen Wohnküche den Tisch deckte, fiel ihr das Rezept aus der Zeitschrift wieder ein, die im Bus auf dem Sitz neben ihr gelegen hatte. Es war eine dieser Frauenzeitschriften gewesen, die in einer Mischung aus Mode, Essen, Styling und Design die »moderne Frau« ansprechen wollten, wie es bei dieser sogar im Untertitel hieß. Gesine würde nie behaupten, sie sei eine moderne Frau, aber was war dann der Umkehrschluss? Eine altmodische Frau? Jedenfalls hatte sie dort ein Rezept für Pasta mit Salbei, Schafskäse und Kirschtomaten entdeckt, das sie sofort ansprach, weshalb sie die Zeitschrift schnell eingesteckt hatte. Mit einem leicht schlechten Gewissen, denn schließlich gehörte sie ihr ja nicht. Aber offensichtlich hatte sie jemand im Bus vergessen oder brauchte sie nicht mehr.

Gesine hatte trotzdem Bedenken gehabt; sie war jemand, der nie eine Straftat begehen oder auch nur ohne Fahrschein mit dem Bus fahren würde, aus Angst, erwischt zu werden. Und weil es ungesetzlich war. Wenn sie mit dem Bus fuhr, kaufte sie immer eine Karte. Meistens benutzte sie ja ihren alten Ford Fiesta, mit dem war sie unabhängiger, auch von Fahrplänen, aber der stand jetzt schon seit zwei Wochen im Hof. Irgendwas mit der Batterie, hatte Carsten gegrummelt und versprochen, sich darum zu kümmern. Dabei war es dann erst mal geblieben. Typisch, wenn es dagegen einer seiner Trecker gewesen wäre …

Aber Gesine wollte sich nicht ärgern, nicht schon wieder. Auf der Suche nach dem Rezept blätterte sie die Zeitschrift durch und musste angesichts einer Modestrecke zum neuen, »frischen« Sommertrend schmunzeln. Wo hatte sie das zuletzt gesehen? An diese Farben und Schnitte konnte sie sich jedenfalls sehr gut erinnern, alles kam irgendwann wieder.

Am besten bewahrte man alle alten Klamotten auf, irgendwann würden sie schon wieder modisch angesagt sein und man selbst »eine moderne Frau« – mit den Sachen von vor zwanzig Jahren! Sie musste lachen.

In diesem Moment betrat Carsten die Küche. »Worüber lachst du?«

Gesine legte die Zeitschrift weg. »Ach nichts. Mode.«

Er machte ein abfälliges Geräusch. »Kaufst du jetzt so'n Schund?«

Gesine stellte die Butter auf den Tisch. »Quatsch. Die hab ich im Bus gefunden. Da ist ein Rezept drin, das ich mal ausprobieren will.«

»Und dann schickst du es wahrscheinlich wieder per Rundmail an deine Gartenidioten.«

Gesine sah ihn belustigt an. »Warum magst du die eigentlich nicht? Die meisten sind echt nett und stehen wirklich engagiert hinter der Selber-Gärtnern-Sache.«

Neubauer machte eine wegwerfende Handbewegung. »Mir egal. Hauptsache, sie bezahlen engagiert. Der Rest ist … Senf?« Er sah Gesine fragend an. »Haben wir keinen Senf mehr?«

Gesine blickte suchend über den Tisch. »Ach, der war alle. Aber in der Speisekammer muss noch welcher sein.«

Neubauer stand auf und ging in die Kammer. Als er wieder herauskam, hatte er einen Umschlag in der Hand. Er stellte das Glas Senf auf den Tisch, setzte sich aber nicht, sondern hielt Gesine den Umschlag hin. »Wo kommt der her?«

Gesine brauchte einen Moment, um zu verstehen, was es war, was er da in der Hand hielt. »Ach so, das sind alte Urlaubsbilder von euch. Wo war das denn? Da sieht es ganz schön aus, mit dem Strand und direkt am Meer ...«

Carsten ging darauf gar nicht ein. »Wo der Umschlag herkommt, will ich wissen.« Seine Stimme war belegt, und er wirkte so wütend wie noch nie.

Gesine spürte leichtes Unbehagen, als sie antwortete. »Der lag in dem kleinen Nachtschränkchen, das früher in der Diele stand. Ich hab's heute vom Speicher geholt, für eine der Ferienwohnungen.« Wie entschuldigend fügte sie hinzu: »War wohl hinter die Schublade gerutscht.«

»Was wühlst du in meinen Sachen rum?«, rief Carsten erregt. »Das geht dich gar nichts an. Alles, was in diesem Haus steht, ist meins, auch die Sachen oben auf dem Speicher und unten im Kartoffelkeller. Das hat dich alles gar nicht zu interessieren!«

»Aber hör mal ...«, versuchte Gesine einen Einwand.

»Nix hör mal! Ich hab mir dein dummes Gerede schon viel zu lange angehört. Halt dich da raus.« Carsten stürmte aus der Küche, kurz darauf hörte Gesine den Motor seines Wagens aufheulen. Neubauer fuhr schwungvoll vom Hof.

Gesine hatte weiche Knie und musste sich setzen. Sie zitterte, aber nicht nur vor Schreck, sondern inzwischen auch vor Wut. Warum war Carsten wegen dieser Bilder so ausgeflippt? Sie verstand ihn immer weniger.

Das alles hatte sie nicht zu interessieren? Pah! Immerhin wohnte und lebte sie auch hier. Und sie war schon lange nicht mehr seine Angestellte.

Sie griff nach der Zeitschrift, die auf den Boden gefallen war, und sah wieder die kreischend bunten Farben der Sommermode im »Retro-Chic«. Da fiel ihr ein, wo sie so etwas zuletzt gesehen hatte. Und dass sie sich geirrt haben musste, damit, wem der mintgrüne Koffer gehört hatte. Sie legte die Zeitschrift zurück auf den Tisch und ging die Treppe hoch zum Speicher.

***

»Boah, ich brauch erst mal einen Schnaps!« Bente gab Thomas hinter dem Tresen einen Wink, auf den er mit einem knappen

Nicken reagierte. Die Begrüßung hatte einige Zeit in Anspruch genommen; Bente hatte Jessen umarmt und Zufall die Hand gegeben, dann ein paar Worte mit Thomas und Gustav Bertram gewechselt und noch ein paar andere Dorfbewohner begrüßt, offensichtlich Stammgäste, die sie liebevoll »meine Lütte« oder »min Schietbüddel« nannten. Anneke, die mit Bente das Lokal betreten hatte, war im Raum hinter dem Tresen verschwunden, und Bente hatte sich zu Jessen und Zufall gesetzt und ihr »Begrüßungsbier«, wie sie es nannte, getrunken. Sie nickte Jessen zu. »Ich hab nämlich eben eine Riesenportion von Mamas Eiersalat gegessen, da braucht's einen Verteiler.« Sie deutete auf die leeren Teller. »Ihr seid ja wohl auch durch, oder? Wie sieht's aus? Auch einen?« Sie sah Zufall aufmunternd an.

Der winkte ab. »Danke, aber ich muss noch fahren. Zurück nach Hamburg. Außerdem hat Schnaps ja nicht gerade wenige Kalorien. Ich nehm lieber noch ein alkoholfreies Bier.«

Bente stand auf. »Spielverderber. Und was wollen Sie in Hamburg? Ich bin da vorhin gelandet, da ist doch nix los.«

Zufall sah Jessen an. »Na ja, zum Beispiel gibt es da noch einen gewissen Schädel, der endlich zur Untersuchung muss …«

Bente sammelte die leeren Gläser und Teller ein und verabschiedete sich von Gustav, der aufbrach. »Aber übers Wochenende untersucht doch sowieso niemand was. Reicht doch, wenn der am Montag da eintrudelt. Bleiben Sie hier, dann sparen Sie sich die Fahrerei, und ihr erzählt mir endlich, was es mit diesem Schädel auf sich hat. Mama hat vorhin nur so Andeutungen gemacht.« Sie stupste Jessen an. »Der Herr Kommissar kann doch bestimmt bei dir auf dem Sofa übernachten. Oder bei Tante Lassma hinter der Kasse.« Sie kicherte.

Jessen fummelte konzentriert an seinem Smartphone herum, offensichtlich hatte er gerade eine Nachricht bekommen. Etwas abwesend meinte er: »Muss er gar nicht, ich hab bei Gesine eine Ferienwohnung angefordert. Dienstlich und für alle Fälle.«

Zufall war noch keineswegs überzeugt, das Übernachtungsangebot anzunehmen, aber Bente klatschte erfreut in die Hände und verteilte die großzügig eingeschenkten Schnäpse, die Thomas ihr über den Tresen reichte. »Hier, Köm für alle, na denn prost!«

Zufall roch an dem Schnaps, der fein nach Kümmel duftete und eiskalt war. Bente stieß ihr Glas gegen seins. »Na los, Herr Kommissar, oder wartet Frau Kommissar zu Hause?« Sie merkte, dass das fast ein bisschen aufdringlich klang, als wollte sie sich an Zufall ranmachen, aber der verstand ihre Frage zum Glück so, wie sie gemeint war.

»Nein, Frau Kommissar ist auf Reisen, bei ihrer Nichte Patricia und deren süßer Tochter Emma in München, es wartet also keiner auf mich.« Zufall schwieg einen Moment, dann gab er sich einen Ruck. »Ach was soll's, übernachte ich halt hier in Tönnsdingens.« Er hob sein Glas und stieß mit Bente, Jessen und Thomas an, der dazugekommen war und die Gläser direkt wieder füllte. »Na dann prost, ich bin der Werner.«

»Bente.«

»Thomas. Prost.«

Jessen ließ ein immer noch etwas geistesabwesendes »Sven-Ole« hören, während er auf seinem Smartphone herumwischte. Dann blickte er auf und sagte zu Bente: »Und du, meine Liebe, kannst dich schon mal auf das nächste Wiedersehen vorbereiten. Ich hab gerade eine Mail bekommen, er landet morgen Abend in Hamburg und kommt dann gleich zu uns nach Tönnsdingens.« Er grinste Zufall an.

»Wie? Was? Wer kommt wohin?«, fragte Bente verwirrt.

Jessen drehte das Display seines Smartphones zu ihr hin, als wäre das ein zusätzlicher Beweis. »Stefan Lüders. Er kommt von Hawaii.«

Bente stellte das Schnapsglas ab und ließ sich auf ihren Stuhl fallen. Stefan in Tönnshagen? So schnell hatte sie nicht mit ihm gerechnet.

sieben

Sie erwachte mit einem beklemmenden Gefühl. Gestern Abend hatte Gesine sich auf dem Speicher den Inhalt des mintgrünen Koffers noch einmal genauer angesehen.

Farben, Styling und Größe der Kleidungsstücke passten überhaupt nicht zu Esther, nach allem, was sie über Willys Frau wusste.

Sie hatte den Koffer weiter durchsucht und war schließlich zu dem Schluss gekommen, dass es sich um die Sachen von Carstens ehemaliger Freundin Alicja handeln musste, die ja irgendwann zu der Zeit, als Willy Thomsen seine Frau verloren hatte, einfach abgehauen war. Verdenken konnte man ihr das nicht.

Gesine fühlte sich ein wenig, als sei sie aus einem langen Dämmerschlaf erwacht. Immer wieder hatte sie sich Carstens Bedürfnissen untergeordnet, nur wenn er in ihren Ideen auch einen Vorteil für sich sah, hatte er ihnen – nichtsdestotrotz meist widerwillig – zugestimmt.

Einen anderen Fund im Koffer hatte Gesine sich nicht erklären können.

Nach einigem Überlegen hatte sie inzwischen zwar eine Vermutung angesichts dieses Gegenstandes, aber dafür musste sie noch einmal einen Blick auf die Urlaubsfotos werfen, die Carsten gestern mitgenommen hatte und über deren Auftauchen er so wahnsinnig in Rage geraten war.

Sie horchte nach unten. Irgendwann gestern Nacht hatte sie Carsten nach Hause kommen hören, er war aber unten geblieben und hatte auf der Couch im Wohnzimmer geschlafen, das machte er manchmal, wenn er betrunken war. Aber noch war alles ruhig.

Sie würde ihn mit ihren Vermutungen konfrontieren, noch vor dem Frühstück. Danach hatte sie Chorprobe, die wollte sie auf keinen Fall verpassen; der Chor war schließlich fast das Wichtigste in ihrem Leben, ganz besonders jetzt. Ihr Chorleiter hatte einen Austausch mit einem Berliner Chor arrangiert, demnächst sollte es gemeinsam in die Hauptstadt gehen, zu einem großen

Chorabend, auf den sich Gesine schon sehr freute. Sie zog sich rasch an und ging nach unten.

***

Nicht mal hundert Meter Luftlinie entfernt war auch Kommissar Zufall schon erwacht, allerdings weniger mit einem beklemmenden als vielmehr mit einem bedrückenden Gefühl: auf seiner Blase nämlich. Dazu hatte er einen trockenen Gaumen und einen schlechten Geschmack im Mund. Als er aus dem kleinen Bad kam, sah er mit Freude, dass seine Vermieterin für Mineralwasser gesorgt hatte, sogar stilles und kohlensäurehaltiges stand zur Auswahl. Oder leises und lautes, wie es in Hamburg hieß. Er trank und stöhnte auf. Die Sache mit dem Kümmelschnaps war keine gute Idee gewesen. Das lag keineswegs an dem Schnaps – der war geradezu großartig, eine gute Entdeckung. Es lag an der Menge.

Nachdem Zufall gestern erfahren hatte, dass er zu Fuß in seine Unterkunft wanken konnte, war er vom alkoholfreien Bier auf »bleihaltiges« umgestiegen, wie es Kollege Kaul, der Kalauerkönig, immer nannte. Sven-Ole Jessen hatte ihn fürsorglich bis zur Ferienwohnung gebracht und auch den Schlüssel hinter dem Steinwaschbecken hervorgeholt, wo Gesine ihn für Zufall deponiert hatte. Vorher hatten sie aber noch einen kleinen Umweg über die Polizeiwache gemacht, denn Jessen bestand darauf, ihn mit einigen Utensilien für die Nacht zu versorgen.

Aus dem einstigen Brotregal hatte er ein T-Shirt und eine Sporthose des TuS Tönnshagen hervorgezaubert, beides in kräftigem Dunkelgrün. Anlass für die Herstellung war wohl irgendein Jubiläum gewesen, wie die goldenen Lettern auf der Rückseite des T-Shirts Zufall verrieten. Als Nachtzeug, so Jessen, würde es reichen. Er war noch kurz im hinteren Bereich der Wache verschwunden und triumphierend mit einem neuen Dreierpack Unterhosen in XL und einem originalverpackten Reise-Zahnputzset, bestehend aus Zahnbürste und Zahnpastatube, wiedergekommen. Warum er die Sachen dort bereithielt, erklärte Jessen nicht. »Für Gäste« war das Einzige, was ihm zu entlocken war.

Zufall vermutete, dass es sich höchstwahrscheinlich um alkoholisierte Übernachtungsgäste handelte, die nicht ganz freiwillig in der Polizeistation die Nacht verbrachten. Oder die Sachen stammten aus Restbeständen des alten Supermarkts. An der Unterhosenverpackung des Herstellers, der früher vor allem mit Feinrippprodukten in Verbindung gebracht worden war, konnte man es nicht erkennen, die Abbildung darauf konnte uralt oder ultramodern, weil retro, sein.

Zufall betrachtete sich im Spiegel. Das grüne TuS-Tönnshagen-T-Shirt spannte etwas über dem Bauch, er musste wohl wirklich mal etwas tun, mehr Sport zum Beispiel. Oder überhaupt mal Sport. Dabei hatte er sich gestern mit Bente ausnehmend gut über kulinarische Köstlichkeiten unterhalten. In dieser Beziehung waren sie das ideale Gesprächspaar: Sie kochte gern und gut, er aß gern und gut. Innerhalb kürzester Zeit hatte sie ihm die tollsten Gerichte beschrieben, die sie in einer Gastwirtschaft wie dem Krug ausprobieren und die er allesamt mit Vorliebe verspeisen würde. Kein Chichi mit Trüffel und Kaviar, sondern tolle regionale Rezepte mit Raffinesse und Pfiff. Zum Beispiel konnte man geröstete Bucheckern wunderbar als knusprige Geschmacksverstärker einsetzen.

An Bucheckern konnte Zufall sich gut erinnern, die hatte er als Kind immer gesammelt und dann gegessen, völlig begeistert davon, dass etwas, das auf dem Boden im Dreck gelegen hatte, so genießbar sein konnte. Bei Bentes Schilderungen hatte Zufall jedenfalls gleich wieder Hunger bekommen, und auch jetzt ließ ihm der Gedanke daran wieder das Wasser im Mund zusammenlaufen.

Er zog sich an und befüllte die Kaffeemaschine, die zum Glück ganz herkömmlich und ohne jeden technischen Schnickschnack schwarzen Filterkaffee zubereiten konnte. Pulver fand sich in einer hübschen Blechdose mit Leuchtturmmotiv, die passenden Filtertüten standen gleich daneben. Hier war wirklich an alles gedacht worden. Er setzte sich an den Tisch. Von draußen hörte er das Druckluftzischen einer Bustür. Das war wohl der Überlandbus.

So was fällt einem auch nur auf, wenn man auf dem Land

ist, dachte er und sah auf die Uhr. Um zehn war er mit Jessen zum Frühstück in dieser Metzgerei verabredet, wie hieß die noch gleich? Zufall holte seine Ledertasche und entnahm ihr seinen schmalen Laptop und den Flyer, den Jessen ihm gestern nach seiner Ankunft in die Hand gedrückt hatte. Es war ein sehr rudimentär wirkender Straßenplan von Tönnshagen, allerdings gab es hier ja nicht so viele Straßen, viel detaillierter konnte er also wahrscheinlich gar nicht sein. An einer Stelle hatte Jessen mit Kugelschreiber ein Kreuz gemacht und daneben in krakeliger Schrift »Metzgerei Anger, 10 Uhr Frühstück, lecker!« vermerkt.

Zufall versuchte, sich zu orientieren. Ob Neubauers Hof überhaupt eingezeichnet war? Er entdeckte eine weitere, dicke Kugelschreibermarkierung, die Jessen mit der Erklärung »You are here« versehen hatte. Zufall musste grinsen. Jessen war Kosmopolit, das hatte er schon geahnt.

Es blieb ihm noch eine gute Dreiviertelstunde, bevor er losmusste. Ausreichend Zeit, um noch einmal die Protokolle durchzugehen und vielleicht, nur vielleicht, ein klitzekleines Sudoku zu lösen.

***

Als Bente auf den Krug zuging und die von der milden Morgensonne beschienene alte Kastanie sah, musste sie fast weinen. Ihre gesamte Kindheit hatte sie hier verbracht, eine glückliche Kindheit, doch ohne ihren Großvater war das Bild alles andere als komplett.

Sie dachte an ihren Opa Willy, zu dem sie immer ein ganz besonderes Verhältnis gehabt hatte. Schon früh begeisterte er sie für das Kochen, und sie wusste, dass sie eigentlich seinen Lebenstraum erfüllte und er wahnsinnig stolz auf sie war. Deshalb traf es sie besonders, dass sie jetzt, da er noch immer im Koma lag, nichts für ihn tun konnte. Die Ärzte hielten sich bedeckt, und ihr war klar, dass Willy, selbst wenn er es überstand, nicht mehr der Alte sein würde.

Diese Vorstellung schmerzte. Sie erinnerte sich noch daran, wie Willy sie als Fünfjährige mit einer Schaukel in der Kastanie überrascht und ihr damit den größten Wunsch erfüllt hatte. Dort, an dem großen ausladenden Ast, hatte er die Schaukel montiert, sodass sie im Sommer über die Tische, die auf der Terrasse standen, hinweg schwingen und alles von oben betrachten konnte. Der Krug mit der Gartenterrasse vorn und dem Garten hinten, dem verwinkelten Gastraum und dem immer kühlen Bierkeller war ihr Abenteuerspielplatz gewesen. Willy hatte sie gewähren lassen, selbst nachdem sie einmal die gesamte Einrichtung ihres Barbiecampers mitten auf der Terrasse ausgebreitet hatte, als ein ganzer Bus mit Ausflüglern genau dort Platz nehmen wollte. Er hatte mit der ihm eigenen stoischen Ruhe seine empörten Gäste einfach um sie herum bedient.

Beim Gedanken daran musste sie doch wieder schmunzeln. Die Terrasse, auf der sie als Kind Hinkepott gespielt hatte und die ihr immer gigantisch groß vorgekommen war, maß in Wirklichkeit maximal fünfzig Quadratmeter. Bente wischte sich einige Tränen aus dem Gesicht und betrat den leeren Gastraum. Irgendwo rumpelte es. »Hallo?«, rief sie in den Raum.

»Moment, bin gleich da!« Thomas war im Bierkeller gerade damit beschäftigt, die Leergutkisten zu stapeln, weil der Getränkelieferant an diesem Vormittag Nachschub bringen würde.

»Ich bin's, soll ich dir helfen?«, fragte Bente.

»Nein, danke. Bin fast fertig. Nimm dir einen Kaffee, den hab ich gerade frisch aufgebrüht.«

Bente trat hinter den Tresen und beäugte die altmodische Filterkaffeemaschine. Sie nahm einen Becher und goss sich einen Schluck pechschwarzen Kaffee ein. Wahnsinn, dachte sie, so was kann man auch nur noch hier verkaufen. Ob die Ausflugsgäste nie nach Latte macchiato mit Haselnussaroma fragten? Offenbar war der globale Kaffeeboom noch nicht in Tönnshagen angekommen, denn hier gab es weit und breit nur Filterkaffee, und den nicht mal »to go«.

Sie öffnete den Kühlschrank und gab einen ordentlichen Schubs Milch in den Kaffee, sodass zumindest die Farbe ein wenig an Milchkaffee erinnerte. Mit dem Becher setzte sie sich an einen der Tische am Fenster und zog gedankenverloren die Speisekarte, die im grünen Kunstledereinband vor ihr auf dem Tisch lag, zu sich heran. Das Wort »Speisekarte« war mit goldenen Lettern auf die Vorderseite geprägt. Bente lächelte, denn obwohl die Karte eigentlich der Gastronomieausstattung der siebziger Jahre entsprach, lag sie heute fast schon wieder im Trend. In vielen großen deutschen Städten setzten gerade die szenemäßig angesagten Restaurants auf genau diese Art von Retro-Chic. Bente kannte sogar ein Restaurant, in dem ausrangierte Bücher als Speisekarten dienten. Die Seiten waren kapitelweise mit Klebeband fixiert, Speisen und Getränke auf ausgedruckten Zetteln dazwischengeklebt. So konnte man sich seine Mahlzeit aus Klassikern der Weltliteratur oder den eine Zeit lang in beinahe jedem deutschen Haushalt zu findenden Buchclubausgaben von Konsalik oder Simmel heraussuchen. Von »Moby Dick« bis »Es muss nicht immer Kaviar sein«.

Sie klappte die sperrige Karte auf und betrachtete die Getränkeauswahl. Amüsiert schüttelte sie den Kopf, denn schon hier merkte man, dass Willy den Laden führte und noch immer einen gehörigen Dickschädel hatte – auch gegenüber den Getränkelieferanten. Er hatte nie viel von Limonaden gehalten. Zu süß, zu ungesund – mit diesen Worten war sie aufgewachsen. Zwar standen die gängigen Erfrischungsgetränke auch bei Willy auf der Karte, doch das war nur ein Zugeständnis an die Ausflügler. Weitaus stattlicher war die Auswahl an Säften und Schorlen – da konnte der Krug problemlos mit jeder angesagten Szenebar mithalten. Früher waren Willys Säfte sogar hausgemacht gewesen, erst mit zunehmendem Alter und wegen immer rigoroser werdender EU-Vorschriften war er dazu übergegangen, stattdessen das komplette Saftsortiment eines regional ansässigen Demeter-Produzenten vorrätig zu halten. Und damit lag er voll im Trend.

Das Gegenteil zeigte sich auf den folgenden Seiten; die Auswahl bei den Speisen war in Bentes Augen niederschmetternd. Das Angebot beschränkte sich auf wenige Gerichte, die allesamt fertig gekauft wurden. So gab es neben Toast Hawaii und gebackenem Camembert vor allem Kartoffelsalat, wahlweise mit Frikadellen oder Würstchen. Das Sauerkraut auf Kasseler kam aus dem Kochbeutel und die Tomatensuppe aus der Dose. Auch die Salatauswahl war übersichtlich, und das Fehlen des an dieser

Stelle sonst üblichen Salats mit Putenbruststreifen erinnerte Bente an die Erzählungen ihrer Mutter, die diesen Anfang der achtziger Jahre für sich entdeckt und jahrelang mit Vorliebe bestellt hatte, bis ihr eine Reportage über Putenzucht die Augen öffnete. Seitdem war Putenfleisch ein kulinarisches No-Go im Hause Sørensen. Fast schon wieder gut fand Bente die kalten Speisen: das klassische Käse-, Schinken-, Wurst- oder Schmalzbrot neben Käsewürfeln mit Oliven, Gürkchen oder Mandarinen, auch Matjesfilet auf Schwarzbrot. Typisch norddeutsch eben.

»Ah, wie ich sehe, bist du schon wieder ganz in deinem Metier.«

Bente sah auf. Thomas war aus dem Bierkeller gekommen und stand grinsend neben ihr.

»Ist so eine Angewohnheit. Ich kann nicht anders.«

Thomas holte sich einen Kaffee und setzte sich zu Bente an den Tisch. »Ich könnte deine Hilfe gebrauchen«, eröffnete er das Gespräch und zog die Speisekarte zu sich heran. »Ich weiß ja nicht, wann Willy wiederkommt, aber die Ausflugssaison steht vor der Tür, und ich denke, das Geschäft sollten wir mitnehmen.« Er sah aus dem Fenster und ergänzte leise: »Wir müssen es mitnehmen. Willys Rente reicht nicht aus, zumal wenn er vielleicht ein Pflegefall wird.«

»Und was soll ich da jetzt tun?« Bente klang leicht gereizt, was ihr sogleich leidtat. »Ich habe es Mama gestern bereits erklärt. Ich habe nicht jahrelang bei mieser Bezahlung in First-Class-Restaurants geschuftet, um mittendrin hinzuschmeißen und hier in Tönnshagen im Krug zu arbeiten.«

Thomas hob abwehrend beide Hände. »So war das überhaupt nicht gemeint. Aber du siehst es doch selbst«, er zeigte auf die Speisekarte. »Willy hat sich zuletzt voll und ganz auf das Fertigproduktsortiment gestürzt, und ich finde, so etwas kann man den Leuten heute einfach nicht mehr anbieten.«

Bente lächelte erleichtert. »Da hast du recht. Und ich bin, ehrlich gesagt, ein wenig entsetzt über das, was Opa aus der Speisekarte gemacht hat. Er hätte mich doch mal fragen können. Ich hätte ihm Rezepte geben können, die selbst bei der Verwendung von Fertigprodukten etwas Pfiff in die Küche gebracht hätten.«

Thomas griff nach ihrer Hand. »Du kennst doch aber deinen Großvater. Der hätte sich eher die Zunge abgebissen, als dich um Hilfe zu bitten. Das hier war seine ganz eigene pragmatische Lösung.«

»Das dachte ich mir schon. Oh Mann, ich hätte davon wissen und ihm helfen sollen. Ich hätte mich kümmern müssen.«

Thomas drückte leicht Bentes Hand. »Wann hättest du das denn machen wollen? In den eineinhalb Tagen, die du an Weihnachten hier warst? Da war Willy einfach nur froh, dich zu sehen, wie wir alle, und wollte mit dir ganz sicher nicht über seine Speisekarte sprechen. Er erzählt immer allen von dir, er ist so stolz auf dich und deine Karriere.«

Bente konnte ihre Rührung nicht unterdrücken, eine Träne rann über ihre Wange.

Thomas lächelte. »Ich hingegen habe kein Problem damit, dich um Hilfe zu bitten, und da ich vorerst die ehrenvolle Aufgabe habe, den Krug weiterzuführen, würde ich mich sehr freuen, wenn du mir ein paar Rezepte verraten könntest. Am besten welche, die einfach und schmackhaft sind und die sogar ein alter Finanzwirt wie ich zubereiten kann. Wenn ich das hier schon mache, will ich keine Plastikcurrywurst aus der Mikrowelle verkaufen.«

»Das verstehe ich nur zu gut.« Bente drückte nun auch Thomas' Hand. »Wir überlegen uns etwas, versprochen. Ich glaube, ich habe da auch schon ein paar Ideen.«

***

Sven-Ole Jessen wartete am verabredeten Treffpunkt gegenüber der Metzgerei und warf einen Blick auf die Uhr. Kurz vor zehn, sehr schön. Er hatte Kohldampf, sein erstes Frühstück war heute Morgen aus Zeitknappheit ungewöhnlich karg ausgefallen. Nun stand er wieder vor der ewigen Entscheidung: Holte er sich bei Metzger Anger eines dieser leckeren Brötchen mit Fleischsalat? Oder eher eins mit Mett? Oder einfach beides? Jessen überlegte sorgsam, wog Vor- und Nachteile ab. Wenn er mit dem Fahrrad oder dem Auto im Einsatz war, manchmal gar außerhalb von

Tönnshagen, kam noch eine weitere Variante hinzu: die Imbissbude am Gewerbegebiet, zwischen Discounter und Tankstelle gelegen. Die Currywurst dort war wirklich nicht zu verachten, wenn sie auch nicht an die heranreichte, die Sven-Ole damals bei seinem Lehrgang in Hamburg immer gegessen hatte.

Seine Ausflüge zur Imbissbude erwähnte er in Tönnshagen aber lieber nicht, das kam nicht gut an. Entweder aß man bei Willy oder holte sich was von Anger, Punkt. Jessen drehte seinen hünenhaften, aber dennoch schlaksigen Körper in Richtung Metzgerei, um zu sehen, ob der samstägliche Zehn-Uhr-Ansturm namens Frau Wevers schon vorbei war.

Denn wenn man sich an den meist eher ereignislosen Tagen in Tönnshagen auf etwas verlassen konnte, dann darauf, dass die alte Frau Wevers Wurst kaufte. Am Samstag, um Punkt zehn Uhr. Jeder wusste das, die Angestellten der Metzgerei Anger und auch die übrigen Stammkunden, die sich um diese Zeit dort einfanden.

Es wäre übertrieben gewesen zu sagen, man könne die Uhr nach der alten Wevers stellen, aber hätte die Kirchturmuhr zehn Uhr geschlagen, bevor Frau Wevers die Tür zur Verkaufsstube der Metzgerei öffnete, der Küster hätte über einen Anruf beim zuständigen Uhrmacherservice nachgedacht.

Der Einkauf lief dabei immer gleich ab: Erst fragte Frau Wevers nach Fleischwurst und ob die denn auch schön frisch sei. Dann Katenschinken, jedoch nicht zu sehr geräuchert. Außerdem Leberwurst, aber bitte nur von der groben und nicht so viel. Am Schluss stand immer der Satz »Ach, und haben Sie auch Blutwurst?«, als sei allein das schon eine völlig verrückte Idee, in einer Metzgerei nach Blutwurst zu fragen.

Wenn Metzgermeister Anger selbst bediente, was – zum Glück, wie seine Angestellten fanden – nicht allzu oft vorkam, machte er gern mal schlechte Scherze. Auf die Frage, ob die Wurst denn frisch sei, antwortete er dann: »So frisch, dass das Schwein es noch höchstpersönlich bezeugen kann.« Und wenn die Leberwust »aber nur von der groben« sein sollte, kalauerte er, das ginge leider grad nicht, denn seine Frau sei noch hinten. Das traute er sich allerdings nur, wenn seine Frau wirklich nicht mit im Verkaufsraum war, denn das Sagen hatte hier allein Karin Anger, das wusste ganz Tönnshagen.

Jessen hielt noch einmal ungeduldig Ausschau nach Zufall, dann blickte er über die Straße in Richtung Metzgerei. Heute kümmerte sich Frau Regener, die dienstälteste Verkäuferin bei Anger, um Frau Wevers.

Charlotte Regener war eine Frau, die sich in all den Jahren eine Engelsgeduld erworben hatte, nicht nur in der Metzgerei, sondern auch im örtlichen Freibad, wo sie früher während der Sommermonate den Kiosk betrieb. Sie kannte das gut, wenn Knirpse in kneifenden Badehosen vor ihr standen, das abgezählte Taschengeld in der schwitzigen Faust, und sich einfach nicht entscheiden konnten, ob sie Brausebonbons, Waffeln oder doch lieber in Schokolade getauchte Lakritzlollis nehmen sollten. Inzwischen war das Freibad nur noch selten geöffnet, es fehlte an Geld für Personal und Reinigung. Und der Kiosk war geschlossen, stattdessen gab es Selbstbedienung am Automaten mit den üblichen Limonaden, Industrie-Eis und glänzenden Chipstüten.

Frau Regener wog die Leberwurst ab und wollte schon nach der Blutwurst greifen, denn auch sie kannte natürlich das samstägliche Drehbuch. Aber Frau Wevers war noch nicht so weit, ihr Blick war irgendwo zwischen Cervelatwurst und Prager Schinken hängen geblieben.

Geduldig wartete Frau Regener ab. Lena Weber, ihre jüngere Kollegin, warf ihr einen halb genervten, halb bewundernden Blick zu; sie hätte ganz sicher nicht so lange gewartet. Sie sprach mit Frau Wevers auch immer, als sei sie taub und schwachsinnig. Dabei war sie nur alt.

Jetzt kam Bewegung in Frau Wevers, sie erwachte aus ihrer Erstarrung und lächelte Frau Regener entschuldigend an. Fast glaubten die dahinter Wartenden, hören zu können, wie die alte Dame wieder in Gang kam. Doch bevor sie ihre Blutwurstbestellung aussprechen konnte, stieß Frau Weber einen Schrei aus und deutete nach vorn, mit Panik in den Augen.

Auch Sven-Ole Jessen hatte die Bewegung aus den Augenwinkeln wahrgenommen und in dem Moment nur gedacht: Nicht schon wieder der. Als er jetzt den Kopf in die Richtung wandte, sah er etwas Grünes auf die Frontscheibe der Metzgerei zudonnern. Der Einschlag erfolgte mit einem lauten Krachen, dann gab es einen gewaltigen Knall aus splitterndem Holz und berstendem Glas. Das satte Dröhnen, das zuvor immer lauter geworden war, erstarb plötzlich, und für einen Moment herrschte absolute Stille, fast gespenstisch. Jessen rannte los.

Als er den Schauplatz erreichte, standen Metzgermeister Anger, seine Angestellten und die Kunden allesamt geschockt und kreidebleich zwischen den Trümmern der Einrichtung. Jessen sah sich um. Der Verkaufsladen glich einem Schlachtfeld, und das lag nicht nur an den Fleisch- und Wurstfetzen, die überall zu finden waren.

Wo vor Sekunden noch die alte Frau Wevers gestanden hatte, drehte sich jetzt ein Vorderrad, immer noch ziemlich schnell. Es gehörte zu einem großen, froschgrün lackierten Traktor der Marke John Deere, der frontal in Angers Schaufensterfront gebrettert war. Sie war völlig zerstört, die liebevoll angerichtete Dekoration im ganzen Laden verteilt.

Die beeindruckende Schnauze des Landfahrzeugs war nur wenige Zentimeter vor dem Bedientresen zum Stehen gekommen, als habe der Treckerfahrer ganz bewusst dort angehalten, um nur mal eben seine Wurstbestellung aufzugeben. Davon konnte jetzt allerdings keine Rede mehr sein, denn auf dem Boden mischte sich das Blut des Verletzten bereits mit dem Angebot der Woche: »Mett aus eigener Schlachtung, grob oder fein«.

Erstaunlicherweise hatte es sonst kaum Verletzte gegeben, nur Frau Regener hatte ein paar Prellungen und Kratzer von umherfliegenden Dekoartikeln und Glassplittern abbekommen.

Der Metzgermeister löste sich zuerst aus der Schockstarre und sah sich um. »Frau Regener, alles in Ordnung mit Ihnen?«

Noch bevor sie antworten konnte, nahm er ihren Arm und führte die apathisch wirkende Verkäuferin zu den Stühlen, die die Metzgerei Anger für ihre älteren Kunden bereithielt. Karin Anger, die nach vorn in den Laden gelaufen war, als sie den Knall gehört hatte, griff nach dem Telefon und wählte den Notruf. Frau Wevers setzte sich zitternd neben Frau Regener, hielt ihre Handtasche fest umklammert und stammelte immer nur halblaut:

»Blutwurst, ich wollte nur etwas Blutwurst.« Frau Weber weinte und streichelte dabei ihrer verletzten Kollegin über den Rücken.

Jessen und Anger machten sich daran, die Fahrerkabine des Traktors zu öffnen, dessen Fahrer reglos über dem Lenkrad hing. Jessen ahnte, wer es war – blickte zunächst jedoch in das fröhlich grinsende Gesicht eines Werbeplastikschweins. Das Tier hatte im Schaufenster gestanden, gleich neben einem Werbeschild der deutschen Fleischerinnung mit der Aufschrift »Heute schon Schwein gehabt?«, und war wohl vom Traktor mitgerissen worden.

Er schob es zur Seite und versuchte, die Tür zu öffnen, doch sie hatte sich durch den Aufprall verklemmt. Anger griff nach seinem Fleischerbeil und reichte es Jessen. Mit einem beherzten Schlag rammte der das Teil zwischen Tür und Rahmen und hebelte die Kabine auf. Dann sah er nach dem Fahrer. Keine Frage, das war Carsten Neubauer. Jessen hatte den nagelneuen Trecker gleich erkannt, schließlich hatte Neubauer keine Gelegenheit ausgelassen, damit anzugeben.

Jessen war Carsten Neubauer schon häufiger in offizieller Funktion begegnet, beim letzten Mal hatte er ihn sogar ebenfalls aus dem Führerhaus seines alten Traktors holen müssen, allerdings »nur«, weil Neubauer da im alkoholisierten Zustand gewesen und immer aggressiver geworden war. Jetzt jedoch hing er blutend und anscheinend schwer verletzt über dem Lenkrad des noch immer ratternden Fahrzeugs.

»Carsten, kannst du mich hören?« Jessen versuchte, Neubauer in eine sitzende Position zu bringen, und schaltete erst einmal den Motor ab. Neubauer reagierte nicht, er war wohl bewusstlos. Jessen drehte sich zu Anger um. »Wir müssen ihn irgendwie da rausholen, auf den Notarzt können wir jetzt nicht warten.«

Während Jessen Neubauers Oberkörper festhielt, griff der Metzgermeister nach dessen Beinen. Vorsichtig hoben sie den Bewusstlosen aus dem Führerhaus und legten ihn auf den Boden. Er blutete stark.

Jessen beugte sich über ihn. »Er atmet nicht mehr.« Dann suchte er den Puls. »Ich kann auch keinen Puls spüren, wir müssen ihn wiederbeleben.« Er kniete sich neben Neubauer hin und begann sofort mit der Herzdruckmassage. Dabei dachte er darüber nach, wie es wohl zu diesem Unfall gekommen war. Hatte Neubauer im wahrsten Sinne des Wortes die Kurve nicht mehr gekriegt? Oder war er wieder betrunken gewesen? Jessen hoffte, dass die Ambulanz schnell eintreffen würde. Das konnte man leider nicht mit Bestimmtheit sagen, denn seit es in Tönnshagen keine eigene Feuerwehr- und Notfallstation mehr gab, musste die immer aus dem nächstgrößeren Ort anrücken. Und wenn viel los war, konnte das dauern.

Er schaute hoch und blickte in Zufalls Gesicht.

»Mein Gott, was ist denn hier passiert?«, fragte der sichtlich erschüttert. Ohne Jessens Antwort abzuwarten, setzte er sich in Bewegung und rief: »Ich laufe zur Wache und hole die nötigen Absperrutensilien. Finde ich die ohne Weiteres? Und wo sind die Decken?«

Jessen konnte ihm nur noch »Im Regal, rechts unten!« hinterherrufen. Dann konzentrierte er sich wieder auf den verletzten Neubauer: achtundzwanzig, neunundzwanzig, dreißig – beatmen.

Wenig später war Zufall wieder vor Ort. Er sicherte den Unfallort, damit nicht noch jemand zu Schaden kam, während Karin Anger Frau Wevers und die beiden anderen Damen mit den mitgebrachten Decken versorgte und sie auf Zufalls Anweisung ein wenig abseits des Unfallortes auf Klappstühlen unterbrachte. Nachdem er sich vergewissert hatte, dass es allen anderen so weit gut ging, half Zufall Jessen bei den Wiederbelebungsversuchen. In diesem Moment hörten sie die Sirenen der Krankenwagen.

Jessen schwitzte und war froh, dass nun medizinisches Fachpersonal Neubauers Betreuung übernehmen konnte. Die Besatzungen der Krankenwagen sprangen heraus und teilten sich sofort auf. Ein Arzt kniete sich Jessen gegenüber hin, während der Sanitäter den Notfallkoffer abstellte und öffnete. »Wir übernehmen jetzt. Wie ist sein Zustand?«

Jessen sah den Arzt an. »Keine Vitalfunktionen seit circa fünf Minuten, trotz Herzdruckmassage.«

»Danke, gut gemacht.« Er gab seinem Kollegen ein Zeichen.

Jessen richtete sich erschöpft auf und bemerkte, dass seine Knie zitterten. Zufall, der neben ihm stand, klopfte ihm aufmunternd auf die Schulter und zog ihn ein wenig zur Seite.

Die drei Frauen waren von der Besatzung des anderen Krankenwagens zunächst ambulant behandelt worden. Da aber bei allen ein schwerer Schock diagnostiziert wurde, nahm man sie sicherheitshalber mit ins Krankenhaus. Während der erste Krankenwagen mit Blaulicht und Sirene den Unfallort verließ, kämpfte das Team bei Neubauer noch immer um das Leben des Ökobauern. Nach einiger Zeit schüttelte der Notarzt den Kopf und ließ von Neubauer ab. Er trat auf Jessen und Zufall zu. »Da ist nichts mehr zu machen.«

Erst als auch der zweite Krankenwagen außer Sicht war, bemerkte Jessen, wie übel ihm war. Er wusste, das lag nicht allein an dem ausgefallenen zweiten Frühstück, sondern auch an dem Gedanken, schon wieder eine Todesnachricht überbringen zu müssen. Das hasste er wirklich an diesem Job.

Ausgerechnet Gesine. Und ausgerechnet heute, dachte Jessen, denn samstags hatte Gesine Neubauer immer Chorprobe, das wusste jeder. Der Chor war ihr wichtig, da ließ sie sich auch von ihrem sonst so bestimmenden Ehemann nicht reinreden. Carsten sorgte dafür, dass sie eher wenig Freiraum besaß. Wenigstens das wird sich jetzt ändern, dachte Jessen und erschrak im gleichen Moment ein wenig über diesen Gedanken.

***

Auf dem Weg zu Willy machte Bente einen Schlenker und fuhr bei Gustav Bertram vorbei. Sie wollte ihm anbieten, ihn mitzunehmen, denn sicher hatte er ebenfalls geplant, Willy heute noch zu besuchen. Als sie vor Gustavs Haus anhielt, sah sie, dass das Garagentor halb offen stand; sein Wagen, ein alter metallicblauer Chrysler, war nirgendwo zu sehen. Offenbar war Gustav nicht da. Bente wollte schon weiterfahren, als ihr die offene Haustür auffiel. Das war zwar nicht wirklich ungewöhnlich auf dem Land, aber doch ein bisschen seltsam, wenn der Hausbewohner ganz offensichtlich nicht zu Hause war. Wenn sein Auto weg war, war auch Gustav weg, aber dann ließ er eigentlich nicht die Haustür sperrangelweit offen stehen. Oder hatte er seinen Wagen zur Reparatur gebracht? Wundern würde sie das nicht. Gustav und sein pannenanfälliger Chrysler hatten in den letzten Jahren bei ihren meist eher kurzen Telefonaten mit Willy – »Es wird doch sonst so teuer, Kind!« – eine immer wiederkehrende Rolle gespielt.

Gustav Bertram war ein großer USA-Fan. Einer seiner großen Träume, neben einer Fahrt über die Route 66 und dem Besuch des Grand Canyons, war schon immer ein amerikanischer Straßenkreuzer gewesen. Zu einem richtig alten Chevrolet Impala, Dodge Monaco oder dem Buick Century des Lolli lutschenden Fernsehbullen Kojak hatte es nie gereicht, aber seinen Chrysler LeBaron, Baujahr 1990, mit Dreilitermaschine, liebte Gustav heiß und innig. Und reparierte ihn meist selbst, was immer häufiger nötig war.

Bente stieg aus und ging zur Eingangstür. Sie rief Gustavs Namen und betrat, als sie keine Antwort bekam, vorsichtig den Hausflur. Sie lauschte aufmerksam. Im Haus rührte sich nichts. Sie ging durch die Diele weiter ins Wohnzimmer. Auch das war leer, von dem üblichen Durcheinander einmal abgesehen. Gustav war nicht der Ordentlichste, das wusste Bente. Über dem Sofa hing ein riesiges Poster des Monument Valley im Panoramaformat, auf dem Couchtisch lagen Bildbände von Arizona, New Mexico und Utah. »Marlboro Country«, hatte Gustav immer gesagt, wenn ihn jemand darauf angesprochen hatte, und verschmitzt gelacht, denn Gustav war Nichtraucher, schon immer gewesen.

Bente ging in die Küche und erstarrte. Auf dem Küchenboden waren deutliche Blutspuren zu sehen, ein Stück weiter lag ein brauner Halbschuh. Es war frisches Blut, soweit sie das beurteilen konnte. Was war hier passiert?

Sie lief aus dem Haus zu ihrem Wagen, holte ihr Handy, das dort im Handschuhfach lag, und wählte Sven-Ole Jessens Nummer.

Lange warten musste sie nicht. Jessen und Zufall waren gerade auf dem Rückweg von der Metzgerei zur Polizeistation gewesen, als Bente anrief. Nur Minuten später kamen sie bei Gustavs Haus an. Bente stand davor an ihrem Mietwagen und blickte ihnen entgegen.

Jessen stieg aus. »Was ist passiert?«

Bente zeigte fahrig zum Haus, man sah den Schrecken in ihren Augen. »Gustav. Er ist weg. Und da ist … Blut.« Mehr bekam sie nicht heraus.

Jessen reagierte sofort. »Bleib hier, wir sehen erst mal nach.«

Zufall nickte Bente im Vorbeigehen aufmunternd zu, dann verschwanden die beiden im Haus.

Drinnen orientierten sie sich kurz und gingen dann genau wie Bente durch das Wohnzimmer in die Küche. Jessen ging neben den Blutflecken in die Hocke. »Sehen ziemlich frisch aus.«

Zufall deutete auf den Schuh. »Der linke.«

Jessen stand wieder auf, seine Knie knackten hörbar. »Wo er wohl hin ist?«

»Offensichtlich weggefahren«, erwiderte Zufall und wies durchs Fenster auf das halb offene Garagentor. »Ist ja auch nicht verboten, nicht mal mit nur einem Schuh und einer blutenden Wunde.« Er sah Jessen an. »Wir können hier, glaub ich, im Moment nichts tun. Außer uns mal im Garten und im Rest des Hauses umsehen. Gehst du nach oben, dann schau ich draußen nach?«

Jessen nickte, und sie trennten sich. Kurze Zeit später trafen sie sich im Haus wieder. Zufall hatte Bente nach Gustavs Handy gefragt. Doch sie wusste nicht mal, ob er überhaupt eins besaß.

Jessen ließ seinen Blick durch die Küche schweifen. Auf dem Küchentisch standen noch Frühstückssachen. Dann fixierte er den Schuh, als habe der vorher noch nicht da gelegen. »Ich weiß nicht, irgendwas stimmt doch hier nicht.«

Zufall nickte, fügte dann aber hinzu: »Trotzdem handelt es sich um einen erwachsenen Mann, der nicht zu Hause ist und lediglich seine Haustür offen stehen ließ. Das ist vielleicht fahrlässig, aber kein Verbrechen. Und vermisst wird er auch nicht. Hat dieser Gustav eigentlich Verwandte?«

Jessen schüttelte den Kopf. »Ich glaub nicht. Willy und Esther waren seine Familie. Beziehungsweise jetzt halt nur noch Willy. Vielleicht warten wir noch ein bisschen?«

Zufall winkte ab. »Nein, das wäre Unsinn. Es liegt doch nichts vor. Kann es sein, dass du bloß nicht zu Gesine Neubauer fahren willst, um ihr die Nachricht vom Tode ihres Mannes zu überbringen?«

Jessen schwieg. Er fühlte sich ertappt. Sie verließen das Haus und traten zu der am Auto wartenden Bente.

»Und? Was ist passiert?«

Jessen zuckte mit den Schultern. »Keine Ahnung. Gustav scheint mit dem Wagen weggefahren zu sein. Du hast doch gestern im Krug mit ihm gesprochen, hat er was gesagt, oder ist dir irgendwas aufgefallen?«

Bente zog eine Grimasse. »Was soll mir denn aufgefallen sein? Dass ihm ein Schuh fehlte?« Sie lachte etwas hysterisch.

»Quatsch. Aber hat er dir was von seinen Plänen für heute erzählt? Vielleicht, dass er irgendwohin wollte, irgendwas vorhatte?«

Bente schüttelte den Kopf. »Nein. Ich bin hergekommen, um ihn zu fragen, ob er auch noch zu Willy ins Krankenhaus will, dann hätte ich ihn gleich mitgenommen. Das ist alles echt komisch.« Sie sah auf ihre Armbanduhr. »Ich muss jetzt auch los.«

Jessen seufzte und sah Zufall an. »Ja, ich auch, ich will nicht, dass Gesine nach Hause kommt, und es dann vielleicht von den Nachbarn erfährt.«

Bente sah ihn verwundert an. »Was erfährt? Was ist denn los?«

Jessen druckste herum. »Das darf ich nicht sagen, ist noch gar nicht offiziell. Na ja, Carsten Neubauer hatte einen schweren Verkehrsunfall, so viel kann ich dir ja verraten …«

Bente spürte, dass sie erst einmal nicht mehr aus ihm rausbekommen würde, und drang nicht weiter in ihn. »Gut. Wenn ich Willy besucht habe, werde ich noch bei Gesine vorbeifahren, vielleicht kann ich ihr ja helfen?«

Jessen sah sie dankbar an und nickte. »Ich ruf dich an, wenn ich mit ihr gesprochen habe. Erst mal sehen, wie sie's aufnimmt.«

Bente fuhr los, Jessen und Zufall stiegen wieder in das Polizeiauto, und Jessen startete den Motor. »Ich wollte es eben vor Bente nicht sagen, aber es ist schon sehr mysteriös, dass Gustav einfach so weg ist. Das macht der nicht, dazu kenn ich den zu gut.«

Zufall sah aus dem Fenster. »Er muss ja gar nicht weg sein. Vielleicht ist alles ganz harmlos.«

»So harmlos wie ein Loch im Schädel? Da kann ja auch alles Mögliche hinter stecken, vom Unfall bis zum Mord.«

Zufall brummte zustimmend. Die Sache mit dem Schädel ging ihm schon längst nicht mehr aus dem Kopf.

Beim Biohof Neubauer ließ Jessen seinen Kollegen aus Hamburg aussteigen. Während er weiterfuhr, um Gesine bei der Chorprobe abzupassen, wollte sich Zufall die Fundstelle des Schädels und die Gartenparzellen des »Landgartens« mal genauer ansehen.

***

»Bolle reist jüngst zu Pfingsten, nach Pankow war sein Ziel. Da verlor er seinen Jüngsten ganz plötzlich im Gewühl ...«

Jessen verzog das Gesicht, als ihm schon im Eingangsbereich des Gemeindezentrums mehrstimmiger Gesang entgegenschallte. Das war nicht seine Musik. Mit Chören hatte er nun wirklich nichts am Hut. Aber er war ja auch nicht zum Vergnügen hier.

Am Ende des Ganges stand eine Tür einen Spalt offen, dahinter wurde offensichtlich gesungen. Er drehte nervös seine Dienstmütze in der Hand und setzte sich auf einen Stuhl neben einem Regal mit Prospekten und Kirchenblättern. Die Chorprobe müsste eigentlich gleich vorbei sein.

»... aber dennoch hat sich Bolle ganz köst-lich a-mü-siert!«, endete der Chor. Die zweite Wiederholung der letzten Textzeile war als Variante doppelt so lang einstudiert worden, offensichtlich als glanzvoller Schlusspunkt.

Jessen hörte Gemurmel und Geraune, dann eine Art Trampeln und rhythmisches Klatschen. Schließlich öffnete sich die Tür, und die Sängerinnen und Sänger schlenderten hinaus, fröhlich miteinander plaudernd. Von Jessen nahm niemand Notiz, obwohl er registrierte, dass einige ihn sehr wohl bemerkten. Das ist die Uniform, wahrscheinlich glauben sie, jemand habe falsch geparkt, dachte er bedrückt, denn tatsächlich ging es ja um etwas mehr.

Auch Anneke Sørensen, die mit Gesine im Chor sang, ging an ihm vorbei. Sie grüßte Jessen mit einem knappen Nicken und wirkte verwundert, fragte aber nicht nach.

Als Gesine heraustrat, war sie von mehreren Mitsängerinnen umgeben, die ihr den Arm tätschelten und sie wiederholt fragten, ob auch wirklich wieder alles in Ordnung sei. Jessen beobachtete das mit leiser Verwunderung. Konnte sie es schon erfahren haben? Aber als Gesine Jessen erblickte, lächelte sie ihm herzlich zu und kam herüber, während sie den davoneilenden Chorschwestern noch einmal versicherte, dass sie wohlauf war.

Sie wandte sich Jessen zu und erklärte: »Mir sind vorhin kurz mal die Beine weggesackt, wahrscheinlich der Kreislauf.« Dann sah sie ihn verwundert an, mit einem Gesichtsausdruck, den er nicht gleich deuten konnte. »Sven-Ole, was ist los? Ist was passiert?«

»Ja, leider.« Er wartete, bis sie sich neben ihn gesetzt hatte. »Ich weiß nicht recht, wie ich das sagen soll … Also, Carsten, er hatte, ähm, ihm ist tatsächlich …«

»Ist es schlimm?«, unterbrach ihn Gesine.

»Ja, sehr schlimm. Er ist tot.« Jessen suchte in seiner Jackentasche nach Papiertaschentüchern, hatte aber mal wieder keine dabei. Er verfluchte sich selbst, dass er so unvorbereitet war.

Doch Gesine zauberte selbst ein Päckchen Taschentücher aus ihrer Handtasche. Sie schnäuzte sich kurz, dann sah sie ihn ruhig an. »Es war ein Unfall.«

Dass das aus ihrem Mund wie eine Feststellung klang und nicht wie eine Frage, wunderte ihn nur einen kurzen Moment lang. Dann nickte er bestätigend. »Ja, mit seinem Traktor. Er ist direkt ins Schaufenster von Metzger Anger gerast.« Er räusperte sich. »Ich war dabei, das war vielleicht ein Knall …«

Gesine starrte schweigend vor sich hin. Dann drehte sie sich zu Jessen um. »Kann ich ihn sehen?«

Jessen rieb sein Kinn. »Ja, sicher. Wenn's auch kein schöner Anblick ist. Also, ich meine die Leiche.« Er versuchte zu lächeln. »Die Todesursache muss noch offiziell bestätigt werden, aber ich geb dir dann gleich Bescheid und fahr dich auch hin.« Er sah sie an. »Bist du mit dem Auto hier?«

Gesine lachte freudlos. »Nein, das ist immer noch kaputt. Carsten wollte sich drum kümmern …« Sie schwieg. »Ich bin mit dem Bus gekommen.«

Jessen nickte. »Dann bring ich dich jetzt nach Hause.« Er wartete. »Natürlich nur, wenn du willst.«

Gesine lächelte ihn an. »Ja, gern.«

Sie standen auf und gingen hinaus. Die anderen Chormitglieder waren schon weg, nur Anneke stand noch vor dem Eingang und wartete.

Als Gesine auf sie zukam, nahm Anneke sie wortlos in die Arme und hielt sie fest. Zu Jessen sagte sie leise: »Bente hat mich eben angerufen und mir gesagt, dass Carsten einen schlimmen Unfall hatte.«

Anneke versprach, später mit Bente zum Neubauer-Hof zu kommen, damit Gesine nicht allein blieb, dann ging sie zur Bushaltestelle.

Jessen fuhr schweigend mit Gesine über die Landstraße. Nach einiger Zeit schaltete er das Radio an, und es erklang Marvin Gayes »I Heard It Through the Grapevine«. Er pfiff unhörbar mit. Dann wechselte der Song, David Bowie sang vom »Dead Man Walking«, und Jessen schaltete schnell ab.

Gesine zeigte ein leichtes Lächeln. »Kannst es ruhig anlassen. Ist ein guter Song.« Sie blickte aus dem Fenster.

Jessen winkte ab. »Quatsch, muss ja nicht.« Er sah sie von der Seite an. »Hat er öfter getrunken? Ich meine, ich hab ihn ja ein paarmal selbst erwischt …« Er zögerte. »Aber wenn du jetzt nicht drüber reden willst, ist das völlig in Ordnung.«

Gesine schüttelte den Kopf. »Nein, schon okay. Getrunken hat Carsten eigentlich immer nur abends, dann auch manchmal richtig, aber niemals morgens um zehn.« Sie sah Jessen an. »War er denn betrunken?«

»Wissen wir noch nicht. Ich dachte nur, weil er mit irrem Tempo da reingekachelt …« Er stockte. »Hätte ja sein können, dass du heute Morgen was bemerkt hast.«

Gesine kramte nach ihren Taschentüchern und putzte sich die Nase. »Nein, da war nichts. Wir haben zusammen gefrühstückt, da war er ganz normal, wie immer.« Sie lächelte. »Vielleicht ein bisschen maulfauler als sonst. Ich bin dann zur Chorprobe, mehr weiß ich nicht.«

»Du nimmst immer schon den Bus um kurz vor neun, nicht wahr? Wer weiß, was dazwischen noch alles passiert ist.« Jessen steuerte den Wagen in die Einfahrt des Neubauer-Hofes.

Gesine gab ein bestätigendes Geräusch von sich und zog ihre Handtasche aus dem Fußraum, um den Hausschlüssel herauszuholen.

acht

Auf dem Acker staunte Zufall über die Vielfalt gärtnerischer Bebauungskultur. Oder Unkultur, je nachdem. Die Parzellen lagen rechts und links eines nicht allzu breiten Weges und waren durch Kordeln, Stricke oder Gartendraht voneinander abgetrennt. Auf manchen Grundstücken steckten bunte Windräder, Frösche und Libellen aus Metall oder Holz und andere Markierungselemente in der Erde. Einige der Hobbygärtner hatten außerdem Steine bunt bemalt oder mit ihrem Namenszug versehen, mal akkurat und leserlich, mal phantasievoll verschnörkelt oder in Kinderschrift mit teils verdrehten Buchstaben. Zufall las die Namen im Vorbeigehen: Schröter, Pawlik, Kalweit. Auf einem künstlich verwitterten Holzschild war der Satz »*Wir* sind die Gärtner!« zu lesen, was Zufall amüsierte, aber auch etwas wunderte. Waren das hier nicht alles Gärtner? Warum sollte man es extra betonen?

Einige Parzellen waren vorbildlich bepflanzt, das Gemüse stand in Reih und Glied, es war kaum Unkraut zu erkennen, ordentliche Trampelpfade zwischen den benachbarten Feldern erleichterten das Erreichen der Pflanzen, und professionelle Rankhilfen aus dem Baumarkt, exakt ausgerichtet und befestigt, lenkten das Wachstum der Pflanzen in die richtige Richtung. Dann gab es Beete, die zwar offensichtlich auch bearbeitet wurden, aber das eher mit einer lässigen Nonchalance. Alles wuchs dort wild durcheinander, als Rankhilfen dienten allenfalls Stöcke und Äste, die man wohl im angrenzenden Wald gefunden hatte. Und es gab ein paar wenige Parzellen, die von ihren Gärtnern oder Ackerern – Zufall überlegte noch, welcher der richtige Begriff war – offensichtlich aufgegeben worden waren. Jedenfalls konnte man Gemüse und Salat hier teils nicht mehr vom dicht gewachsenen Unkraut unterscheiden. Meterhoher Dill leuchtete in tollen gelben Farbtönen, davor präsentierten sich drei hochgeschossene Salate in einer bizarren Pyramidenform, die Zufall begeisterte. Er hatte gar nicht gewusst, dass ein Lollo rosso so toll aussehen konnte. Er zog sein Smartphone aus der Tasche und machte schnell ein paar Fotos. Die würde er Jenny Mietzner schicken, die hatte einen Sinn für solche Schnappschüsse. Am liebsten natürlich mit Katzen, aber die standen hier gerade nicht zur Verfügung.

Zufall erreichte die Parzelle, auf der der Schädel gefunden worden war. Sie war leicht zu erkennen, das rot-weiße Absperrband flatterte ähnlich lustig im Wind wie die gelb-grünen Bänder an einem Windrad auf dem Nachbargrundstück. Er besah sich das Loch, konnte aber auf den ersten Blick nichts Auffälliges daran entdecken. Die Frau dieses Hamburger Anwalts hatte lange Holzstangen als Rankhilfen für die Bohnen anbringen wollen, beim Graben war sie auf den Schädel gestoßen. So stand es jedenfalls in Jessens Bericht, und genauso sah es auch aus.

Die Liebermanns gehörten anscheinend zu den eher ordentlichen Gärtnern, wenn ihre Beete auch nicht so aussahen, als seien sie mit Lineal und Nagelschere gezogen worden. Sehr exakt waren jedoch die Grenzschnüre ausgerichtet, das fiel Zufall gleich auf. Er vermutete, dass Liebermann jemand war, der um jede Mohrrübe kämpfte, die auf der Trennlinie wuchs und nicht eindeutig dem Nachbarn zuzuordnen war. Dazu passte auch Jessens Erzählung vom Umsonstgemüse, das sich Liebermann als »Ernteausfall« von Gesine Neubauer hatte geben lassen. Zufall grinste. Solche Typen kannte er nur zu gut.

Er trat wieder auf den Weg zwischen den Parzellen und sah sich um. Weiter hinten konnte er ein paar Menschen ausmachen, aber die meisten Parzellen waren leer. Seitlich, am Ende des Weges, stand ein niedriges Gebäude aus roten Ziegelsteinen, aus dem gerade ein Mann mit einer Harke über der Schulter und einem Eimer in der Hand heraustrat. Darin waren anscheinend die Gartengeräte, Gießkannen, Eimer und anderen Gerätschaften untergebracht. Zufall schlenderte zu dem Häuschen und nickte im Vorbeigehen einer älteren Frau zu, die mit Gartenhandschuhen und angewidertem Gesichtsausdruck an ihren Kartoffelpflanzen hantierte. Als sie seinen fragenden Blick sah, stieß sie nur ein knappes »Kartoffelkäfer!« hervor und zerdrückte das nächste Exemplar.

Bei dem Häuschen angekommen, registrierte Zufall mit Erstaunen die große Auswahl an Harken, Schaufeln, Hacken und Grabegabeln, die nebeneinander an langen rostigen Nägeln an der Wand hingen. Anscheinend gab es normalerweise sogar noch mehr, zwischen den Geräten klafften einige Löcher. Hatte Jessen nicht erzählt, dass immer wieder Sachen verschwinden würden? Er drehte sich um. An der gegenüberliegenden Wand waren auf einem langen Holztisch Setzlinge, Pflänzchen, Gläser mit Saatgut und andere Behälter aufgereiht, dazu gab es einen zerschlissenen Aktenordner mit der Aufschrift »Beste Rezepte«. In ziemlich verschmutzten Klarsichthüllen steckten DIN-A4-Zettel, teils kopierte oder aus Zeitschriften herausgerissene Seiten. Zufall blätterte ein bisschen; es gab verschiedene Themenbereiche mit Überschriften wie »Rote Bete mal anders«, »Was mach ich mit Zucchini?« und »So schmeckt sogar Fenchel super«, alles sehr liebevoll gesammelt und offenbar auch fleißig genutzt.

An der Wand hing ein Belegungsplan der Parzellen – nicht alle waren mit Namen versehen –, daneben Zettel mit Ankündigungen von Veranstaltungen in Tönnshagen und der weiteren Umgebung.

Eine Frau Siemsen hatte gleich eine ganze Liste mit Seminarangeboten aufgehängt, von »Was wohnt denn hier im Wald?«, einem Waldspaziergang für Kindergartenkinder, bis hin zu »Unsere Kräuter und was sie alles können«, der Variante für Erwachsene mit integriertem Kochkurs. Vor einer Liste mit außerordentlich günstigen Preisen für Setzlinge, Saatgut, Blumen und Mineralwasser stand eine selbst gebastelte Blechdose mit einem Schlitz im Deckel. Hier sollte man wohl das Geld einwerfen für die Sachen, die man benutzte. Zufall schüttelte die Dose leicht, es klimperte. Angst vor Diebstahl brauchte man hier offensichtlich nicht zu haben.

Er ging noch einmal zurück zu Liebermanns Parzelle. Der Fund des Schädels war sicherlich ungewöhnlich, und für Menschen, die extra einen längeren Anfahrtsweg in Kauf nahmen, um gesunde und ökologisch einwandfreie Lebensmittel zu bekommen, entsprach das kaum der Vorstellung von einer guten Ernte.

Aber ob man deshalb mehr darin sehen musste als einen unerfreulichen, lieber nicht zu wiederholenden Zwischenfall? Wenn hier früher mal ein Friedhof gewesen war, vor vielen Jahrzehnten, könnte aber natürlich genau das der Fall sein. Er konnte sich nicht erinnern, dass Jessen so etwas erwähnt hatte, aber selbst wenn der es nicht wusste, sollte sich das rausfinden lassen. Er zog sein Mobiltelefon aus der Tasche und wählte Jessens Nummer. Der ging schon nach dem zweiten Klingeln ran. »Na, so ein Zufall«, meldete er sich.

Werner Zufall verzog das Gesicht angesichts des offensichtlichen Kalauers und antwortete mit einem sarkastischen: »Ja sicher.«

Jessen hüstelte. »Sorry, das war tatsächlich ernst gemeint. Ich wollte dich nämlich auch gerade anrufen. Ich hab eben erfahren, dass die Staatsanwaltschaft keine Genehmigung für den Einzelverbindungsnachweis bei Heinrich Lüders erteilt.« Jessen schnaubte. »Aus Kostengründen.«

Zufall brauchte einen Moment, bis er sich thematisch wieder orientiert hatte. »Das war der Unfall mit dem Mähdrescher, stimmt's?«

»Ja, genau. Und deshalb müsse man nicht weiterermitteln, heißt es. Meine Vermutung ist ja, dass Lüders während der Fahrt mit diesem Makler telefoniert oder ihm eine SMS geschrieben hat und dadurch abgelenkt war.«

Zufall überlegte kurz. »Da hilft nur eins: Du musst das Handy von diesem Lüders finden.«

»Das find ich schon, hundertprozentig, ach was, tausendprozentig!«

Zufall lachte. »Immer dran denken: Am allerallerschlimmsten sind Übertreibungen. Wo bist du eigentlich gerade?«

»Auf der Wache, wieso?«

»Ich komm gleich mal rüber.« Zufall trennte die Verbindung und ging zu seinem Wagen. Die Frau mit den Kartoffelkäfern stieg gerade in den ziemlich alten roten R4, an dem Zufall bei seiner Ankunft vorbeigelaufen war und den er interessiert genauer betrachtet hatte, da man dieses Modell wirklich nur noch selten sah. Sie winkte ihm kurz zu, während sie umständlich an dem dicht neben ihr geparkten älteren amerikanischen Wohnmobil vorbeimanövrierte.

***

»So, das war's.« Bente klappte das Kochbuch zu und nahm den eng beschriebenen Zettel in die Hand.

Thomas, der damit beschäftigt gewesen war, Gläser zu polieren, legte das Handtuch weg und setzte sich zu ihr an den Tisch. »Na, dann lass hören.« Er stützte die Ellbogen auf die Tischkante und seinen Kopf auf die Hände. Erwartungsvoll schaute er Bente an.

»Also, ich habe mich im Großen und Ganzen an der alten Karte orientiert. Wir wollen die Gäste, die den Krug seit Jahrzehnten kennen, ja nicht vergraulen.« Sie lachte. »Was bislang auf der Karte steht, ist außerdem keineswegs schlecht. Nur die Zutaten sind nicht so okay. Guck mal …«, sie schob Thomas die Speisekarte rüber, »das Angebot an kalten Speisen zum Beispiel ist total in Ordnung. Ein Käsebrot kann man halt so oder so zubereiten. Und ab jetzt probieren wir mal das andere ›so‹.« Sie zeigte auf die Liste. »Nimm mal den Käse, den können wir aus der Region beziehen, hier gibt es spitzenmäßige Käsereien. Und das Brot ist genauso wichtig wie der Belag, deshalb solltet ihr zukünftig bei dieser Biobäckerei bestellen.«

Bente rief eine Seite auf ihrem Laptop auf und zeigte sie ihm. »Die Bauernkruste und das Landbrot mit Kümmel sind für so was ein Traum, großzügig belegt mit einem schönen Deichkäse. Das Ganze ein bisschen nett dekoriert, und fertig ist die Delikatesse.« Sie tippte etwas auf der Tastatur des Laptops, den sie dann wieder zu Thomas drehte. »Sieh dir das hier an. Dieser Deichkäse hat beim ›World Cheese Award‹ den sechzehnten Platz belegt, das heißt, der Käse ist unter den besten zwanzig Käsesorten weltweit! Und der kommt hier aus dieser Region.«

Thomas sah Bente erstaunt an. Manchmal konnte er ihre Begeisterung für Lebensmittel nur schwer nachvollziehen. Und von einem »World Cheese Award« hatte er noch nie gehört.

Jetzt kam Bente in Fahrt. »Apropos Käse. Wusstest du, dass

Schleswig Holstein sogar eine Käsestraße hat? Also, ich meine so eine Route wie die Weinstraßen in Italien oder an Rhein und Mosel. Hier im Norden werden schlicht ganz hervorragende Käse produziert – vor allem Ziegenkäse.«

Thomas verzog das Gesicht. »Ich weiß nicht, Ziegenkäse ist doch schon etwas, wie soll ich sagen … speziell?«

Bente winkte ab. »Hast du schon mal einen richtig guten Ziegengruyère gegessen? Der ist in der Konsistenz fest und cremigbröckelnd zugleich, und im Geschmack mmh …«

»Okay, ich habe verstanden. Der Standardkäse aus dem Großmarkt ist raus, gut. Und was hast du noch geändert?«

»Na ja, wir werden weiterhin verschiedene Salate anbieten. Der Kartoffelsalat bleibt natürlich im Programm, nur machen wir den in Zukunft selbst. Genau wie die gemischten Salate auch. Ich kann morgen mit Gesine sprechen, die hat doch den kleinen Bauernladen, da könntet ihr die Zutaten kaufen. Das hat nur Vorteile, der Salat kommt aus der Region, und ihr könnt die Karte saisonal anpassen.«

»Ich weiß nicht, das klingt aber schon nach einer Menge Vorbereitung, und mit Salat ist das ja auch immer so eine Sache …«

Bente musste laut lachen. »Ja, der wird irgendwann welk. Thomas, ich weiß, dass du kein Koch bist und einfache Speisen brauchst. Aber glaube mir, es gibt viele Sorten, die gut vorzubereiten, unempfindlich und trotzdem sehr, sehr lecker sind. Hier, Rote-Bete-Salat, Möhren-Radieschen- und Tomatensalat.« Sie drehte die handgeschriebene Liste in seine Richtung.

Thomas kratzte sich am Hinterkopf. »Meinst du, wir kriegen das hin? Das ist schon eine ziemlich große Veränderung – und ich bin echt kein Kochtalent.«

Bente sah Thomas aufmunternd an. »Ich bin ja die nächsten Tage noch hier. Wenn du und Mama mit der Umgestaltung der Karte einverstanden seid, können wir morgen schon loslegen. Ich würde die Waren bestellen und dir die Zubereitung zeigen, und dann krempeln wir zwei den Laden mal schön um!«

Bente stellte etwas verwundert fest, dass ihr die Herausforderung mehr Spaß bereitete, als sie sich eingestehen wollte.

Thomas nahm Bentes Zettel in die Hand. »Versuchen sollten

wir es. Wir müssen unbedingt erreichen, dass der Krug wieder von den Ausflüglern profitiert.«

»Das schaffen wir.« Bente lächelte und legte ihre Hand auf seinen Unterarm. »Da bin ich ganz sicher.«

***

Als Zufall die Wachstube betrat und sich an seinen Schreibtisch setzte, war Jessen gerade dabei, ein Telefonat zu beenden. Danach kam er zu ihm und stellte einen Becher Kaffee vor ihn hin. »Milch? Zucker?«

Zufall schüttelte den Kopf und nahm den Becher dankbar entgegen.

Jessen grinste. »Gut. Zucker hätte ich auch nicht gehabt.« Er nahm einen Schluck aus seinem eigenen Becher. »Irgendwas Neues?«

»Nein, aber ich hab noch mal ein bisschen nachgedacht. Weißt du, ob da, wo jetzt die Parzellen sind, früher vielleicht mal ein Friedhof oder so was war?«

Jessen legte die Stirn in Falten. »Hab ich auch schon überlegt, aber ich kann mich nicht dran erinnern, jemals etwas in der Art gehört zu haben. Das war immer Esthers Rosengarten, der ganze Bereich. Ich weiß natürlich nicht, wie das, sagen wir mal, vor dem Ersten Weltkrieg war.«

»Das war alles mal Rosengarten? Der war dann ja ganz schön groß.«

»Ja, und die Rosen waren Esthers ganzer Stolz, sie hat alles selbst angelegt. Dadurch hat Tönnshagen sogar mal einen landesweiten Wettbewerb gewonnen, ›Unser Dorf soll schöner werden‹ oder so …«

»›Das schönste Dorf in Norddeutschland‹«, berichtigte ihn Zufall, der darüber mal eine TV-Dokumentation gesehen hatte.

»Genau, danach war hier richtig was los, das Fernsehen war da, Touristen kamen gucken, sogar Loki Schmidt war irgendwann zu Besuch, wegen irgendeiner besonders tollen Rose, keine Ahnung.« Jessen zuckte die Achseln, mit Blumen hatte er es nicht so.

»Und vor dem Rosengarten?«, hakte Zufall nach. »Diese Esther war doch nicht immer hier. Und wenn sie es war, die das alles angelegt hat …«

»Nein, ich glaube, sie kam irgendwann in den Fünfzigern nach Tönnshagen, so genau weiß ich das nicht, da müssten wir Anneke fragen.« Er hielt kurz inne und rechnete nach. »Willy und Esther müssten etwa 1960 oder '61 geheiratet haben, ich erinnere mich, dass vor ein paar Jahren die große Feier zur goldenen Hochzeit war.«

Auf Zufalls verwunderten Blick erklärte Jessen: »Da war Esther natürlich schon lange tot, aber gefeiert wurde trotzdem, im Krug, es gab Freibier.« Sein Mobiltelefon klingelte, er entschuldigte sich und ging telefonierend zu seinem Schreibtisch.

Zufall legte sich in der Zwischenzeit das Paket mit dem Schädel bereit, um es nur ja nicht zu vergessen. Dann kam Jessen zurück.

»Das war Bente. Sie ist auf dem Rückweg vom Krankenhaus noch einmal bei Gustav Bertram vorbeigefahren, das Auto ist immer noch weg, und sonst ist auch nix von ihm zu sehen.« Er zeigte auf sein Handy. »Sie meint, ihr sei wieder eingefallen, dass Gustav ein Mobiltelefon haben muss, sie kennt aber seine Nummer nicht, die hat wahrscheinlich nur Willy, und den kann man ja gerade nicht so gut fragen.«

Zufall fuhr nachdenklich mit dem Fingernagel über die Klebefolie des Pakets. »Da hilft nur, die großen Anbieter abzutelefonieren. Aber dafür müsste ihn erst einmal jemand vermisst melden, die Genehmigung kriegst du sonst nie.«

Jessen wiegte nachdenklich den Kopf hin und her. »Bente will sich jedenfalls mal bei Willy umgucken, ob sie die Nummer irgendwo findet.« Er grinste. »Als ich ihr sagte, dass sie ja nur in Willys Handy nachsehen muss, hat sie gelacht und gemeint, Willy habe erst vor zwei Jahren, und das auch nur widerwillig, den Sprung zum Tastentelefon mitgemacht, ich müsse es doch eigentlich besser wissen. Wir treffen sie nachher im Krug, da will auch Stefan aufschlagen, wenn er angekommen ist.« Auf Zufalls leicht irritierten Blick fügte er erklärend hinzu: »Der Sohn von unserem Mähdrescherunfallopfer. Kommt aus Hawaii angereist.«

Zufall verstand. Er nickte, packte das Paket in einen Leinenbeutel mit der Aufschrift »Trag's mit Fassung« und sah Jessen an. »Bei euch spielt sich wohl alles im Krug ab, oder?«

Jessen zuckte mit den Schultern. »Gibt ja sonst nichts. Und für Dorfneuigkeiten ist der Krug tatsächlich der beste Ort. Stefan wohnt außerdem gleich nebenan, Willy Thomsen und Heinrich Lüders sind ja Nachbarn.« Er stutzte. »Waren Nachbarn.«

Zufall stopfte seinen Notizblock und ein paar Mappen in seine Ledertasche. »Ich fahr zurück nach Hamburg und bring unseren Schädel in die Rechtsmedizin, damit das mal Fahrt aufnimmt.«

Jessen sah auf die Uhr. »Aber auf einen Happen kommst du noch mit! Bevor ich mich auf die Suche nach Lüders' Handy mache, muss ich mich stärken.«

Zufall dachte an seinen Diätplan. Er musste standhaft bleiben, das konnte so nicht weitergehen. Andererseits: Der Mensch musste was essen, da ging auch kein Weg dran vorbei. Und vielleicht würde er vor Ort mehr über den Rosengarten und die Zeit davor erfahren.

Er ließ das Schloss seiner Tasche einrasten. »Aber nur auf einen kleinen Salat oder so.«

***

Am liebsten hätte Stefan Lüders sein Fahrrad genommen. Nach gefühlten vierundzwanzig Stunden in den unbequemen Sesseln diverser Fluggesellschaften und auf den harten Schalensitzen der Flughäfen, auf denen er auf seine Anschlussflüge warten musste, wäre er gern hundert Kilometer geradelt, nur um seinen Kreislauf und seine eingerosteten Knochen wieder etwas in Schwung zu bringen. Dazu war er allerdings viel zu müde – trotz seiner vielen Reisen zu Radrennen in aller Welt kriegte Stefan es einfach nicht hin, auf Flügen richtig zu schlafen. Er döste allenfalls ein bisschen vor sich hin und versuchte den Rest der Zeit, sich so gut es ging vom sogenannten »Entertainment-Programm« unterhalten zu lassen. Das klappte aber immer seltener, da er für Filme, in denen seltsam bunt gewandete Männer gegen unterirdische Nazis oder überirdische Götter kämpften, irgendwie keinen Sinn hatte. Da blieb er lieber bei den zeitlosen Cartoons von Charlie Brown und seinen Freunden.

Sein eigenes Fahrrad hatte Stefan natürlich auch gar nicht dabei. Bis auf die paar Klamotten zum Wechseln und einige Toilettenartikel in seiner Reisetasche hatte er all seine Sachen bei dem Radteam gelassen, für das er gerade auf Hawaii arbeitete. Dort hatte man zum Glück Verständnis für ihn gezeigt, die Familie ginge vor, er solle erst mal alles klären, sich Zeit nehmen. Allerdings wusste Stefan auch, dass er ganz schnell ersetzt werden würde, sollte diese Zeit zu lange dauern.

Während des Fluges hatte er nicht nur darüber nachgedacht, wann er eigentlich seinen Vater das letzte Mal länger als ein Wochenende gesehen hatte. Ihm waren plötzlich auch beinahe existenzielle Gedanken gekommen: Er hatte zwar einen Job, der ihm Spaß machte und ihn rund um die Welt reisen ließ, aber wenn er es mal auf das Wesentliche herunterbrach, gab es keinerlei Konstante in seinem Leben. Nächstes Jahr wurde er dreißig, doch er hatte nicht mal einen festen Wohnsitz; gemeldet war er immer noch in Tönnshagen. Da er ein gefragter Fahrradmechaniker und auf seinem Gebiet ein absoluter Spezialist war, reihten sich die Aufträge seit Jahren nahtlos aneinander. Dann wohnte er immer in Hotels. Seine Einzimmerzweitwohnung in Köln, die er nach aufgegebenem Sportstudium noch behalten hatte, war langfristig untervermietet. Wenn er mal in der Gegend war, kam er bei einem alten Studienfreund unter, der mit Frau und vier Kindern auf der »schäl Sick«, der rechten Rheinseite, wohnte. Das passierte aber inzwischen immer seltener.

Er nahm von der unverbindlich freundlichen Mitarbeiterin der Autovermietung eine Chipkarte und eine kurze Beschreibung entgegen und machte sich im riesigen Parkhaus des Flughafens auf die Suche nach seinem Mietwagen.

Eine Viertelstunde später steuerte er einen koreanischen Kleinwagen mit dem Slogan »Hier schlafen die Schlauen!« einer Billighotelkette auf dem Heck nach Tönnshagen.

***

Im Krug war Neubauers Treckerunfall natürlich Gesprächsthema Nummer eins. Die alte Regel, dass über Tote nichts Negatives gesagt werden dürfe, war dabei offensichtlich außer Kraft gesetzt; es kursierten jede Menge Geschichten darüber, wie Neubauer jemanden über den Tisch gezogen oder schwer beleidigt hatte, manchmal auch beides zusammen. Wahrscheinlich gab es über ihn aber auch einfach nichts anderes zu erzählen. Anneke, die zur Unterstützung von Thomas und Bente im Krug war, hörte sich die Erzählungen eine Weile an. Dann beendete sie den Spuk mit einem energischen: »Jetzt ist aber mal gut! Wir alle wissen, dass Carsten kein einfacher Mensch war, und ja, er hat den wenigsten hier geholfen, wenn es nötig war, und sich mit den meisten wegen irgendwelcher Nichtigkeiten angelegt …« Das nun einsetzende Zustimmungsgemurmel stoppte sie, indem sie die Hand hob: »Aber wir sollten jetzt vor allem an Gesine denken, sie braucht nämlich unsere Unterstützung. Ende der Durchsage, danke.«

Fast hätte es Applaus geben können, doch die Anwesenden wandten sich kommentarlos anderen Themen zu oder sprachen so leise, dass Anneke es nicht mehr mitbekam. Als Jessen und Zufall den Krug betraten, waren längst wieder die Kartenspiele im Gange, die Gespräche drehten sich um Fußball und Weltpolitik, hier und da ging es vielleicht noch um den Schädelfund im Acker.

Jessen bestellte Kartoffelsalat, während Zufall zunächst standhaft blieb und nach einem grünen Salat fragte, in der leisen Hoffnung, dafür ausgelacht zu werden und dann ebenfalls zu Gehaltvollerem greifen zu können.

***

Bente hatte Thomas die Küche überlassen und war nach oben in Willys Wohnung gegangen. Da Jessen gekommen war, wollte sie sich schnell nach Gustavs Handynummer umsehen.

Sie betrat Willys »gute Stube«, wie der Raum bei ihm immer hieß, mit einem etwas seltsamen, beklemmenden Gefühl. Sonst war Willy immer da gewesen, wenn sie auf Besuch gekommen war, hatte sich mit ihr zum Klönschnack auf einem der ausgeleierten Sessel niedergelassen oder am Schreibtisch gesessen, wo er »Büro machte«, wie er es nannte.

Sie setzte sich an den alten Schreibtisch aus dunklem Holz, den sie als Kind wegen der vielen kleinen Schubladen so faszinierend gefunden hatte. Willy hatte meist kleine Schokoladentäfelchen oder Bonbons in einer der Schubladen versteckt, weil er wusste, dass sie gern alles einmal öffnete und durchsuchte. Wenn sie dann mit vollgestopftem Mund in die Küche kam, tat er immer ganz verwundert und fragte scheinheilig, wo sie denn wohl die Süßigkeiten herhabe, da müsse er beim nächsten Mal aber auch mal suchen!

Sie zog die Schubladen nacheinander auf, fand Briefmarken und alte Batterien, jede Menge Bleistiftstummel, Heftklammern und Haushaltsgummis, Pfennige und Groschen, Spitzer und Stempel. Und Zettel. Quittungen, Notizen, alte Fahrscheine, etliche Wertmarken irgendeiner Kirchentombola, da war Willy offenbar groß eingestiegen. Bente musste schmunzeln, als sie den alten Datumsstempel in die Hand nahm – mit dem hatte sie mal einen ganzen DIN-A4-Bogen dicht bestempelt. Leider war es die Rückseite von Willys Geburtsurkunde gewesen. Doch der hatte nur gelacht und gemeint, mit dem Datum könne er sich jetzt jedenfalls nicht mehr vertun.

Als sie mit allen Schubladen durch war, sah sie sich auf dem Schreibtisch und im danebenstehenden Regal um. Sie hatte das Gefühl, irgendetwas zu übersehen. Etwas war ihr eben aufgefallen, das nicht stimmte, aber sie kam gerade nicht drauf, was es war. So, wie man manchmal nicht auf den Namen eines bekannten Sängers, Schauspielers oder Politikers kam, der einem dann aber just in dem Moment wieder einfiel, wenn man sich mit etwas ganz anderem beschäftigte.

Im Regal standen Willys alte Kochbücher, teils abenteuerliche Werke aus Nachkriegszeiten oder knatschbunte Dr.-Oetker-Fibeln aus den Siebzigern. Bente erinnerte sich, dass sie vor wenigen Jahren auf der Suche nach neuen Ideen in Willys Kochbuchecke gestöbert und sich köstlich mit ihm über die Gestaltungs- und Zubereitungsarten in diesen Relikten vergangener Zeiten amüsiert hatte. Seine »Bibel« war ohnehin seine eigene Loseblattsammlung von Kochrezepten gewesen, die er mit einem dicken Einweckgummi umschnürt im Regal aufbewahrte und sorgsam im Auge behielt. Bente hatte einmal gescherzt, dass er das Bündel wahrscheinlich mit ins Grab nehmen würde, worauf Willy nur meinte, dann würde er seine Rezepte doch lieber ihr vererben, so würde sie endlich mal vernünftig kochen lernen. Und da, wo er hinkäme, bräuchte er nur einen ordentlichen Grill.

Bente zog auf Verdacht einen dunkelbraunen Band aus dem Regal, und richtig, es war das Buch, das ihr schon viel Freude bereitet hatte. »Geprüft und bewährt« stand in dunkler Schrift auf dem rissigen Buchdeckel, darunter: »Ein Buch der Hamburger Küche von Frau H. Behnke« samt dem Hinweis »Dritte, vermehrte Auflage« und der Angabe »Alster-Verlag Hamburg 1923«. Schon die »vermehrte Auflage« hatte Bente köstlich amüsiert, sie stellte sich dann immer vor, wie sich die Rezepte selbsttätig vermehrten. Das Buch würde sie gern mal mit ins Noma nehmen; hier fanden sich Rezepte wie »Grüne Spargelspitzen in Musselintunke für 18 Personen« oder »Poularde mit Gänseleber und Trüffeln gefüllt für 10 Personen«. Unterteilt war es in Kategorien wie »Warme und kalte Mittelgerichte« oder auch »Einfache billigere Gerichte«.

Sie stellte das Buch wieder zurück. Willys Rezeptsammlung war nirgendwo zu sehen, wahrscheinlich lag sie unten in der Küche. In diesem Moment fiel ihr wieder ein, was sie eben so irritiert hatte. Nacheinander zog sie noch einmal ein paar der Schubladen auf, da sie sich nicht mehr genau erinnerte, welche es gewesen war. Wie beim Memory, dachte sie belustigt, da konnte ich mir auch nie merken, was wo lag. Schließlich fand sie die richtige Schublade und nahm heraus, was sie zuvor nur flüchtig gesehen hatte: einen blau-silbern glänzenden USB-Stick. Es war eine dieser Versionen zum Ausklappen, kaum größer als ein Bleistiftspitzer. Auf dem Metallteil standen der Name einer großen Softwarefirma und die Datenkapazität: 8 GB.

Was machte Willy mit solch einem Datenträger? Er hatte keinen Computer und interessierte sich auch nicht dafür. Hatte das vielleicht mit seiner Steuererklärung oder der Buchhaltung des Krugs zu tun? Immerhin lagen auch Quittungen und Kassenzettel in der Schublade. Sie klappte den Stick einmal auf und wieder zu und legte ihn dann zurück in die Schublade. Sie würde Willy danach fragen, wenn er wieder gesund aus dem Krankenhaus zurück war.

Sie betrachtete das gerahmte Bild einer Markthalle in Paris im morgendlichen Nebel, das über dem Schreibtisch hing. Das hatte sie Willy mal geschenkt, der dem Foto gleich einen Ehrenplatz über seinem Schreibtisch eingeräumt hatte. Ihr Blick wanderte weiter und blieb schließlich an dem kleinen Büchlein hängen, das unter dem Telefonapparat klemmte. Als sie vorhin vor dem Schreibtisch stand, hatte sie es nicht gesehen, erst jetzt, im Sitzen, fiel es ihr auf. Sie zog es hervor.

Es war vollgeschrieben mit Namen und Nummern in Willys altertümlicher, steiler Handschrift, bei der sie nicht immer alle Buchstaben lesen konnte. Die meisten Einträge waren mit schwarzer Tinte gemacht worden, ganz offensichtlich die älteren, denn etliche Nummern waren dreistellig. Neuere Einträge hatte Willy mit Bleistift vorgenommen. Einige der schwarz notierten Namen waren durchgestrichen und entweder mit einem Kreuz oder dem Hinweis auf ein Altenheim versehen worden. Gustav Bertrams Nummer fand Bente unter G, aber es handelte sich nur um die Festnetznummer. Unter B fand sich nichts, bis auf Bentes eigene Nummer. Enttäuscht blätterte sie das Büchlein durch und wollte es schon zurücklegen, als ihr ein Zettel entgegenflatterte: ein quadratischer Notizzettel, auf dem jemand, und zwar ganz sicher nicht Willy, mit kräftigen Kugelschreiberstrichen eine Nummer notiert hatte, eine Handynummer, wie Bente an der Vorwahl erkennen konnte. Darunter standen in derselben Kugelschreiberschrift zwei Worte: »Gustavs Ackerschnacker«, mit Ausrufezeichen. Bente musste lachen. Das war genau Gustavs Humor. Sie kramte ihr Handy heraus und wählte die Nummer, erreichte aber nur die Mailbox. Nachdenklich steckte sie den Zettel ein und ging nach unten.

***

Obwohl er noch einmal darauf hingewiesen hatte, dass er auf seine Linie achten müsse, war Zufall an der Salatbestellung gescheitert; immerhin mit dem Versprechen von Thomas, demnächst gebe es hier auch »so was«. Also war er auf Schwarzbrot mit Matjes ausgewichen, was sich als ganz gute Wahl erwiesen hatte, wenn das Schwarzbrot auch durch seine regelmäßige Form verriet, dass es sich wahrscheinlich eher um ein Industrieprodukt handelte, wie sie früher im einstigen Brotregal der Polizeistation zu finden gewesen waren, als um das Werk eines Landbäckers.

Jessen schien man mit Kartoffelsalat und Frikadellen stets zufriedenstellen zu können, jedenfalls verputzte er gerade wieder eine gewaltige Portion. Dabei ist er so ein dünner Hering, dachte Zufall und betrachtete seinen fetten Matjes. Na ja, so Typen gab es immer, die essen konnten, was sie wollten, und dabei spindeldürr blieben. Er war nicht so ein Typ, leider.

Als Bente mit Gustavs Handynummer zu ihnen an den Tisch kam, hatte Zufall bereits mit einigen der Stammgäste im Krug gesprochen, um herauszufinden, was es mit dem Rosengarten und eventuellen alten Friedhöfen in der Gegend auf sich hatte. Sehr weit war er allerdings nicht gekommen, irgendwie wollte niemand so richtig mit ihm darüber reden. Einer der Kartenspieler, ein alter Mann mit Schiebermütze und Spitzbart, den alle nur »Lenin« nannten, hatte mit theatralischem Augenrollen den Zeigefinger an die Lippen gelegt und gemeint: »Pssst, darf ich nich sagen, bin Geheimnisträger.« Dann hatte er gelacht und Zufall freundlich auf den Arm geklopft. Der gab's schließlich auf.

Jessen nahm den Zettel mit Gustavs Handynummer entgegen und fragte nun auch Bente nach dem Rosengarten, die meinte, das müsse man am besten ihre Mutter fragen. Im selben Moment kam Anneke mit den vor wenigen Minuten bestellten Getränken an ihren Tisch. »Was müsst ihr mich fragen?« Sie stellte Zufall ein neues Mineralwasser hin.

Er dankte ihr und schenkte sich nach. »Die Sache mit dem Rosengarten. Beziehungsweise dem Schädel. Also eigentlich mit beidem.« Er nahm einen Schluck. »Verstehen Sie, was ich meine?«

Anneke lächelte und sah die anderen beiden an. »Versteht ihr ihn?«

Bente stibitzte eine Olive von Jessens Teller. »Erst mal verstehe ich, dass wir uns hier alle duzen.« Sie grinste Zufall an. »Mindestens seit gestern.« Dann wandte sie sich wieder ihrer Mutter zu. »Und ich glaube, er meint, dass er gern wissen würde, was denn vorher da war, bevor das Esthers Rosengarten wurde. Stimmt's?« Sie sah Zufall nach Bestätigung suchend an, der ihr heftig zunickte.

Anneke setzte sich. »Also gut, das ist ja nicht so schwierig. Alles weiß ich natürlich auch nicht mehr, aber bevor meine Mutter ihren Rosengarten anlegte, wuchsen dort Kräuter und Heilpflanzen, die meine Großeltern väterlicherseits für ihre Arbeit brauchten. Die waren beide Heilpraktiker, allerdings hatte mein Großvater schon mit achtundvierzig einen Schlaganfall und starb mit Ende sechzig, meine Oma mit Mitte siebzig. Aber was da vorher war? Keine Ahnung. Wahrscheinlich einfach ein Feld?«

Zufall war enttäuscht. »Also kein Friedhof?«

Anneke stand auf. »Nicht dass ich wüsste, aber ich kann mich natürlich auch irren. So etwas müsste doch in den Kirchenakten zu finden sein. Oder beim Katasteramt oder wie das heißt ...«

Zufall nickte ihr zu. »Ja, danke, das ist ein guter Tipp.« Er drehte sich zu Jessen um. »Das sollten wir gleich angehen, wenn ich wiederkomme.«

Jessen legte zwei Finger an seine nicht vorhandene Mütze. »Aye, aye, Käpt'n!«

Zufall wusste nicht, ob er lachen oder sauer sein sollte.

***

Bente war zurück an den Tresen gegangen und besprach mit Thomas und Anneke ein paar Dinge für die nächsten Tage. Dann verabschiedete sie sich von Jessen und Zufall, um ihren großen Rucksack aus Annekes Gästezimmer zu holen und sich bei Willy häuslich einzurichten. Sie hatten beschlossen, dass Bente am besten bei Willy über dem Krug wohnte, so konnte sie alles vorbereiten, war Ansprechpartnerin für die neuen Lieferanten und konnte den »Telefondienst« übernehmen, wie sie es nannte. Denn immer wieder riefen Leute aus den umliegenden Dörfern an, die mitbekommen hatten, was passiert war, um zu fragen, wie es Willy ging, oder einfach nur gute Besserung zu wünschen.

Vielleicht meldet sich ja auch Gustav, dachte sie insgeheim. Sie hatte inzwischen mehrfach seine Handynummer angerufen, aber da ging immer nur die Mailbox ran. Sie machte sich Gedanken um den besten Freund ihres Opas; nicht wegen des Blutes, das konnte eine ganz harmlose Erklärung haben. Aber einfach so zu verschwinden, war eigentlich nicht Gustavs Sache. Willy hatte mal im Scherz behauptet, Gustav würde sogar feierlich verkünden, wenn er aufs Klo ging. Aber jetzt war er weg.

Ein weiterer Grund, weshalb Bente nur allzu bereitwillig Stellung über dem Krug bezog, war ihr eigenes kleines Reich unter dem Dach. Schon als Kind hatte sie hier gespielt und übernachtet. Willy hatte ihr die Dachkammer mit der gemütlichen Schräge immer so eingerichtet, wie es ihr gerade am besten gefallen hatte. Die Prinzessinnen, Einhörner und Fabelwesen an der Wand waren irgendwann bunten Rennautos gewichen – Bente hatte als Zehnjährige zwischenzeitlich ein ihr heute unerklärliches Faible für schnelle Flitzer entwickelt –, später hingen dort Poster mit angesagten Popbands, die Willy immer kopfschüttelnd beäugte, obwohl er ihr beim Aufhängen tatkräftig zur Seite gestanden hatte. Bei der letzten Renovierungsaktion waren alle bunten Bilder zugunsten eines hellen Holzpaneels gewichen, das etwa auf halber Höhe der Wand endete und dem Raum eine beinahe skandinavische Luftigkeit verlieh. Die obere Hälfte hatte Bente in einem blaugrünen Farbton gestrichen, der gut zu den groben alten Holzdielen passte.

Bis auf einen kleinen quadratischen Holztisch samt Stuhl stand in dem Zimmer seither nur noch ein breites Bett, von dem aus man zum Fenster hinaussehen konnte. Das schmale Dachfenster hatten sie durch eine größere Version zum Aufklappen ersetzt; hier saß Bente am liebsten, wenn der Regen auf das Dach prasselte. Der große alte Kleiderschrank war in den Flur umgezogen, von dem auch das kleine, schlichte Badezimmer abging. Bente hatte es schon immer genossen, dass dies ihr eigenes kleines Reich war.

Als sie jetzt den Rucksack aus dem Kofferraum ihres Mietwagens zog, bog ein albern beklebter Kleinwagen auf den Parkplatz ein. Sie las den Namen irgendeines hoteldingens.com und äugte neugierig ins Wageninnere. Anneke und Thomas hatten ihr von den diversen Maklern erzählt, die nach Tönnshagen gekommen waren, weil Heinrich Lüders sein Haus verkaufen wollte. Auf den Krug waren sie anscheinend auch schon aus gewesen. War das jetzt der Repräsentant irgendeiner Hotelkette, der Tönnshagen als neuen Standort auserwählt hatte? Dafür war das Auto aber eigentlich zu popelig, besonders repräsentativ wirkte das nicht. Sie stützte sich auf ihren Rucksack und wartete darauf, dass der Fahrer ausstieg.

***

Er hatte sich tatsächlich verfahren, nachdem er die Autobahn verlassen hatte. Stefan Lüders konnte es gar nicht fassen. So viel hatte sich hier nun wirklich nicht verändert, obwohl ihm einige Gebäude auf dem Weg nach Tönnshagen reichlich unbekannt vorgekommen waren. Hier wurde anscheinend fleißig gebaut. Na ja, kein Wunder, dachte er sich, die großen Städte wachsen immer weiter, da wird auch das Umfeld immer attraktiver, gerade für Familien. In Metropolen wie London, Paris oder Tokio war es längst Alltag, dass Angestellte rund anderthalb Stunden Fahrzeit zu ihrem Job in der Innenstadt in Kauf nahmen, alles andere war dort nicht mehr bezahlbar. Aber wohnen in Tönnshagen? Warum kam ihm das so absurd vor?

Stefan fuhr auf den Parkplatz neben dem Krug. Die Macht der Gewohnheit, bei früheren Besuchen hatte der Mercedes seines Vaters immer in der Einfahrt gestanden, und er war hierhin ausgewichen. Die Einfahrt war jetzt natürlich leer, der Wagen mit Sicherheit Schrott; die Details hatte Jessen bei ihren kurzen Telefonaten nicht näher geschildert, und er hatte auch nicht weiter gefragt. Viel zu unwichtig war ihm das erschienen. Dass es bei Jessens Anruf um etwas Schlimmes ging, hatte er bereits in dem Moment gewusst, als er seine Stimme erkannte. Warum sollte der Dorfpolizist ihn sonst in einem Hotel auf Hawaii ausfindig machen? Bestimmt nicht, um über alte Schulzeiten zu plaudern.

Beim Einparken sah Stefan eine junge Frau, die etwas aus einem Kofferraum hob. Sie kam ihm bekannt vor. Als er ausstieg, stand sie noch immer neben ihrem Wagen und blickte zu ihm herüber, gestützt auf einen großen Rucksack. Da erkannte er sie. Er ging auf sie zu und rief: »Okay, es ist lange her, aber noch lange kein Grund, mich so skeptisch anzugucken!«

Bente lachte. »Stefan? Ich dachte, du wärst ein Hotelmakler.«

Sie umarmten sich lange und herzlich. Dann sah Stefan sie an.

Bente grinste. »Jetzt sag nicht ›Lebst du auch noch?‹, das hat Sven-Ole schon abgedeckt.«

Er musste lachen. »Ja, das passt zu ihm. Nein, ich hab gerade nur gedacht, dass ich mich sehr freue, dich zu sehen. Trotz allem …«

Bente wurde schlagartig ernst. »Oh Gott, Stefan, tut mir leid, das mit deinem Vater hab ich ja … Mann, das tut mir so leid!«

Stefan nahm ihre Hand. »Danke, ich muss das überhaupt erst mal realisieren, im Moment bin ich noch gar nicht im Kondolenzmodus.« Er lächelte leicht. »Da hilft ein Jetlag manchmal sehr. Apropos: Hab ich mich eben verhört, oder hast du gesagt, du dachtest, ich sei ein Hotelmakler? Was auch immer das ist …«

Bente winkte ab. »Erzähl ich dir später. Ich wollte gerade meine Sachen nach oben bringen.« Sie zeigte auf den Rucksack. »Willy liegt im Krankenhaus, Herzinfarkt, weißt du wahrscheinlich noch gar nicht.«

Stefan war schockiert. »Nein, wie furchtbar. Wie ist das denn passiert?«

»Später. Wir haben noch viel Zeit zum Quatschen.« Sie lächelte. »Willst du reingehen? Meine Mutter und Thomas sind da, Sven-Ole auch, der erwartet dich schon.«

Stefan sah kurz zum Eingang und schüttelte dann den Kopf. »Nee, lass mal, ich geh erst mal rüber. Grüß von mir, wenn du nachher wieder reingehst, ich melde mich. Ich muss mich erst mal ein bisschen ausruhen, orientieren, den Kopf freikriegen …«

Bente konnte das nur zu gut verstehen. Sie umarmte ihn noch einmal herzlich. Dann ging sie nach oben, ihr neues Zuhause auf Zeit beziehen.

neun

Noch bevor Zufall am Montagmorgen vor der Dienststelle in Hamburg aus seinem Wagen aussteigen konnte, klingelte sein Mobiltelefon. Es war Jessen, der sich nicht lange mit Begrüßungsformeln aufhielt. »Moin, hast du schon ins Internet geguckt?«

Zufall dachte für einen Moment, dass das eigentlich eine reichlich absurde Formulierung war, als sei das Internet so etwas wie die Morgenzeitung oder ein Fernrohr. Aber irgendwie war es das ja auch. Er verneinte, meinte aber, er sei in ein paar Minuten im Büro, da gebe es auch wieder Internet.

Jessen nannte ihm das Portal einer großen Boulevardzeitung. »Schau da mal rein, findest du gleich, unter der Überschrift ›Wie eklig ist das denn: Schädel unter Schneidebohnen‹. Große Geschichte inklusive Fotos.«

»Waren das überhaupt Schneidebohnen?«, fragte Zufall verwundert. »Ich dachte eher, Puffbohnen …«

»Nein, das stimmt schon. Klingt ja auch schön, von wegen Stabreim und so weiter. Obwohl: Puff hätte den schmierigen Boulevardfuzzis bestimmt noch besser gefallen. Jedenfalls lautet die Zwischenüberschrift ›Tod in Tönnshagen?‹, wenigstens noch mit Fragezeichen, und der Schreiberling behauptet, dass die Gärtner in Angst und Schrecken seien, weil sie ihr Gemüse ja mehr oder weniger auf einem Friedhof anbauen würden …«

»Angst und Schrecken hab ich da nicht so richtig entdecken können, aber egal. Danke, ich schau's mir gleich mal an, wenn ich am Rechner bin. Ich meld mich wieder, wenn ich weiß, wann ich bei euch eintrudele.« Er wollte schon die Verbindung trennen, doch Jessen hatte noch etwas.

»Du solltest deinem Polizeioberrat vielleicht besser aus dem Weg gehen. Ungefähr drei Minuten nachdem der Artikel online war, hatte ich ihn am Apparat, und er war nicht gut drauf, wenn ich das mal so formulieren darf. Ich hab ihm natürlich gesagt, dass wir mit Hochdruck an der Aufklärung arbeiten. Konntest du den Schädel inzwischen zur Rechtsmedizin bringen?«

Zufall nickte heftig, merkte dann aber, dass sein Gesprächspartner das nicht sehen konnte. »Ja, da ist er, und zwar schon seit gestern.«

»Seit gestern? Gestern war doch Sonntag.«

»Ja, stimmt, aber ich habe einen guten und ziemlich kurzen Draht zum Leiter der Rechtsmedizin. Und der ist gern am Sonntag im Büro, jedenfalls lieber als zu Hause …«

»Ach so, hat er Ärger mit seiner Frau? Oder ist er frisch getrennt?«

Zufall grinste. »Nein, dreifacher Großvater, und seine Kinder laden die Enkel gern am Wochenende bei Oma und Opa im großen Garten ab. Da freut er sich über jeden Moment der Ruhe. Seine Frau fragt sich allerdings allmählich, wieso ausgerechnet er immer am Sonntag Dienst hat.«

Sie verabschiedeten sich, und Zufall versprach anzurufen, sobald es Neues gab.

Jenny Mietzner hatte Matthies bereits einmal abgewimmelt, als Zufall vorsichtig das Büro betrat und sich prüfend umsah. Der Polizeioberrat hatte nach dem Onlinezeitungsbericht von ihr wissen wollen, ob sie vielleicht etwas von Zufall gehört habe, ihm sage ja niemand etwas. Als sie nur ausweichend darauf geantwortet hatte, war er wieder abgezischt. Zufall wollte ihm jetzt lieber nicht in die Arme laufen und sich den Fragen nach dem Fortschritt der Ermittlungen stellen. Gestern hatte er mit Jenny telefoniert und ihr erzählt, dass niemand auch nur im Ansatz eine Ahnung oder Idee hatte, wie der Schädel dorthin gekommen sein konnte. Die meisten Krugbesucher tippten auf ein Opfer aus dem Zweiten Weltkrieg. Auch von den weiteren Geschehnissen in Tönnshagen hatte er berichtet, von Heinrich Lüders' Verkehrsunfall und Neubauers Trecker-Todesfahrt. Jetzt saß sie an ihrem Rechner, auf dem noch der Artikel über den Schädelfund aufgerufen war. Zufall blickte ihr über die Schulter und las den Namen des Reporters laut vor. »Gerry Schmieder. Sagt der dir was?«

Jennys hübsches Gesicht verzog sich zu einer angewiderten Grimasse. »Oh ja, leider. Das ist so ein Typ, dem man am liebsten nur mit hundert Meter Abstand begegnet.« Sie rümpfte die Nase. »Aus vielerlei Gründen. Er ist schmierig, karrieresüchtig und skrupellos. Fährt immer mit so einem amerikanischen Wohnmobil durch die Gegend.« Sie drehte sich zu Zufall um. »Apropos Abstand: Matthies tigert schon die ganze Zeit hier rum, ich weiß nicht, was der hat, aber irgendwas scheint ihm die Petersilie zu verhageln, der wirkt in letzter Zeit so gehetzt. Wenn er das nächste Mal auftaucht«, sie zwinkerte ihm zu, »bist du also besser schon wieder weg, um diesen brisanten Schneidebohnenfall aufzuklären …«

»Oder noch besser: Ich war nie da.« Zufall setzte sich an seinen Rechner und begann zu tippen. »Im Moment kann ich Matthies gar nicht gebrauchen, der muss warten.« Er las am Bildschirm einige Kommentare zu dem Artikel, der wie erwartet völlig übertrieben und reißerisch geschrieben war, und machte sich einige Notizen. Dann wandte er sich wieder an Jenny, die gerade verträumt aus dem Fenster sah. »Was fällt dir zum Stichwort Rosengarten ein?«

Jenny schloss die Augen und erwiderte salbungsvoll: »Rosengarten. Gut zwanzig Kilometer südlich von Hamburg gelegene Gemeinde an der A 7 …«

Zufall bewarf sie mit einer Katzenpfote aus ihrer Schale. »Sehr witzig. Ich meinte Rosen*gärten*, also eingezäunte, mit Rosen bewachsene Flächen. Klingelt da irgendwas, so rein assoziativ?«

Jenny drehte sich auf ihrem Schreibtischstuhl wieder zu ihm hin, immer noch mit geschlossenen Augen. Dieses Assoziationsspiel machten sie bei jedem ihrer Fälle und allem Möglichen anderen, zuletzt bei den Stadtteilen, die rein umzugstechnisch für Jennys neue Wohnung in Frage kamen – oder meist eben nicht. Sie überlegte. »Okay, Rosengärten. Ich habe dir nie einen Rosengarten versprochen, Rosen für den Staatsanwalt, Schneeweißchen und Rosenrot, Der Rosenkavalier, Eine Rose ist eine Rose ist eine Rose – das ist übrigens von Gertrude Stein, der großen Kunstmäzenin …«

Zufall klatschte Applaus. »Du bist soo schlau …«

»Ja, außerdem liebreizend und sympathisch, aber das vergisst du immer. Also weiter: Rosen schenken sich Verliebte, Rosen duften, Rosen piksen und haben Dornen … Ha, Dornröschen hatte ich vergessen!«

»Gut, aber wie ist es zum Beispiel auf dem Friedhof?«

Jenny zuckte die Achseln und rollte wieder an ihren Rechner. »Keine Ahnung, Rosen würde ich jetzt nicht gerade auf ein Grab pflanzen oder zur Beerdigung mitbringen. Aber ich dachte, du wolltest herausfinden, was da war, *bevor* da dieser Rosengarten hinkam?«

Zufall seufzte. »Ja, stimmt. Vor dem Apothekergärtchen mit Kräutern und Heilpflanzen, um genau zu sein. Trotzdem habe ich irgendwie das seltsame Gefühl, dass der Rosengarten mit dem Schädel zu tun hat oder andersrum der Schädel mit dem Rosengarten. Ich weiß nur noch nicht, was.«

»Vielleicht ist es ja Dornröschens Schädel. Sie hat dort auf ihren Prinzen gewartet, aber der hat es nicht durch die dichte Rosenhecke geschafft.« Sie hieb mit der flachen Hand auf den Tisch. »Genau! Wahrscheinlich findet ihr noch einen weiteren Schädel, nämlich den vom Prinzen, der sich nach ihr verzehrt hat und bei dem Versuch, sie zu erreichen, elendiglich verhungert ist.«

Zufall überlegte, ob er es riskieren konnte, Jenny mit der Winkekatze zu bewerfen, der während seiner Abwesenheit offenbar der Saft ausgegangen war, da sie nunmehr nur noch auf provozierende Art den rechten Arm erhoben hielt. Er entschied sich dann aber doch dagegen.

Er fuhr noch eine Weile mit seinen Recherchen fort, dann schaltete er den Rechner aus und nahm seine Jacke. »Online komm ich nicht weiter, ich schau mal beim zuständigen Liegenschaftsamt vorbei. Und vielleicht noch bei der Verwaltung der evangelischen Kirche, die müsste ja Pläne ihrer Besitztümer haben, und dazu gehören wohl auch die Friedhöfe.«

Jenny hob die Hände und legte sie in einer betenden Geste aneinander. »Friede sei mit dir. Und wenn du goldene Badewannen und Doppelklositze findest: Es ist alles in seinem Sinne.« Sie sandte einen übertrieben ergebenen Blick gen Zimmerdecke und bedachte Zufall dann mit einem graziösen Kopfnicken, was ihn für einen Moment an die bezaubernde Jeannie aus dieser alten Fernsehserie erinnerte. »Und nun geh mit Gott, aber geh.«

Zufall verneigte sich in ihre Richtung. »Falsche Konfession, aber egal. Ich fahr dann gleich weiter nach Tönnshagen. Wenn Matthies kommt …«

»… warst du nie da, und eigentlich kenne ich dich gar nicht.«

Zufall grinste und verschwand. Jennys Bildschirmhintergrund wechselte vom Foto einer niedlichen kleinen Katze, die in einem grünen Gummistiefel steckte, zum Schnappschuss von den bizarren Lollo-rosso-Pyramiden.

***

Stefan hatte schon so eine Ahnung, als es an der Tür klingelte: Das hat nichts Gutes zu bedeuten. Er öffnete trotzdem. Vor ihm stand ein unverbindlich freundlich lächelnder Mann, etwa in seinem Alter, in makellosem Anzug und mit einer teuer aussehenden Ledermappe unter dem Arm. Picobello, dachte Stefan. So zumindest hätte seine vor gut zehn Jahren verstorbene Mutter den Aufzug des Besuchers beschrieben.

Der Mann kondolierte ihm und stellte sich als Mitarbeiter einer großen Makler- und Immobilienagentur aus Hamburg vor. Sein Vater habe die Agentur beauftragt, behauptete er, und darüber würde er jetzt gern mit Stefan sprechen. Der bat ihn in die Wohnküche und bot ihm Mineralwasser an.

Auf dem Küchentisch breitete der Mann sogleich diverse Papiere aus und begann mit einer Art Verkaufsgespräch, in dem es um die Veräußerung des Hauses zum einen und den Ankauf einer Eigentumswohnung zum anderen ging.

Stefan stoppte den Redeschwall des Mannes. »Kleinen Moment, Herr, äh …«

Der Mann verneigte sich leicht. »Verzeihung, hatte ich meinen Namen nicht genannt? Das passiert mir manchmal im Eifer des Gefechts, ha, ha, ja, also, Möller, Andy Möller, wie der Fußballer.«

Stefan sah ihn ausdruckslos an. »Ich mach mir nichts aus Fußball. Aber wenn ich Sie richtig verstehe, Herr Möller, wollte mein Vater sein Haus verkaufen und zugleich eine Eigentumswohnung in Hamburg erwerben, und zwar über Ihre Firma.«

Andy Möller nickte eifrig.

»Geht das denn überhaupt, ich meine gesetzlich? Für den Verkauf des Hauses kassieren Sie beim Käufer Courtage, mein Vater hätte Sie beim Kauf dieser Wohnung aber auch bezahlen müssen. Wie viel, 6,25 Prozent?«

»6,75 Prozent«, korrigierte Möller stolz. »Ist ja Hamburg.«

Stefan goss Wasser ein. »Und über welche Kaufsumme sprechen wir? Nur mal so als Orientierung.«

Möller konsultierte seine Unterlagen, dann hatte er es gefunden. »Fünfhunderttausend Euro glatt. Ein Schnäppchen für die Gegend.«

Stefan verschluckte sich fast am Wasser. »Wie jetzt? Wer zahlt denn eine halbe Million für ein Haus in Tönnshagen?«

Der Makler lachte gekünstelt. »Ach so, nein, ich dachte, Sie meinten die Eigentumswohnung, für die sich Ihr Herr Vater interessiert hatte. Fünfundsechzig Quadratmeter, renoviert, mitten in St. Pauli, das angesagteste Viertel zurzeit, da ist richtig was los.« Er suchte wieder in seinen Unterlagen. »Für Ihr Haus hatten wir dreihunderttausend Euro als Startsumme anvisiert, da wäre aber bestimmt noch was gegangen, bei einem so schönen Objekt …« Möller strahlte die dreißig Jahre alte Einbauküche an.

Stefan konnte es nicht fassen. Am liebsten hätte er den Typen hochkant rausgeschmissen, aber ihm kam der Verdacht, dass sein Vater vielleicht schon Vorverträge unterschrieben haben könnte. Er hatte beim ersten Durchsehen der Unterlagen im Büro seines Vaters gestern zwar nichts dergleichen finden können, wohl aber mehrere Visitenkarten unterschiedlicher Maklerfirmen. Die mussten seinen Vater regelrecht bedrängt haben, allein deshalb war ihm diese seltsame Spezies schon zuwider. Außerdem hatte er, seit er vom Tod seines Vaters erfahren hatte, so ein unbestimmtes Gefühl, sein Elternhaus nicht verkaufen zu dürfen, jedenfalls nicht so schnell. Dazu musste er aber erst einmal herauskriegen, was vertraglich schon beschlossene Sache war. Er spielte also die Weltenbummlerkarte aus. »Wissen Sie, ich komme gerade erst aus Übersee zurück, aus Hawaii.«

Möller sah ihn mit glänzenden Augen an.

»Ich bin in den letzten Jahren praktisch nur durch die Weltgeschichte gegondelt und viel herumgekommen. Profiradsport, Sie verstehen? Sydney, San Francisco, Salzburg, São Paulo, Paris, Peking, Rom, na ja, Sie kennen das ja sicher ...«

Möller nickte eifrig, obwohl Stefan vermutete, dass sein bevorzugtes Reiseziel wahrscheinlich Mallorca war.

»Daher muss ich erst einmal überlegen, was machbar ist. Und dann muss ich mich ja auch noch um die ganzen Formalitäten kümmern, Erbschein, Vollmachten et cetera pp.«

»Natürlich, natürlich, das verstehe ich vollkommen. Aber da sind wir ja zum Glück längst im grünen Bereich, das ist ja das Tolle!« Möller klopfte auf den Stapel Papiere. »Sie können einfach alles übernehmen. Mit Ihrem Herrn Vater waren wir bereits über sämtliche Details einig geworden, nur zur Unterzeichnung ist es dann ja leider, leider nicht mehr gekommen.« Fast war so etwas wie ehrliches Bedauern in seinem Gesicht zu erkennen, dann hellte es sich wieder auf. »Im Grunde müssen wir nur den Vornamen ändern, alles andere kann bleiben.« Er strahlte Stefan an, schränkte dann aber ein: »Ich könnte natürlich auch alles noch einmal neu ausdrucken, dann müssten wir uns aber auf heute Nachmittag vertagen.«

Stefan lehnte sich zurück und dachte einen Moment nach. Dann rückte er wieder an den Tisch heran und sah Möller in die Augen. »Nein, das machen wir am besten jetzt gleich. Haben Sie was zu schreiben?«

Mit bemerkenswerter Geschwindigkeit zog der Makler einen dicken goldfarbenen Stift aus der Innentasche seines Jacketts, schraubte die Kappe ab und hielt ihn Stefan hin, sozusagen unterschriftsbereit.

Stefan nahm ihn entgegen und fragte sich wieder einmal, was solche Typen eigentlich immer an goldenem Schnickschnack, Uhren und Ketten fanden. Der Stift war ziemlich klobig und lag nicht wirklich gut in der Hand. Dafür funktionierte die schwarze Filzstiftmine tadellos, als Stefan die vom Makler mit einem Kreuz versehenen Stellen eine nach der anderen mit energischem Schwung durchstrich.

Möller sah ihn entgeistert an. »Was machen Sie da?«

Stefan lächelte freundlich. »Ich beende diese Farce. Ich verkaufe das Haus nicht, jedenfalls nicht über einen Makler und auch nicht für dreihunderttausend Euro.« Er lächelte immer noch. »Vielleicht verlange ich nur hundertfünfzigtausend, einfach so, wer weiß?«

Reflexartig ging Möller darauf ein: »Das ist im Markt so nicht zu realisieren, der gibt heute deutlich mehr her …« Er verstummte, als Stefan die Vertragspapiere säuberlich zu einem Stapel zusammenschob und mit feierlichem Gesichtsausdruck zerriss.

»Tschüss, Herr Möller, nicht traurig sein. Und immer dran denken: Egal ob Mailand oder Madrid: Hauptsache, Italien.«

Behutsam geleitete Stefan Möller nach draußen und schloss die Tür hinter dem verdatterten Mann.

***

Im Krug saß Bente über ihren Einkaufs- und To-do-Listen. Einen Teil der Waren hatte Thomas am Morgen auf dem Großmarkt besorgt, die regionalen Spezialitäten würden geliefert werden. Einige Sachen würde Bente in Neubauers Hofladen zukaufen; sie hoffte, dass Gesine heute überhaupt in der Lage war, den Laden zu öffnen. Immerhin war gerade ihr Mann gestorben, auch wenn fast ganz Tönnshagen nicht wirklich unglücklich über diesen Unfall zu sein schien. Bente nahm letzte Korrekturen an der neuen Speisekarte vor, die sie am Computer ihrer Mutter ausdrucken und dann in die vorhandenen Kunstlederhüllen stecken wollte. Sie hatte es simpel gehalten, mit einer groben Unterteilung der Speisen in die Kategorien »Klein & lecker«, »Warm & satt« und »Süß & sündig«.

Ihr Handy klingelte. Es war Anneke, die aus dem Krankenhaus anrief. Bente konnte schon an der Art, wie ihre Mutter sich meldete, erkennen, dass es gute Nachrichten gab: »Liebes, stell dir vor: Willy ist aufgewacht!«

Bente spürte, wie sich ein Grinsen in ihrem Gesicht breitmachte. »Wie geht es ihm, was sagt er?«

»Langsam. Es geht ihm so weit gut, aber er ist ziemlich schwach. Die Sache mit dem Herzen hat er ja nicht erst seit gestern. Er darf sich auf keinen Fall aufregen.« Im Hintergrund waren Stimmen zu vernehmen. »Ich muss auflegen, mein Schatz, der Arzt will mit mir sprechen, bis später!«

Bente drückte auf den Knopf und wandte sich wieder ihren Essensplänen zu, das Grinsen immer noch im Gesicht.

Bei den Nachspeisen hatte sie länger gegrübelt, denn selbst zu backen, war vom Aufwand her nicht vorstellbar. Schließlich hatte Anneke sie auf *die* Idee gebracht: Der pensionierte Konditormeister Hanns Rönfeldt, vor Jahrzehnten vom Niederrhein nach Tönnshagen gekommen und dort heimisch geworden, hatte sein eigenes Geschäft schon lange aufgegeben. Für besondere Anlässe wie Hochzeiten, runde Geburtstage oder Jubiläen stellte er sich aber immer noch gern in seine weiterhin funktionsfähige Backstube im Hinterhof des Hauses, das er mit seiner Ehefrau Rita bewohnte. Bente hatte ihn besucht und ihm ihren Vorschlag unterbreitet.

Rönfeldt war begeistert gewesen und hatte sofort neue Ideen für Fruchttörtchen und andere Süßspeisen entwickelt. Der locker-leichte Schokoladen-Apfel-Puffer, den Bente noch vor ihrem Gespräch unbedingt hatte probieren müssen, landete als »Apfel-Schoko-Traum« direkt auf der neuen Karte. Als Bente sich verabschiedet hatte, war Rönfeldt sogleich im Hinterhof verschwunden, um ans Werk zu gehen. Seine Ehefrau Rita hatte Bente dankbar die Hand gedrückt und sie dann in den Arm genommen: »Endlich kann er sich wieder mit etwas beschäftigen. Der Kerl hat mich manchmal wahnsinnig gemacht in den letzten Jahren, ich wollte ihm schon so eine Playmobilstation kaufen, aber wir haben's nicht so mit den neuen technischen Sachen.«

Erst als Bente um die nächste Ecke gebogen war, hatte sie verstanden, dass Rita Rönfeldt die Videospielkonsole Playstation gemeint hatte.

Für die neue Speisekarte wählte Bente elegantes graues Papier und die Schrift »Chalkboard«, die aussah, als seien die Wörter mit Kreide geschrieben. Das würde als stilistische Neuerung reichen.

Es klopfte am Fenster. Bente stand auf und sah, dass Stefan ihr von draußen zuwinkte. Sie öffnete und ließ ihn herein. Die Frage nach einem Kaffee lehnte er ab, er müsse gleich weiter, leider. Die

Beerdigung seines Vaters organisieren. Ein ziemlicher Aufwand, dabei habe Heinrich ausdrücklich eine anonyme Bestattung ohne Zeremonie oder auch nur eine Totenfeier gewünscht. »Ist trotzdem genug Papierkram.«

»Es soll also gar nichts weiter gemacht werden?«, fragte Bente betroffen.

Stefan lächelte, als er an seinen Vater dachte. »Da war er echt rigoros. Er ist irgendwann aus der Kirche ausgetreten, und zwar hundertfünfzigprozentig. Es dauerte bei ihm, bis er sich für etwas entschied, aber dann war es das auch. Er wollte kein Grab. ›Das müsst ihr ja nur pflegen‹, hat er immer gesagt. Und bloß keine Feier: ›Trink drei Schnäpse auf mich, min Jung, und spar dein Geld‹, war sein Spruch.« Stefan putzte sich die Nase.

Bente strich ihm mitfühlend über den Arm. Dann hellte sich ihr Gesicht auf. »Es gibt auch gute Nachrichten: Willy ist aus dem Koma aufgewacht, Mama hat angerufen.«

Er umarmte sie lang und herzlich. »Mensch, toll, das freut mich wirklich.« Er sah die Kartenentwürfe auf dem Tisch liegen, beugte sich vor und las. »Mmmh, geschmolzene Ziegenkäsetaler mit Kastanienhonig auf Eichblattsalat und Krantsch? Was ist denn Krantsch?«

»Na, alles, was schön crunchy ist, wie der Engländer sagen würde. Aber wir sind ja in Tönnshagen.«

»Und was krantscht da so zum Beispiel?«

Bente lachte. »Die gängige Variante wären Pinienkerne, aber es geht auch sehr gut mit angerösteten Haferflocken oder unterschiedlichen Nüssen, je nach Saison.«

Stefan leckte sich die Lippen. »Mir egal, den Ziegenkäse nehm ich auf jeden Fall.« Er lächelte. »Ziegen mag ich. Im Gegensatz zu Maklern.«

Bente sah ihn überrascht an. »War etwa schon einer da?«

»Ja.« Stefan las weiter im Speisenangebot. »Aber nicht sehr lange.«

»Und was machst du jetzt? Willst du verkaufen?« Bente merkte, wie sich bei dieser Frage ein seltsam trockenes Gefühl in ihrem Hals ausbreitete.

Stefan sah auf die Uhr. »Mist, ich muss los.« Er drückte sie kurz und ging zur Tür. Dann drehte er sich noch einmal um. »Ist doch seltsam: Seit ich weiß, dass mein Vater tot ist, entwickle ich für Tönnshagen deutliche Heimatgefühle. Dabei könnte ich dir nicht einmal sagen, wann ich das letzte Mal hier war. Und ich bin erst seit fünf Minuten wieder da. Aber verkaufen kann und werde ich nicht, jetzt zumindest nicht.« Er hob die Hand zum Gruß und ging.

Bente sah ihm nach. »Das freut mich«, sagte sie, ohne wirklich begründen zu können, warum. Aber das hatte er wohl schon nicht mehr gehört.

***

Die silberne Kette glitzerte im Sonnenlicht. Gesine Neubauer saß am Küchentisch und ließ sie gedankenverloren durch ihre Finger gleiten. Eigentlich hatte sie genug zu tun, sie musste sich um die Ferienwohnungen kümmern, Setzlinge sortieren und Saat nachfüllen, den Hofladen aufschließen. Und dann sollte sie sich noch Gedanken über Carstens Beerdigung machen und wie es grundsätzlich weitergehen sollte mit dem Hof. Genug zu tun.

Gesines Finger strichen über die filigranen Lamellen der Kette, deren ineinander verschränkte Elemente sie immer ein wenig an das Gerippe eines Luftschiffs erinnerten. Und an die Zeit, als sie ganz am Anfang ihrer Ehe dieses schöne Wochenende in Hamburg mit Carsten verbracht hatte. In einer kleinen Goldschmiede in einer Nebenstraße in Eimsbüttel hatte sie die Kette im Schaufenster entdeckt, und Carsten hatte sie ihr spontan gekauft. Ja, so war das damals gewesen. Später war er nur noch selten spontan gewesen.

Ihr Blick glitt über die Spüle, über Teller, Messer und Kaffeetasse, die sich noch vom Frühstück dort stapelten. Sie dachte an den letzten Moment mit Carsten, den letzten Streit, der so furchtbar eskaliert war. Bei dem sie einfach rausgestürmt und zur Chorprobe gefahren war, aufgewühlt, wie in Trance.

Ein zaghaftes Klopfen. Gesine sah auf und erkannte Anneke, die lächelnd im Türrahmen der Küche stand. Die Haustür war hier nie verschlossen, Gesine legte Wert darauf, dass ihre Feriengäste sie jederzeit ansprechen konnten. Sie bedeutete Anneke, Platz zu nehmen, und bot ihr einen Kaffee an. Während sie eingoss, zitterte ihre Hand leicht. Sie stellte die Tasse vor Anneke ab. »Musst du nicht arbeiten?«

»Nein, ich hab mir freigenommen, wegen Willy.« Sie trank einen Schluck. »Ich komm gerade aus dem Krankenhaus.«

Gesine schlug die Hand vor den Mund. »Ach Gott, entschuldige, daran habe ich gar nicht mehr gedacht. Wie geht's ihm denn?«

Anneke drückte ihre Hand. »Er ist aus dem Koma erwacht, ich konnte ganz kurz mit ihm sprechen, aber er ist noch sehr schwach. Mach dir keine Sorgen, er berappelt sich schon wieder, da bin ich sicher. Und du hast ja nun weiß Gott genug anderes um die Ohren ...«

Gesine schwieg und blickte wieder auf die Kette auf dem Küchentisch. Fast tonlos sagte sie: »Die hat Carsten mir geschenkt. Damals.« Sie blickte Anneke ins Gesicht, die Tränen in Gesines Augen erkennen konnte. Dann weinte sie leise. Anneke ließ sie in Ruhe und wartete einfach.

Gesine wischte sich die Augen mit dem Taschentuch ab und richtete sich auf. »So, nun ist aber auch mal wieder gut. Ich muss jetzt in den Hofladen, ich bring dich noch bis zum Tor.«

Anneke nickte und stand auf. »Bente kommt nachher auch noch, sie braucht einiges an Lebensmitteln für den Krug.« Sie lächelte Gesine an. »Ich hoffe, sie hat ein bisschen Feuer gefangen.«

»Glaubst du denn, sie würde hierbleiben und den Krug übernehmen?«

Anneke winkte ab. »Nein, das lehnt sie kategorisch ab. Aber vielleicht bleibt sie ja doch ein bisschen länger als geplant, wer weiß?« Sie folgte Gesine über den Hof.

***

Ein wenig schlauer war Zufall schon, als er seinen Wagen zum zweiten Mal nach Tönnshagen steuerte. Nicht viel, aber immerhin. Er wusste jetzt, dass es sich bei dem Feld, auf dem der Schädel gefunden worden war, nicht um einen ehemaligen Friedhof handeln konnte. Zumindest keinen offiziellen. Das hatten seine Ermittlungen auf diversen Landes- und Kirchenämtern ergeben. Blieb nur noch Jessens »Friedhof der Kuscheltiere«- oder Seefahrer-Theorie. Zugegeben, weder Jessen noch Zufall waren wirklich nüchtern gewesen, als sie die Möglichkeit erörterten, es könne sich um eine alte Beisetzungsstätte indianischer Ureinwohner respektive schleswig-holsteinischer Seefahrer handeln. In dem Moment war sie ihnen jedoch durchaus plausibel erschienen.

Schon bevor er auf den Parkplatz an der Polizeistation einbog, sah Zufall, dass der Streifenwagen nicht da war. Jessen war wohl unterwegs. Also fuhr Zufall einfach weiter zu Neubauers Ökohof, um dort seine Ferienwohnung zu beziehen. Diesmal hatte er sich ein paar eigene Sachen von zu Hause mitgebracht. Den Schlüssel hatte er der Einfachheit halber nach Hamburg mitgenommen, das war mit Gesine Neubauer so abgesprochen.

Nachdem er erneut seine Notizen durchgesehen hatte, beschloss Zufall, sich am Fundort des Schädels und auf den anderen Gartenparzellen noch mal ein wenig umzusehen. Vielleicht kam er ja vor Ort auf eine Idee, irgendeine Eingebung. Das war ihm schon früher passiert, dass Tatorte oder ganz bestimmte Stellen, die mit einem Verbrechen zu tun hatten, ihn inspiriert, ja regelrecht zu ihm gesprochen hatten. Die wenigsten konnten das verstehen, und rational zu erklären war es auch nicht, aber es hatte einige Male zu erstaunlichen Ergebnissen geführt. Seitdem wusste Zufall aber auch, dass er mit der öffentlichen Darlegung seiner Methoden eher zurückhaltend sein sollte.

Als er aus dem Haus trat, kam Gesine Neubauer gerade aus dem Nebengebäude, in dem sich der Hofladen befand. Sie winkte ihm freundlich zu und wartete, bis er näher gekommen war. »Herr Kriminalhauptkommissar, das ist aber schön, dass Sie wieder zurück sind. Auch wenn der Anlass nicht so schön ist …«

Zufall ergriff ihre Hand und drückte ihr sein Beileid aus. Dann meinte er: »Und Kriminalhauptkommissar muss nicht sein, Zufall reicht.«

Gesine lachte. »Lustiger Name. Da müssen Sie sicher allerlei Spott ertragen.«

»Ja, geht so. Irgendwann hat man einfach alles gehört. Gerade bei meinem Job. ›Kommissar Zufall ermittelt‹ – ein Lieblingssatz der Presse.« Er versuchte, das Gespräch in eine andere Richtung zu lenken: »Aber wenn man als Bauer neu in ein Dorf kommt und Neubauer heißt, hat man's ja sicher auch nicht leicht …« Er bemerkte seinen Fauxpax und fügte schnell hinzu: »Äh, aber wenn Sie jetzt nicht über Ihren verstorbenen, äh, Mann reden wollen, kann ich das voll und ganz verstehen.«

Gesine winkte ab. »Ich bin härter im Nehmen, als viele glauben, das geht schon. Mir sackt zwar manchmal noch der Kreislauf weg, oder mir wird schwummrig. Aber sonst komm ich schon zurecht.« Sie deutete in Richtung der Parzellen. »Begleiten Sie mich doch, ich wollte mich gerade um ein paar Sachen beim Schuppen kümmern.«

Sie gingen los.

»Wie sind Sie denn eigentlich hierhergekommen?«, fragte Zufall neugierig.

»Über Berlin.« Sie lächelte, als sie Zufalls ratlosen Gesichtsausdruck sah. »Da hab ich im Hotel gearbeitet, als ich Carsten kennenlernte. Ich war immer allein, irgendwie. Meine Eltern kamen bei einem Verkehrsunfall ums Leben, ich bin bei meiner Großmutter aufgewachsen. Als die starb, kam ich ins Heim, hab Einzelhandel gelernt und bin in einem Berliner Messehotel gelandet.«

»Und wie kommt man da zum Gärtnern?«

»Das war schon immer mein Traum, ich weiß auch nicht, warum. In dieser Beziehung bin ich Carsten sehr dankbar, dass ich ihn mir hier erfüllen konnte.« Sie blickte zur Seite. »Auch wenn das nicht einfach war.«

Zufall schwieg. Während sie über die Felder gingen, erzählte Gesine ihm weiter von ihrem Leben, von Tönnshagen und von den Pächtern der Gartenparzellen. Dabei deutete sie mal nach links, mal nach rechts. Zufall kapitulierte bald bei dem Versuch, sich all die Namen zu merken.

»Hier gärtnert ein sehr nettes Paar aus Hamburg, Schneekloth-Butz, große Rote-Bete-Fans, zwangsläufig, seit der letzten Rote-Bete-Schwemme. Und hier Familie Kalweit, die waren anfangs sehr enthusiastisch, aber jetzt kommen sie leider nur noch selten.«

Zufall nickte verstehend. »Keine Zeit mehr?«

Gesine lächelte mild. »Teenagertochter in der Pubertät.«

»Autsch.« Zufall zeigte auf das Schild mit der seltsamen »*Wir sind die Gärtner!*«-Aufschrift. »Und was hat das zu bedeuten?«

»Aah, unsere Gärtner.« Gesine verzog ein wenig das Gesicht. »Familie Gärtner. Die heißen wirklich so, und das fanden am Anfang auch alle sehr witzig, diesen Zufall …« Sie sah ihn an. »Entschuldigung.«

Zufall winkte ab. »Geschenkt. Aber dann?«

»Na ja, ich will ja nichts Böses über meine Pächter sagen. Aber diese Familie ist schon, ähm, ziemlich anstrengend. Drei Kinder, ganz süß, aber in anderen Zusammenhängen würde man sie wohl als hochgradig verhaltensauffällig einstufen. Ein paarmal musste ich eingreifen, weil sich andere Pächter beschwert hatten, dass die lieben Kleinen hier einfach alles für ihr Eigentum halten. Da habe ich dann mit den Eltern sprechen müssen.«

Zufall grinste. »Lassen Sie mich raten: Lief nicht so gut?«

Sie sah ihn mit leicht schelmischem Gesichtsausdruck an. »Sagen wir mal so: Ich hätte mehr Verständnis und Einsicht erwarten können, wenn ich mit einem Wirsing gesprochen hätte.«

Zufall musste laut lachen. Sie gingen weiter. Er zeigte auf ein völlig verwildertes Grundstück. »Und was ist da passiert?«

Gesine zuckte die Achseln. »Weiß ich grad auch nicht, wahrscheinlich hat der anfängliche Enthusiasmus hier ebenfalls den Kürzeren gezogen gegen fehlende Zeit oder zunehmende Bequemlichkeit. Oder beides. Viele Leute sind am Anfang total begeistert und engagiert. Das verliert sich dann mit steigendem Arbeitsaufwand.«

»Kann ich verstehen.« Zufall bückte sich, hob eine lächerlich kleine Möhre auf, die wohl bei der letzten Ernte für nicht wert befunden worden war, mit nach Hause genommen zu werden, und ließ sie wieder auf den Boden fallen. »Ich würde mir allenfalls einen Schrebergarten zulegen; so einen, in dem ich grillen und die Beine hochlegen kann. Wo man maximal den Rasen mähen muss. Gemüse und Salat kämen aus dem Supermarkt …« Er warf Gesine einen raschen Blick zu. »Oder natürlich aus so einem Hofladen, wie Sie ihn haben.«

Sie lachte. »Kein Problem, Herr Kommissar, Sie dürfen Ihr Gemüse gern im Supermarkt kaufen, das macht die Mehrheit ja sowieso. Allerdings gibt es tatsächlich immer mehr Menschen, die sich dafür interessieren, woher die Sachen kommen, die sie essen, und das finde ich gut. Es ist doch absurd, dass manche Menschen mit hochgradig giftigen Mitteln behandeltes Gemüse und Salat akzeptieren, mit der Begründung, das gesunde Essen könnten sie sich nicht leisten. Es geht schließlich um die eigene Gesundheit, nicht ums Geld.«

»Na ja, viele Leute können sich das teurere Biogemüse ja wirklich nicht leisten ...«

»Das ist ein vorgeschobener Grund, und das wissen Sie auch.« Gesines Augen funkelten. »Denn genau diese Leute könnten schon eine Menge sparen, wenn sie nicht immer nur beim Supermarkt und Discounter um die Ecke einkaufen, sondern einfach mal auf den Wochenmarkt gehen würden. Das ist erwiesenermaßen häufig sogar günstiger. Aber es ist natürlich etwas weniger bequem und auch nicht alles so schön abgepackt. Dasselbe gilt übrigens für Biofleisch.«

Jetzt war Zufall gespannt. »Wie meinen Sie das?«

»Die meisten Leute begründen, dass sie Fleisch aus konventioneller Tierhaltung kaufen, schlicht damit, dass Biofleisch zu teuer sei. Dabei könnten sie sich das problemlos leisten, wenn sie ihren Fleischkonsum einfach ein bisschen einschränken würden. Jeden Tag Fleisch muss nicht sein. Und mal ehrlich: Steaks für zwei neunundneunzig, da muss doch jeder stutzig werden, oder? Und noch schlimmer finde ich, dass das Argument mit dem Preis immer so vorwurfsvoll angebracht wird, als habe man ein Recht auf billiges Fleisch, von Regierungsseite oder so, und könne es sich auf der anderen Seite auch noch erlauben, diejenigen anzuklagen, die es sich leisten wollen.«

»Und können«, warf Zufall ein.

»Ja, natürlich, und können. Aber den Leuten müsste doch an ihrer Gesundheit gelegen sein, da würde ich doch viel eher woanders sparen, damit ich mir etwas Gesundes kochen und mich gut ernähren kann. Stattdessen kaufen die Leute irgendwelchen Dreck und nennen ihn Convenience Food ...«

»Furchtbares Zeug.« Zufall überlegte kurz, wann er das letzte Mal eine Tiefkühllasagne aus dem Supermarkt mitgebracht hatte. Eigentlich immer, wenn seine Frau verreiste, wenn er ehrlich war.

Sie waren an dem Geräteschuppen angekommen. Zufall folgte ihr ins Innere und besah sich noch einmal die vielen Werkzeuge, die an der Wand hingen. Ein Gerät erregte seine Aufmerksamkeit. Es war ziemlich lang und erinnerte entfernt an einen Dreizack, allerdings an einen, dem der dritte Zacken fehlte. Er hob es prüfend hoch. Ganz schön stabil. Und schwer.

Gesine meinte: »Sind Sie doch ein Rosenfreund, Herr Kommissar?«

Es irritierte Zufall ein wenig, dass sie ihn immer »Herr Kommissar« nannte, das ließ ihn an Erik Ode und schwarz-weißes Fernsehen denken. Seine für besonders arrogante Zeitgenossen reservierte Entgegnung »Kriminalhauptkommissar, so viel Zeit muss sein!«, passte hier aber gar nicht. Er sah das seltsame Gerät prüfend an. »Wieso Rosen? Ich kenn nur Rosenscheren.«

Gesine klopfte auf den dunkel angelaufenen hölzernen Schaft. »Das ist eine Rosengabel. Zum Belüften. Natürlich nicht nur von Rosenbüschen, aber besonders dafür geeignet. Die ist noch von Esther. Weiter hinten haben wir ja auch noch ein bisschen was an Rosengarten.« Sie deutete über ihre Schulter.

»Ein bisschen ist gut, da muss man doch auch eine Menge Arbeit reinstecken, der ist ja immer noch riesig.«

Gesine nickte nur und schwieg.

Zufall wuchtete den Quergriff ächzend wieder in die Halterung. »Mann, so ein Ding möchte man auch nicht in den Rücken kriegen.«

Gesine sah ihn entsetzt an. Eilig fügte er hinzu: »Rein hypothetisch gesprochen natürlich.« Zur Ablenkung deutete er schnell auf die leeren Stellen an der Wand. »Sie sagten, es käme immer wieder Werkzeug abhanden?«

Gesine nickte. »Manchmal vergessen die Parzellenpächter einfach, es wieder aufzuhängen. Jedes Wochenende finden wir Spaten oder Harken am anderen Ende des Feldes oder irgendwo im Graben. Aber in letzter Zeit verschwinden tatsächlich immer wieder Gartengeräte. Und ich verstehe gar nicht, warum. Die meisten Parzellenbetreiber haben eigenes Werkzeug, die benutzen unseres nur, wenn sie ihres mal vergessen haben.« Sie lächelte. »Die sind sowieso meist besser ausgestattet als wir – Edelstahlspaten mit Ebenholzgriff und so. Statussymbole eben, auch und gerade auf dem Acker.«

Zufall begriff sofort. »Klar, da macht's die Harke aus dem schnöden Gartencenter nicht mehr, das muss handgeschmiedet sein und aus einer kleinen Manufaktur im südlichen Cornwall importiert werden.« Er grinste.

»Und nicht nur das, sie kommen hier auch mit den abenteuerlichsten Sachen an, ohne wirklich zu wissen, was sie damit anfangen sollen. Wissen Sie, was ein Spork ist?«

»Keine Ahnung. Der Bruder von Spock vom Raumschiff Enterprise?«

Gesine lachte. »Der Name Spork kommt aus dem Englischen und ist eine Mischung aus *spade* und *fork*, also einem Spaten und einer Gabel. Sieht aus wie eine vierzackige Mistgabel, deren Zinken aber unten verbunden und messerscharf sind.« Sie dachte kurz nach. »Wie war das noch? Ah ja, ungefähr so: ›Handgeschmiedeter Schwedenstahl mit selbst schärfender Schneide durchdringt mühelos harte Böden und Wurzeln‹ – der Mann hatte den halben Katalog auswendig gelernt, bevor er mit dem Ding ankam. Wenn Sie ein Mordwerkzeug suchen, das ist eins. Zum Glück hat er es irgendwann wieder zu Hause gelassen und lieber die handelsüblichen langweiligen Spaten und Gabeln benutzt.«

»Zu gefährlich?«

Gesine winkte ab. »Ach was. Zu schwer. Und schwer zu reinigen.« Sie lachte und hakte sich spontan bei Zufall ein. »Sie bringen mich zum Lachen, trotz allem, das ist gut.«

Zufall fiel erst jetzt wieder ein, was sie hinter sich hatte und wie es ihr gehen musste. Er schwieg und tätschelte etwas unbeholfen ihren Arm.

Als sie an Liebermanns Gartenparzelle ankamen, löste Gesine sich und blickte in das Loch. »Wie lange bleibt das noch so?«

Zufall trat zu ihr. »Wir warten noch auf die Untersuchung des Schädels. Erst wenn die genaueren Ergebnisse vorliegen, können wir entscheiden, ob wir weitergraben müssen oder nicht.«

Gesine verschränkte die Arme vor der Brust. »Dann hoffen wir mal, dass nicht. Der gute Herr Liebermann hält sich zwar im Moment noch zurück, aber ich sehe ihn schon hier auftauchen, seinen Freund, den Polizeipräsidenten, im Schlepptau.«

Zufall sah sie überrascht an. »Liebermann ist mit dem Polizeipräsidenten befreundet?«

Gesine schüttelte den Kopf. »Nein, ich weiß nicht. Also, ich weiß nicht, ob's wirklich der Polizeipräsident war, aber er hat mehr als einmal durchblicken lassen, dass er beste Verbindungen nach ganz oben hat.« Sie zuckte die Achseln. »Jedenfalls hat er an dem Tag, als der Schädel gefunden wurde, noch auf dem Acker mit jemandem telefoniert, und ich habe gehört, dass er gesagt hat, derjenige müsse dafür sorgen, dass das hier untersucht wird.« Sie sah Zufall an. »Hat Sie denn der Polizeipräsident hierher geschickt?«

zehn

Drei Tage später beantwortete sich Gesines Frage, wie lange denn die Parzelle noch abgesperrt bleiben müsse: Zufall sah sich gerade mit Jessen alte Flurkarten von Tönnshagen an, als sein Spezi bei der Rechtsmedizin ihn auf dem Handy anrief. Zufall hörte eine ganze Zeit lang nur zu, offensichtlich dozierte sein Gesprächspartner am anderen Ende der Leitung. Jessen betrachtete ihn gespannt. Dann meinte Zufall: »Gut. Und bei der Zeitangabe bist du dir sicher, der Schädel liegt bestimmt schon so lange dort?«

Der Rechtsprofessor schien diesen Einwand als Affront gegenüber seiner Professionalität und Expertise anzusehen, jedenfalls konnte Jessen hören, dass die Stimme von Zufalls Gesprächspartner lauter wurde.

Zufall rollte mit den Augen. »Das sollte doch überhaupt keine Kritik an deiner Arbeit sein, ich wollte lediglich …« Er lauschte wieder einen Moment. »Ja, ich weiß, das ist noch nicht endgültig, solange du nicht deinen endgültigen Bericht …« Zufall atmete aus. In allerfreundlichster Stimmlage ergänzte er: »Natürlich ist mir klar, wie viel andere Arbeit du noch hast und dass sich so ein Bericht nicht von selbst schreibt. Aber wann, denkst du, kann ich damit rechnen?«

Er hielt das Handy leicht von seinem Ohr weg, während die Antwort erfolgte, und wechselte die Position. »Aber, Fritz, logisch weiß ich, was dir deine Familie bedeutet, und gerade deine Enkel …« Zufall zwinkerte Jessen zu, der sich pantomimisch eine lange Pinocchionase zog. »Na, das ist doch mal ein Wort, du bist der Beste! Schick's mir bitte gleich per Mail, dann hab ich's hier. Und vielen Dank, du hast einen gut bei mir.« Er lauschte wieder. »Ja, nicht nur einen, ich weiß. Ja, machen wir demnächst, versprochen.« Er trennte die Verbindung und stöhnte auf. »Mann, diese Professoren! Fühlen sich immer gleich auf den Schlips getreten, wenn man mal zwei Zwischenfragen stellt. Aber wenn sie sich vertun, sind sie's natürlich nie gewesen.«

Jessen sah ihn erwartungsvoll an, er platzte vor Neugier. »Und, was hat er nun herausgefunden?«

Zufall wischte noch etwas geistesabwesend auf seinem Smartphone herum, dann fing er sich wieder. »Ach so, ja klar, die Ergebnisse. Das ist alles noch vorläufig, Genaueres steht im Bericht, den er hoffentlich heute noch schicken wird. Er wartet selbst noch auf ein paar Analysen, Knochensplitter und so, hab ich jetzt auch nicht alles verstanden ...«

Jessen erhob sich beinahe drohend. »Also?«

»Also. Der Schädel stammt von einer Frau, so viel ist sicher, geschätztes Alter zwischen zwanzig und fünfundzwanzig Jahren, und er liegt seit rund fünfundzwanzig Jahren in der Erde, wenn auch nicht unbedingt an ein und demselben Ort, man hat unterschiedliche Erdpartikel gefunden. Das muss allerdings nicht unbedingt etwas heißen, schließlich wurde der Rosengarten für die Parzellen komplett umgepflügt. Fritz meinte, da bräuchte man zusätzliche Bodenproben.«

Jessen wollte etwas sagen, aber Zufall stoppte ihn mit erhobener Hand: »Der entscheidende Punkt aber ist, und das ist wohl tatsächlich wasserdicht: Die Frau ist durch äußere Gewalteinwirkung mit einem spitzen Gegenstand gestorben. Das Loch im hinteren Teil des Schädels ist diesem eindeutig nicht erst jetzt zugefügt worden, und ganz sicher nicht durch die Hacke oder den Spaten von Wiebke Liebermann. Es könnte sich also um einen Mordfall handeln.«

»Oha. Oha oha. Na, das wird Herrn Liebermann ja freuen. Da kann er seinen schmierigen Schreiberling gleich die nächste Räuberpistole à la ›Tod in Tönnshagen‹ zusammenschustern lassen.« Jessen lachte freudlos. »Das heißt dann aber, dass wir weiterbuddeln müssen. Oder buddeln lassen, von der Spurensicherung.«

Zufall nickte und tippte auf seinem Smartphone herum. »Ich informiere Jenny, sie kann das schon mal vorbereiten, sie kennt ein paar Leute bei der Spusi ganz gut, das geht auf dem kleinen Dienstweg am schnellsten. Und wenn Fritz den Bericht geschickt hat, geht alles seinen offiziellen Gang.« Er horchte einen Moment, dann legte er wieder auf. »Mailbox. Wahrscheinlich ist sie gerade in der Kantine, da stellt sie ihr Handy immer aus.« Er blickte auf die Uhr. »Essen ist ihr heilig, selbst in der Polizeikantine.«

»Sehr sympathisch. Apropos: Sollen wir? Ich hätte nämlich auch schon Hunger.«

Zufall sah den schlaksigen Jessen an und seufzte. Nach einem üppigen zweiten Frühstück hatte der vorhin noch eine große Schale Müsli mit Dickmilch in sich reingedrückt, während Zufall angesichts seiner Diät seit Tagen als Zwischenmahlzeit nur Möhren knabberte. Sehr leckere Biomöhren aus Gesine Neubauers Hofladen, keine Frage, aber irgendwie doch nicht das Wahre. Er streichelte, ohne es zu merken, über seinen Bauch.

Jessen interpretierte das prompt falsch. »Na, siehst du, du hast auch Hunger. Also, in den Krug oder zu Anger?« Schon schnappte er sich seine Jacke. »Obwohl, Anger hat immer noch Notbetrieb, ich glaub, wir gehen lieber gleich in den Krug. Mal sehen, was Bente heute Leckeres eingefallen ist. Außerdem wollte ich mit dir noch etwas besprechen, das können wir ja auf dem Weg machen.

Zufall ergab sich kampflos in sein Schicksal. Viel Gegenwehr wäre von ihm ohnehin nicht zu erwarten gewesen. Seit Bente den Krug übernommen hatte, »kommissarisch«, wie sie gern betonte, gab es jeden Tag ein neues, besonderes Mittagsgericht, einfach, pfiffig, lecker. Das hatte sich sogar schon herumgesprochen, inzwischen kamen die Radwandergruppen nicht erst nachmittags zu Kaffee und Kuchen, sondern legten gern schon mal einen mittäglichen Zwischenstopp in Tönnshagen ein. Dazu hatte Stefan Lüders, der sich nach der Beerdigung seines Vaters um Haus, Erbschaft und jede Menge Formalkram kümmern musste, angefangen, gleich nebenan für die Touristen einen kleinen improvisierten Radreparaturservice anzubieten.

Während sie zum Krug schlenderten, fiel Zufall noch etwas ein. »Was ist denn eigentlich mit dem verschwundenen Rentner, ist der wieder aufgetaucht? Dieser, äh, Gunvald, oder wie der hieß.«

»Gustav«, berichtigte Jessen. »Nein, der ist immer noch verschwunden. Bente hat ihn heute Morgen als vermisst gemeldet. Ich hab schon mal eine Fahndung nach seinem Auto rausgegeben.«

Zufall hob sein Smartphone. »Und sein Handy? Du hattest doch die Nummer, oder?«

Jessen zuckte die Achseln. »Ja, aber das ist anscheinend ausgeschaltet, Bente hat es auch immer wieder versucht. Da geht immer gleich die Mailbox ran.« Er schwieg einen Moment und dachte nach. »Irgendwie kommen wir nirgends so richtig weiter. Auch nicht bei dem Autounfall von Stefans Vater, also dem Heinrich Lüders. Da hat die KTU zwar inzwischen doch noch ein Handy im Wagen gefunden – übrigens hinten im Handschuhfach, kommt man natürlich nicht drauf.«

Zufall zog eine Grimasse. »Bei einem einfachen Autounfall gucken die eben manchmal nicht so genau hin. War das nicht so ein oberschlauer Besserwisser?«

»Ja, der gute Herr Behning war ganz klein mit Hut, als er mir das mitteilte. Angeblich hätte das irgendein Wachtmeisteranwärter verbockt.«

Zufall grinste. »Ja, nee, is klar.«

»Aber etwas ist seltsam: Mit dem Handy ist nach Auswertung der Ruflisten an dem Tag gar nicht telefoniert worden, weder hat Lüders jemanden angerufen, noch ist er angerufen worden. Und noch dazu war der Makler, mit dem ich gesprochen hatte, sicher, dass die Nummer unterdrückt war, bei Lüders' Handy war das aber nicht so eingestellt.«

»Na ja, das kann man ja leicht wieder ändern.«

»Das stimmt, obwohl Stefan Lüders bezweifelt, dass sein Vater über solche technischen Kenntnisse verfügte. Zumindest nicht bei Kommunikationsgeräten – bei Landmaschinen schon.«

Zufall blickte einem Eichhörnchen hinterher, das gerade einen Baumstamm emporgeflitzt war. »Ich würde auch keinem Makler meine Nummer geben. Vielleicht hatte Heinrich Lüders ja noch ein anderes Handy.«

»Das hätte dann aber ja auch im Auto sein müssen.« Jessen überlegte kurz. »Oder *das* ist beim Aufprall rausgefallen. Ich sollte die Umgebung vielleicht doch noch mal genauer absuchen.«

***

Polizeioberrat Jan Matthies war auf dem Weg zu einer wichtigen Verabredung. Er traf seinen alten Freund Holger Geerdes, der im Bezirksamt arbeitete, genauer im Fachamt für Bauprüfung. Man hatte sich mittags bei Rocco verabredet, und Matthies war ein bisschen spät dran. Aber nicht deshalb war er schlecht gelaunt. Er war sauer auf Sebastian Liebermann, der ihn nach der Einmischung wegen Tönnshagen nun auch noch erpresste, sich mit seinen Verbindungen für die Terrasse des italienischen Restaurantbesitzers einzusetzen. Und Matthies war sauer auf sich selbst, dass er es überhaupt so weit hatte kommen lassen. Dass ein Schmierlappen wie Liebermann ihn in der Hand hatte, unfassbar.

Natürlich musste er die Schuld vor allem bei sich selbst suchen: Er war betrunken Auto gefahren, hatte ein anderes Auto erheblich beschädigt und dann auch noch Fahrerflucht begangen – das reichte, um seine Karriere zu beenden. Aber es würde ihn sicher ebenso den Job und das Ansehen kosten, wenn herauskäme, dass er sich deswegen hatte erpressen lassen.

So ging das einfach nicht weiter. Deshalb hatte Matthies beschlossen, die Flucht nach vorn anzutreten, und die führte ihn zunächst in die Höhle des Löwen, wie es theatralischere Gemüter als der eher nüchterne Polizeioberrat vielleicht bezeichnet hätten. Matthies hatte einen Plan.

Nach der gewohnt professionell-herzlichen Begrüßung durch Rocco, der sich nicht anmerken ließ, dass er von Matthies' nächtlichem Ausparkmanöver wusste, setzte Matthies sich zu Geerdes an den Tisch. Nachdem sie bestellt und die üblichen Berufs- und Familienneuigkeiten ausgetauscht hatten, senkte er seine Stimme und beugte sich zu ihm rüber. »Sag mal, Holger, ich hab gehört, dass unser Freund Rocco keine Baugenehmigung für seine Terrasse von euch bekommt, stimmt das?«

Holger Geerdes schaute sich um, ob ihnen auch niemand zuhörte, und gab in dezenter Lautstärke zurück: »Du weißt, darüber darf ich mit dir eigentlich überhaupt nicht sprechen.«

Matthies lächelte. »Klar, *eigentlich*. Na, komm schon …«

Geerdes zierte sich. »Das ist nicht ganz unkompliziert, Jan. Da steckt mehr dahinter, als du ahnst. Die Sache steht in einem viel größeren Zusammenhang …« Bevor er weitersprechen konnte, kamen die Vorspeisen.

Matthies schwor auf Bruschetta, die Rocco ohne Zwiebeln oder schwarze Oliven, wie es in manch anderen Restaurants üblich war, zubereitete. Dafür vermengte er die Mischung aus zerkleinerten Tomaten und Basilikumblättern mit geriebenem Parmesan und gutem Olivenöl, angerichtet auf dem besten Ciabattabrot, das in Hamburg zu haben war. Matthies biss hinein und stöhnte lustvoll auf: »Ich liebe die Bruschetta hier.«

Geerdes hatte Vitello tonnato gewählt. »Ich weiß nie, ob das nun Bruschetta oder Brusketta ausgesprochen wird.«

»Brus-ket-ta«, artikulierte Matthies mit vollem Mund. »Wie …«, ihm fiel auf die Schnelle kein Vergleich ein, »na, wie Brusketta eben.«

Geerdes nickte nur und aß weiter. Dann wandte er sich wieder im Verschwörerton an Matthies: »Also, du hast das nicht von mir, aber es ist so: 1985 haben wir von den britischen Behörden Luftaufnahmen aus dem Zweiten Weltkrieg bekommen, auf denen zu sehen ist, wo überall Bomben über Hamburg abgeworfen wurden, wo sie explodierten und – viel wichtiger – wo sie nicht explodierten. Das ist nämlich nicht immer so eindeutig zu erkennen.«

Matthies sah ihn erstaunt an. »Dafür seid ihr zuständig? Hätte ich gar nicht gedacht.«

Geerdes kaute und schüttelte dabei den Kopf. »Eigentlich haben wir damit nur am Rande zu tun, darum kümmert sich eine Abteilung der Feuerwehr, die Gefahrenerkundung Kampfmittelverdacht. Die hat das ganze Bildmaterial gesichtet und uns alle Gebiete, in denen mit ziemlicher Sicherheit noch Blindgänger liegen, aufgelistet. Detaillierte Aufnahmen müssen dann im Einzelfall gesondert angekauft werden. Aber diese Gebiete dürfen natürlich erst bebaut beziehungsweise *weiter*bebaut werden, wenn durch eine Fachfirma sichergestellt wurde, dass dort keine Blindgänger mehr liegen.« Er sah Matthies bedeutungsvoll an. »Wie beispielsweise hier.«

Matthies schluckte das letzte Stück Bruschetta auf einmal hinunter, hustete, griff nach seinem Wasserglas und trank einen

Schluck. »Heißt das, wir sitzen gerade mit einiger Wahrscheinlichkeit auf einer Bombe?«

Geerdes sah ihn ernst an. »Ja.«

»Und warum werden die nicht schleunigst aus dem Boden geholt?«

»Weil es insgesamt fast dreitausend Stück sind und die Bergung und Entschärfung jeden Haushalt sprengen würden – im doppelten Wortsinn.«

Matthies sah nachdenklich aus dem Fenster. »Aber es gab doch erst letztes oder vorletztes Jahr eine große Aktion auf dem Heiligengeistfeld, da wurde eine Bombe gefunden und unschädlich gemacht.«

»Sogar zwei, die lagen übereinander. Auf dem Heiligengeistfeld ist das sowieso echt pikant. Da findet dreimal im Jahr der ›Dom‹ statt, und zwischendurch alles andere Denk- und Undenkbare zwischen Fußball-Fanfest und diesem unsäglichen Schlagermove, bei dem betrunkene Kostümierte zu schlechter Musik durch den Stadtteil hopsen. Und gerade da liegen die meisten Blindgänger. Die Schausteller dürften auf dem Gelände eigentlich nicht mal einen Zelthering in den Boden schlagen.«

Matthies wusste einen Moment lang nicht, was er zu dieser Ungeheuerlichkeit sagen sollte. Er lenkte einfach wieder zum eigentlichen Thema über: »Aber könnte Rocco nicht einfach selbst so einen Kampfmittelräumdienst bestellen, das Grundstück von Altlasten befreien lassen und, schwups, seine Terrasse errichten?«

Geerdes sah der Kellnerin hinterher, die an den Tisch gekommen war und ihre leeren Teller abgeräumt hatte. Er räusperte sich. »Und wenn ich dir sage, dass das Problem gar nicht unter der Terrasse liegt, sondern unter dem Haus?«

Matthies starrte ihn an. »Das hieße, Rocco müsste seinen Laden abreißen lassen?«, flüsterte er.

Geerdes nickte. »Und außerdem«, ergänzte er, »hat die Stadt ein anderes, ganz besonderes Interesse an diesem Grundstück.« Er deutete leicht mit dem Kopf über die Straße. »Mittelfristig soll das Universitätskrankenhaus weiter ausgebaut werden, die beiden Einfamilienhäuser da drüben werden auch weichen müssen. Aber solange das alles nicht endgültig abgesegnet ist, ist es natürlich *topsecret* und *for your ears only*.«

Matthies war baff. »Sollte unser aller Lieblingsitaliener also vielleicht am besten demnächst umziehen?«, fragte er nach einer Weile. Erwartungsvoll sah er Geerdes an.

»Ja. Jedenfalls wäre das wohl für alle Beteiligten besser. Und siehst du, deshalb haben wir die Baugenehmigung bislang verweigert. Es ist ja nicht so, dass ihm dadurch ein unzumutbarer Nachteil entstehen müsste.«

»Wüsstest du denn eine Alternative?«

Geerdes nickte bedächtig, als wollte er sich auf nichts festlegen lassen. »Ich denke schon, wir sind ja gut vernetzt. Es ist nur so, dass Rocco eher unnachgiebig war, als wir deswegen die ersten Gespräche mit ihm geführt haben.«

Matthies klopfte auf den Tisch. »Da lass mich mal machen. Ich kann mir vorstellen, dass man sich da durchaus einigen kann.«

Er hob sein Glas Wasser. In diesem Moment kamen die bestellten Hauptgerichte: Pizza Diavolo mit besonders scharfer Salami für Matthies und Pizza Bomba, eine mit Tomate, Mozzarella, Basilikum und Chilischote gefüllte kugelförmige Teigtasche, für Geerdes.

***

Im Krug war einiges los. Frau Siemsen hatte wieder eine ganze Gruppe rüstiger Damen mitgebracht, die bei ihr den aus Wanderstrecken und Meditationsübungen bestehenden Kurs »Berühre den Baum und spüre dich selbst« absolvierten. Zufall und Jessen fanden nur noch Platz an einem der größeren Tische, an dem bereits ein Ehepaar in alberner Rennradtracht und ein Mann mit pommesblonden Haaren und einem Rucksack mit buntem Werbeaufdruck saßen.

Sie grüßten kurz und warteten auf Bente, die ihnen den Mittagstisch persönlich vorstellen würde. Das war inzwischen ein kleines Ritual geworden, besonders Zufall war von Bente zum Testesser und Lieblingsprobierer auserkoren worden. Immer wieder, egal ob mittags oder abends, kam Bente mit einem »Probier das mal!«,

»Was hältst du davon?« oder einem schnellen »Gruß aus der Küche« an ihren Tisch und ließ Zufall neue Kreationen schmecken, die der auch gern und ausführlich kommentierte. Jessen amüsierte das sehr, er hatte sich im Scherz schon über die »Bevorzugung der Großstädter« in diesem Lokal beschwert. Und das, wo er es sozusagen eigenhändig mit aufgebaut hatte durch seinen jahrelangen selbstlosen Einsatz beim Bierkonsum an der Theke.

Normalerweise nahm Thomas die Getränkebestellung entgegen, aber der Tresen war verwaist. Zufall und Jessen waren schon wieder in die weitere Besprechung des Ergebnisses der Schädeluntersuchung vertieft, als Bente zu ihnen trat.

»Na, Jungs, habt ihr Hunger?« Lächelnd hielt sie Zufall einen Löffel hin, den sie über einer Untertasse balancierte. Er nahm ihn automatisch entgegen und probierte, ohne zu fragen, um was es sich eigentlich handelte. Sie sah ihn an und wartete gespannt auf seine Reaktion.

Die ließ auch nicht lange auf sich warten. »Mmmmh, was ist das denn? Das schmeckt ja großartig, so frisch und cremig und würzig und trotzdem leicht. Altes Tönnshagener Rezept?«

Zufall wusste mittlerweile, dass Bente besonders viel Spaß daran hatte und nicht unbedingt wenig Ehrgeiz entwickeln konnte, wenn es darum ging, regionaltypische, teils vergessene Rezepte mit neuem Twist zu beleben. Schon einige Male hatte sie dabei sehr bedauert, dass Willys alte Rezeptsammlung noch nicht wieder aufgetaucht war.

»Fast.« Bente grinste. »Altes türkisches Rezept, nennt sich Haydari, hab ich von einem dänischen Türken oder türkischen Dänen, wie man will, aus dem Noma. Ist im Grunde nur Joghurt mit cremigem Schafskäse, Petersilie, Dill, ein bisschen Knoblauch, Olivenöl und Minze, das macht es so schön frisch. Den Schafskäse habe ich bei einer kleinen Käserei entdeckt, keine halbe Stunde von hier, der ist der Hammer!« Sie hielt Jessen ein Stück Schafskäse hin, das auf dem Teller gelegen hatte. »Dazu mache ich Zucchini-Möhren-Puffer, Gesine hat gerade Zucchinigroßernte.«

Jessen schmatzte genießerisch. »Nehmen wir, alles. Und für mich noch …«

»… eine Frikadelle, ich weiß. Für unseren diätgeplagten Kommissar habe ich außerdem mein Spezialabnehmrezept, eine Art Wunderwaffe.« Bente schmunzelte, dann wurde sie ernst. »Thomas fällt leider aus, Hexenschuss. Der Arme kann sich kaum bewegen. Und das, wo Willy endlich auf dem Weg der Besserung ist. Mama ist gerade bei ihm im Krankenhaus, ich löse sie heute Nachmittag ab.«

Jessen und Zufall nickten. Dass es Willy besser ging, war die beste Nachricht der letzten Tage gewesen. In diesem Moment kam Stefan Lüders an ihren Tisch und stellte jedem eine große Apfelschorle hin. »Stammgäste bekommen immer dasselbe, sagt die Chefin.« Er wich Bente aus, die scherzhaft mit dem Löffel nach ihm schlug.

Zufall griff nach seinem Unterarm. »Entschuldigung, darf ich Sie mal was fragen?«

Stefan lächelte ihn freundlich an. »Nein. Darf ich dich mal was fragen, heißt das richtig.«

»Okay, darf ich dich mal was fragen?«, korrigierte Zufall ebenfalls lächelnd. »Ist das nicht total seltsam, dass dein Vater jetzt irgendwo begraben ist, und du gar nicht weißt, wo?«

»Ich weiß ja, wo. Es gibt eine Wiese hinter dem Friedhof, da finden die ganzen anonymen Beerdigungen statt. Irgendwo da liegt er, also das, was von ihm übrig ist.«

Zufall nickte, ließ aber nicht locker: »Aber brauchst du nicht ein Grab, um zu trauern und Abschied zu nehmen? Ich bräuchte das.«

Stefan sah ihn an. »Das kann ich gut verstehen, und früher habe ich genauso gedacht. Aber mir ist so einiges klar geworden in der letzten Woche. Ich gondele beruflich dauernd in der Weltgeschichte herum, wie sollte ich da überhaupt zu seinem Grab kommen, um zu trauern? Und trotzdem trauere ich andauernd um ihn, auch hier im Krug, da gab's auch genug Geschichten.«

Jessen nickte wissend und hob sein Glas.

Stefan legte Zufall eine Hand auf die Schulter. »Und das mit dem Abschiednehmen – das macht jeder anders. Bei mir ging's schon in dem Moment los, als Sven-Ole mich im Hotel auf Hawaii anrief. Ich wusste, das war es, das war mir sofort klar. Da braucht's keine Tränen zu Orgelmusik in einer Kapelle, obwohl das für andere bestimmt völlig in Ordnung ist.« Er zwinkerte den beiden zu und nahm Bente Teller und Löffel ab. »Ich nehm das mal mit und verzieh mich wieder nach hinten – nicht dass es noch Ärger mit der Chefin gibt.« Knapp verfehlte ihn Bentes Küchentuch. »Ich mach hier nämlich ein freiwilliges Kneipen- und Küchenpraktikum. Gemüse putzen, Kartoffeln schälen, Getränkekisten über steile Kellertreppen schleppen, Gläser spülen, hab ich alles drauf.« Er grinste Bente an. »Nur die Bezahlung lässt zu wünschen übrig, da gibt's allenfalls Naturalien …«

Bente scheuchte ihn weg. »Das ist die wichtigste Lektion: Je besser der Laden, in dem du arbeitest, desto schlechter die Bezahlung. Schließlich darfst du deinen kulinarischen Lebenslauf später damit schmücken, dass du im legendären Krug in Tönnshagen gelernt hast – *wenn* du was gelernt hast.«

Stefan zog lachend ab. Bente zwinkerte Jessen und Zufall zu und flüsterte: »Das mit dem Kartoffelschälen klappt nämlich noch nicht so richtig.«

***

Jan Matthies war so zufrieden gewesen, als er sich von seinem alten Freund Holger Geerdes verabschiedet hatte, dass er großzügig die Rechnung übernahm. Schließlich hatte Geerdes wertvolle Informationen preisgegeben: Die Stadt würde Rocco im Grunde den Umzug in die HafenCity finanzieren, dort gab es bereits ein passendes Ladenlokal mit Außenfläche, größer als bisher. Natürlich war der Stadtteil nicht so lukrativ, was Laufkundschaft betraf – noch nicht, denn daran arbeitete die Stadt mit großem Eifer. Der Erfolg dieses neuen Stadtteils war politisch gewollt, koste es, was es wolle. Geerdes hatte Matthies außerdem mit leichter Ironie zu verstehen gegeben, dass die Stadt sogar noch die Bewirtungskonzession für die immer noch im Bau befindliche Elbphilharmonie obendrauf packen würde, wenn Rocco nur einschlug.

Das ließ Matthies im anschließenden Gespräch mit Rocco nun auch dezent durchblicken.

»Von Mann zu Mann« kam man schnell überein, dass ein Umzug eigentlich nur Vorteile hätte. Und als Matthies dank derart geebnetem Terrain schließlich auf »diese Sache neulich auf dem Parkplatz« zu sprechen kam, gab Rocco gleich zu, dass er Liebermann eigentlich nur angesprochen hatte, weil er wusste, dass dieser Matthies ganz gut kannte und gehofft hatte, er könne zwischen ihnen vermitteln. Er habe keine große Sache draus machen wollen, es ginge halt nur um die Kosten, die seine knauserige Vollkaskoversicherung nicht übernehme.

Matthies versprach, vollständig für den Schaden aufzukommen, und erfuhr schließlich, was er wissen wollte: dass Liebermann das Überwachungsvideo nur gesehen hatte, aber keine Kopie der Datei besaß.

Von so vielen guten Aussichten überwältigt, steckte Rocco den USB-Stick mit der Filmdatei aus der Überwachungskamera zum Abschied dem überraschten Matthies in die Jacketttasche. Aber natürlich behielt Schlitzohr Rocco noch ein Back-up auf seinem eigenen Rechner.

Auf dem Weg zurück ins Polizeipräsidium pfiff Matthies die Melodie des italienischen Ohrwurms »Volare«, der gerade in Roccos Lokal gelaufen war. Jetzt saß er im wahren Sinne des Wortes am Steuer, und der Plan seiner Rache an Sebastian Liebermann nahm konkrete Formen an.

Der würde sich noch wundern.

***

Nicht mal Zufall hatte damit gerechnet, dass die KTU so schnell auf Neubauers Acker ausschwärmen würde, aber Jenny Mietzner hatte offenbar tatsächlich die richtigen Connections und den Untersuchungsbericht des Schädels zum Nachweis der Dringlichkeit gleich nach dessen Eintreffen weitergeleitet. So tappten am Nachmittag bereits etliche in weiße Ganzkörperanzüge gehüllte Gestalten über das Feld, gruben hier, stocherten da und wühlten dort – sehr zum Verdruss einiger Hobbygärtner, die vom Absperrband davon abgehalten wurden, ihrerseits zu graben, zu stochern und zu wühlen. Unmut hatte sich breitgemacht. Gesine war es zwar gelungen, ihre Mieter zu beruhigen, doch als Jessen auf dem Hof ankam, schickte er sie lieber ins Haus, da er gleich merkte, dass sie zu viel mehr nicht mehr fähig war.

Jessen beobachtete, wie die Spezialisten der Spurensicherung nach und nach die Grube erweiterten. Er fragte sich, was wohl dabei herauskommen würde. Er ging zur Absperrung und wechselte ein paar Worte mit einigen Tönnshagenern, die ebenso neugierig wie er das Geschehen beobachteten. Gerade versicherte er scherzend, dass es hier nichts zu sehen gebe, als laute Stimmen von der Parzelle herüberklangen. Die Kollegen hatten offensichtlich etwas gefunden.

Jessen beeilte sich, zur Grube zu kommen, und konnte sehen, wie einer der Kriminaltechniker einen relativ großen Knochen, den er gerade ausgegraben hatte, in einen Plastikbeutel gleiten ließ. Jessen sah ihn sich genauer an; er konnte sich nicht helfen, ihn erinnerte das Fundstück einfach nur an die Suppenknochen, die seine Oma immer im riesigen Topf auf dem Herd ausgekocht hatte. In dem Moment fiel ihm etwas ein. Er gab dem Beamten die Plastiktüte zurück und entfernte sich unauffällig.

***

Gesine fühlte sich leer. Den ganzen Tag hatte sie alle möglichen Dinge getan, Dinge, die notwendig waren, Dinge, die sie ablenkten. Dazu noch die Aktion der Polizei bei den Gemüseparzellen. Aber immer wieder landeten ihre Gedanken beim Morgen von Carstens Tod, bei ihrem schlimmen Streit und ihrer Flucht – ja, es war so etwas wie eine Flucht gewesen – zur Chorprobe. Danach hatte sich Carsten auf seinen Traktor gesetzt und war losgefahren – und damit war alles zu Ende gewesen.

Sie schob die Ansichtsmappen zur Seite, die ihr der Mann vom Beerdigungsinstitut dagelassen hatte. Er war sehr einfühlsam gewesen, sehr rücksichtsvoll. Das musste man wohl auch sein in so einem Beruf. Gesine dachte, dass solch ein Job für sie nie in Frage käme. Immer mit Toten zu tun zu haben, mit Leid und Trauer? Nein. Auf der anderen Seite musste es diese Leute geben. Wenn jemand starb, ging alles seinen Gang: Man suchte den Sarg aus, entschied über die Art der Bestattung, wählte ein Layout für die Todesanzeige in der Zeitung und ein anderes für die Karten an die Verwandtschaft.

Ihr fiel Carstens Familie wieder ein, zu der sie kaum Kontakt gehabt hatte, auch jetzt, nach Carstens Tod, schien sich daran nichts zu ändern. Sein Bruder Heinz schien sich nur für den Hof zu interessieren und ließ offen durchblicken, dass er meinte, ein Anrecht auf ein Erbteil zu haben und das auch einfordern wolle. Gesine war bei dem Telefonat völlig überfordert gewesen, fragte sich inzwischen aber tatsächlich, wie das wohl geregelt werden würde. Sie wusste nicht, ob Carsten ein Testament gemacht hatte. Allerdings konnte sie sich nicht wirklich vorstellen, dass er seiner Familie und speziell seinem Bruder, mit dem er immer im Clinch gelegen hatte, freiwillig etwas vermachen würde. Gab es so etwas wie einen Pflichtteil für Geschwister? Gesine wusste es nicht und wollte es eigentlich auch nicht wissen, aber natürlich würde sie sich damit beschäftigen müssen. Es ging ja auch um ihre Zukunft.

Heinz meldete bereits Zweifel an, ob Gesine die Arbeit auf dem Hof überhaupt allein bewerkstelligen konnte. Das tat er nicht aus einer wie auch immer gearteten Form von Hilfsbereitschaft, sondern weil er sich bestätigen lassen wollte, dass eine Frau das eben *nicht* schaffte. Da war er seinem Bruder sehr ähnlich.

Aber würde sie es schaffen? Sie versuchte noch einmal, sich auf die neue Situation einzustellen: Sie war Witwe, hatte einen Ökohof mit Gemüseparzellen, Hühnern und Hofladen zu schmeißen, dazu die Ferienwohnungen. Und sie war allein. Wenn auch nicht ganz allein – sie ahnte, dass sie von Menschen wie Anneke oder deren Tochter Bente durchaus Hilfe bekommen könnte. Aber hatten die mit dem Krug nicht genug zu tun? Zumindest konnte sie mit Bentes neuer Speisekarte jetzt den Krug als festen Kunden verbuchen. Vielleicht war es ja doch alles zu stemmen? Mit den Leuten hier in Tönnshagen war sie schließlich immer gut klargekommen, nur Carsten hatte immer mit allen Probleme gehabt und Streit angefangen.

Der Streit. Sie stand auf und ging an die Küchenkommode. Ganz hinten in der Schublade hatte sie ihr Fundstück versteckt, zusammen mit den Urlaubsfotos und dem kleinen schwarzen

Oktavheft, so als wollte sie selbst es nicht mehr wiederfinden können. Sie nahm die goldene Kette aus dem kleinen Tütchen und klappte das mit einem Kreuz verzierte Medaillon auf. Links lächelte ihr milde Papst Johannes Paul II. entgegen, rechts erkannte man eine schwarzhaarige Frau, vielleicht Anfang dreißig, die etwas mürrisch an der Kamera vorbei guckte. Das Bild war ein zerknittertes Schwarz-Weiß-Foto, ganz offensichtlich schon ziemlich alt.

Gesine klappte das Medaillon wieder zu. Auf der Rückseite konnte man zwei verschlungene Buchstaben erkennen, ein großes A und ein großes H, vielleicht aber auch ein F und ein K. Sie strich vorsichtig über die Gravur. Carsten war schier ausgeflippt, als sie ihm das Medaillon gezeigt hatte, aber diesmal hatte sie sich von ihm nicht niederbrüllen lassen. Als sie ihn schließlich sogar mit ihrer Vermutung konfrontiert hatte, war er auf sie losgegangen. Und jetzt war er tot.

Gesine fühlte sich schuldig. Vielleicht war sie es ja auch? Zumindest hatte sie sich einer Falschaussage schuldig gemacht, als sie Jessen in dem Glauben gelassen hatte, sie habe den früheren Bus genommen. Aber machte sie das zur Täterin?

Ihr Blick wanderte noch einmal zu den Mappen und Broschüren des Beerdigungsinstituts. Noch war Carstens Leiche nicht freigegeben, das Begräbnis konnte noch nicht anberaumt werden. Sie musste an Heinrich Lüders denken; der war schon beigesetzt. All die Toten plötzlich. Und dann auch noch der Schädel in der Gartenparzelle, Esthers altem Rosengarten. Jetzt, in diesem Moment, durchwühlten sie dort alles. Sebastian Liebermann fiel ihr wieder ein, der bestimmt bald seine wöchentliche Gemüseration abholen wollte.

Seufzend stand sie auf, packte das Tütchen mit der Kette wieder zu den Bildern und dem Heftchen ganz hinten in die Kommodenschublade und ging in den Hofladen.

***

Na, Gott sei Dank. Jessen atmete erleichtert auf. Der Knochen, den Carsten Neubauer bei ihrem Streitgespräch vor einigen Tagen als »Lumpis eiserne Knochenreserve« bezeichnet und dann im hohen Bogen weggeworfen hatte, war noch da. Jessen hatte sich an das Scheppern erinnert und ihn aus der Regenrinne des Werkzeughäuschens gefischt. Er packte ihn in eine Plastiktüte und übergab ihn einem Kollegen von der KTU mit dem Hinweis, den habe er rein zufällig hinter dem Schuppen gefunden. Der Mann sah ihn zwar etwas ungläubig an, aber vielleicht vermutete er auch nur, dass Jessen sich heimlich hinter den Schuppen zum Pinkeln verzogen hatte.

Das wäre natürlich der Hammer, wenn ausgerechnet dieser Knochen zu der toten Frau gehörte. Oder würde er sich tatsächlich nur als Tierknochen entpuppen? Nachdenklich machte Jessen sich auf den Rückweg zur Polizeiwache.

»Wie groß ist der Rosengarten noch gleich gewesen?«

Als Jessen hereinkam, überfiel Zufall ihn gleich mit dieser Frage und kaute dabei an einem Bleistift, von dem sich Jessen, als er es sah, unbedingt merken wollte, welcher genau es gewesen war. Manchmal hatte er nämlich auch diese eklige Angewohnheit, und da wollte er nicht denselben erwischen.

Er ging zu seinem Schreibtisch und wühlte in den Unterlagen, die sich dort türmten. »Äh, ich glaube … ach, hier: rund zehntausend Quadratmeter, etwa ein Drittel davon ist jetzt als Gemüseparzellen angelegt. Warum?«

Doch Zufall gab keine Antwort, er notierte etwas und dachte angestrengt nach.

Jessen zuckte die Achseln, fuhr seinen Rechner hoch und widmete sich seiner Arbeit, bis ein dezenter Signalton ihn darauf aufmerksam machte, dass eine Mail angekommen war. Er öffnete sie und sagte mehr zu sich selbst: »Ah, der Bericht zu Neubauers Leiche.«

Zufall grummelte etwas Unverständliches, während er auf seinem Laptop herumtippte.

Jessen öffnete den Anhang und überflog leise murmelnd den Bericht aus der Rechtsmedizin. Er stutzte, las eine Stelle noch einmal und hieb mit der flachen Hand auf den Schreibtisch, dass Zufall zusammenzuckte.

Er warf Jessen einen bösen Blick zu. »Mann, hast du mich jetzt erschreckt, spinnst du?«

Jessen hob entschuldigend die Hand und zeigte mit der anderen auf seinen Bildschirm: »Aber ich habe auch einen Grund. Das ist der Bericht zu Neubauers Leiche.«

»Das sagtest du schon«, knurrte Zufall.

»Neubauer starb überhaupt nicht bei dem Unfall.«

Zufall kniff die Augen zu. »Das heißt, Neubauer lebt noch?«

»Quatsch. Aber er starb nicht an den Verletzungen, die er durch den Unfall abbekommen hat.«

»Sondern?« Zufall war jetzt ganz Ohr.

Jessen beugte sich vor, um besser lesen zu können. »Hier steht, Neubauer hatte eine etwa zwölf Zentimeter tiefe Stichwunde im Bauch.«

»Ach du Scheiße. Aber könnte die nicht auch von einem Stück Fensterglas herrühren?«

Jessen schüttelte den Kopf. »Auf keinen Fall. Die Stichwunde stammt eindeutig von einem Messer.«

elf

Sebastian Liebermann war sehr zufrieden mit sich. Gestern, am Donnerstag, hatte er extra früher Feierabend gemacht und sich wieder eine schöne Fuhre Gemüse und Salat abgeholt, völlig umsonst, schließlich konnte er ja leider, leider nicht mehr selbst auf seiner Parzelle anbauen und ernten. Dabei hatte er festgestellt, dass sein Plan anscheinend aufgegangen war. Diverse Kriminaltechniker waren auf seiner Parzelle zugange gewesen, um nach weiteren Knochen zu suchen, und die nachfolgenden Ermittlungen konnten sich hinziehen. Das Angebot von Gesine Neubauer, doch einfach eine andere Parzelle zu übernehmen und dort weiterzumachen, hatte er entrüstet abgelehnt. Schließlich hatte er ja nicht gerade wenig Arbeit in diese Parzelle gesteckt! Zumindest verkaufte er das so nach außen. Jetzt musste er sich nur irgendwas für seine Frau ausdenken, damit die künftig anderweitig beschäftigt war, eine kleine Sache nebenbei. Vielleicht sollte sie mal den Goldschmiedekurs machen, von dem sie immer wieder sprach. So schwer konnte das ja nicht sein, andauernd las er in einem von Wiebkes bunten Blättern, dass wieder irgendeine Ex- oder Noch-Ehefrau von diesem oder jenem C-Promi ihre eigene Schmuckkollektion startete. Und von Schmuck hatte Wiebke Ahnung, sie besaß ja auch weiß Gott genug Ansichtsmaterial, wie ihm mit einem Anflug von Bitterkeit in den Sinn kam.

Jetzt saß er am Computer und las zum wiederholten Mal den Artikel, der vor nicht einmal zwanzig Minuten online gestellt worden war. Gerry Schmieder hatte wieder ganze Arbeit geleistet; unter der Überschrift »Wie kommt die Tote ins Gemüsebeet?« rekapitulierte er die jüngsten Ereignisse in Tönnshagen und zitierte indirekt die ermittelnden Beamten, die er grundsätzlich als ziemliche Idioten dastehen ließ. »Die Polizei: ratlos«, hatte er unter ein Foto getextet, das Kommissar Zufall auf dem Acker zeigte, mit einem tatsächlich nicht wirklich sehr schlauen Gesichtsausdruck.

Anscheinend handelte es sich bei Wiebkes Fund um den Schädel einer jungen Frau, weshalb die Polizei nun nach weiteren Gebeinen suchte, von denen man annahm, dass sie seit rund fünfundzwanzig Jahren im Boden lagen. Das illustrierte ein entsprechendes Bild vom »Landgarten«-Areal und den weiß gewandeten Männern der Spurensicherung mit der Bildunterschrift: »Hier wühlen unsere Steuergelder«.

Im Text, der sich vor allem mit dem Rätselraten der Obrigkeit beschäftigte und dabei die hinlänglich bekannten Fakten wiederholte und ausbreitete, war auch ein verlinkter Verweis auf einen alten Fall von Zufall versteckt; ein damals völlig aus dem Ruder gelaufener Fall, in dem Zufall zwar am Schluss komplett rehabilitiert wurde, was der verlinkte Artikel aber fast verschämt und nur nebenbei erwähnte.

Liebermann klappte den Laptop zu. Mal sehen, was Schmieder als Nächstes einfiel. Offensichtlich war der Reporter vor Ort in Tönnshagen und ganz nah dran am Geschehen. Wie er das nur immer machte?

***

Das fragte sich auch Kommissar Zufall in der Polizeiwache in Tönnshagen. Er hatte den Artikel ebenfalls gelesen und sich geärgert. Das war schon der zweite Bericht von diesem Gerry Schmieder, in dem er als Idiot dargestellt wurde, nur dass dieses Mal auch noch polizeiinterne Informationen verbreitet wurden. Wie war der Kerl an den Befund der KTU rangekommen? Er vermutete, dass Schmieder entweder einen Spitzel bei der Rechtsmedizin oder sich irgendwie in den Polizeicomputer gehackt hatte. Das wollte er sich zwar nicht mal vorstellen, aber irgendwie musste dieser Typ ja an die Informationen gekommen sein. Zufall ärgerte sich auch über die Fotos von ihm auf dem Acker. Da musste der Journalist auf jeden Fall in der Nähe gewesen sein. Zufall dachte zurück und erinnerte sich an das Wohnmobil auf dem Parkplatz und an Jenny Mietzners Erwähnung. Keine Frage, Schmieder war in Tönnshagen, und das wohl immer noch.

Die Tür ging auf, und Sven-Ole Jessen kam herein, anscheinend ziemlich zufrieden mit sich selbst. Er legte etwas in einen

Stoffbeutel, das Zufall nicht erkennen konnte, platzierte diesen auf seinem Schreibtisch und sah zu ihm herüber. Zufall drehte wortlos den Laptop zu ihm hin.

Jessen kam ein paar Schritte näher, beugte sich vor und überflog den Text. »Wieder dieser Schmieder?«

»Laut Autorenkürzel ja.«

Jessen sah wieder auf den Bildschirm, nickte ein paarmal und fragte dann: »Woher weiß der das?«

Zufall zuckte die Achseln und wollte schon seine Hackertheorie vorbringen, als Jessen den Laptop zu sich heranzog, ein neues Fenster im Internetbrowser öffnete und etwas eintippte. Dann drehte er ihn wieder zu Zufall und meinte nur: »Den kennen wir doch, oder etwa nicht?«

Zufall kniff die Augen zusammen, er erkannte eine ganze Reihe von Schnappschüssen, die einen feist grinsenden Typ mit pommesblonden Haaren zeigten, teils Arm in Arm mit irgendwelchen Prominenten oder eher Halbprominenten. Er schlug sich die Hand vor den Kopf. »Oh Mann, das war der Typ, der gestern bei uns am Tisch saß, der mit der meckernden Lache, der zwischendurch immer telefoniert hat. Der hat einfach alles mitgehört, wahrscheinlich sogar mitgeschnitten.« Zufall ließ ernüchtert die Hand auf den Tisch sausen. »Na, wir sind vielleicht zwei Geheimnisträger …«

Jessen winkte ab. »Jetzt wissen wir wenigstens, dass wir aufpassen müssen, auch wegen Fotos und so. Liegt der Abgleich des Schädels mit dem gefundenen Knochen eigentlich schon vor?« Hoffnungsvoll sah er Zufall an.

»Nein, Fritz hat noch nichts geschickt. Ich bezweifle auch, dass das so schnell geht. Viel lieber würde ich herausfinden, wie Carsten Neubauer zu Tode gekommen ist. Dazu sollten wir als Nächstes unbedingt noch einmal mit seiner Frau sprechen.«

»Ist gut.« Jessen fummelte an dem Beutel auf seinem Schreibtisch herum. »Dafür habe ich aber noch etwas anderes gefunden«, er zog einen braunen Papierumschlag heraus, »und zwar das zweite Handy von Heinrich Lüders!« Triumphierend griff er in den Umschlag und hielt das Gerät, das arg mitgenommen aussah, in die Höhe.

Zufall kniff die Augen zusammen. »Ganz schön schmutzig. Noch ein Fall für die KTU …«

Jessen machte eine abwehrende Handbewegung. »Quatsch, das dauert viel zu lange. Das mach ich schön selbst, wozu hab ich schließlich früher jedes Elektrogerät auseinandergeschraubt?«

Er zog eine Schublade an seinem Schreibtisch auf und entnahm ihr einen kleinen Koffer aus Metall. Er klappte ihn auf, und Zufall sah, dass sich darin ein ganzes Arsenal kleiner und größerer Pinsel sowie Bürsten, Schraubendreher und -zieher und Zangen befand, ordentlich aufgereiht.

»Mein Personal Kit«, sagte Jessen und strahlte ihn an, »hab ich mir damals aus Chicago mitgebracht.« Er begann mit den umfangreichen Säuberungsarbeiten.

Zufall sah ihm fasziniert zu. Jessen hatte früher sicher auch Modellbau oder eine H0-Eisenbahn als Hobby gehabt. »Und wo war es jetzt?«, fragte er.

Jessen war hoch konzentriert, es dauerte einen Moment, bis er zurückfragte: »Wo war was?«

Zufall verdrehte die Augen. »Das Handy, Mensch! Oder dachtest du, das Bernsteinzimmer?«

Jessen schaltete auf holsteinisch stur. »Weiß nicht. Wie sieht das denn aus?« Er starrte Zufall an. Dann erzählte er ihm, dass er das gesamte Feldstück an der Unfallstelle systematisch abgelaufen war. »Sozusagen meine ganz persönliche Rasterfahndung.«

Zufall legte zwei Finger an seine nicht vorhandene Mütze. »Darf ich dich Horst nennen?«

Jessen sah ihn ratlos an. »Wieso Horst?«

»Horst Herold, Vater der sogenannten Rasterfahndung zu RAF-Zeiten«, erklärte Zufall. Er musste an Jenny Mietzner denken, die ihn sicher längst Klugscheißer genannt und mit irgendetwas von ihrem Schreibtisch beworfen hätte. »Ist ja auch egal. Wo war's denn nun?«

»Ich hatte mir vorher genau überlegt, welche Flugbahn das Handy nach dem Zusammenstoß wohl genommen hätte, ausgehend vom Unfallort, wie weit es möglicherweise geflogen sein könnte, in welche Richtung und so weiter. Da habe ich zuerst gesucht.« Er streichelte fast zärtlich über die schmutzige

Außenhülle vor ihm auf dem Schreibtisch. »Es lag dann aber ganz woanders. Typisch.« Er sagte das, als sei es eine allgemein bekannte Tatsache, dass Handys nie die vorausberechnete Flugbahn nahmen, und widmete sich wieder der akribischen Säuberung.

Zufall sah ihm eine Weile dabei zu. Dann meinte er: »Brauchst du nicht ein Passwort oder eine PIN-Nummer oder so, um das einzuschalten?«

Zufall klopfte auf den Inhalt des neben ihm liegenden Stoffbeutels. »Hab ich, ist alles hier drin. Ich war eben bei Stefan Lüders. Der hatte im Arbeitszimmer seines Vaters einen leeren Handykarton gefunden, zuerst aber gedacht, der würde zu dem anderen Telefon gehören. Nur passte das von der Marke her nicht. Jedenfalls waren da noch alle Unterlagen drin.« Jessen schloss das inzwischen gesäuberte Gerät an ein Ladegerät an, das er vorher aus einer Kiste mit einem ganzen Wust von Anschlusskabeln und Netzteilen herausgesucht hatte. Er schaltete es ein und wartete.

***

Das amerikanische Wohnmobil nahm gleich zwei Parkplätze auf dem Krankenhausparkplatz ein. Kopfschüttelnd ging Anneke daran vorbei zu ihrem kleinen Wagen. Manche Leute waren einfach zu dumm zum Einparken. Oder zu faul. Oder zu dreist. Sie stieg ein und dachte an ihren Besuch bei Willy zurück. Er war noch ziemlich schwach und konnte sich immer nur eine kurze Zeit lang konzentrieren. Die Ärzte hatten ihr eingeschärft, ihm bloß keine Geschichten über Schädel, Todesfälle oder das Verschwinden von Gustav Bertram zu erzählen. Anneke hielt sich also bei ihren Besuchen an Allgemeinplätze wie das Wetter, den Klatsch aus aller Welt und wie gut es im Krug lief. Natürlich nicht, ohne ihm zu versichern, dass er überall fehle und bald wieder auf dem Damm sein müsse, weil die Stammgäste ständig fragten, wann denn Willy endlich wieder da sei. Zum Abschied hatte Willy ihr vorhin die Hand getätschelt und gemeint, die sollten sich mal nicht so anstellen, er sei schneller wieder da, als denen lieb sein könne. Dann hatte er leise gelacht und erschöpft die Augen geschlossen.

Gerry Schmieder wartete, bis die Krankenschwester wieder aus Willy Thomsens Krankenzimmer herausgekommen war. Zuvor hatte sich dessen Bettnachbar, ein freundlicher älterer Herr mit imposantem Schnauzbart, zu seiner täglichen Runde über die Krankenhausflure aufgemacht. Schmieder, der während Annekes Besuch zwischen Aufenthaltsraum und Raucherecke auf dem Balkon hin- und hergependelt war, huschte leise ins Zimmer.

Willy schlief, wurde aber wach, als Schmieder an sein Bett trat. Der hielt sich nicht lange mit Höflichkeiten auf: »Herr Thomsen, wie schön, dass Sie gerade wach sind. Was wissen Sie über den Schädel von Tönnshagen?«

Willy sah den Mann verwundert an. »Was soll das? Wer sind Sie? Was machen Sie hier?«

Schmieder grinste schmierig. »Ich bin die freie Presse, und die wüsste gern, was es mit dem Schädelfund auf sich hat. Das war doch mal Ihr Grundstück, da bei dem Rosengarten, oder?

Willy war viel zu baff, um angemessen zu reagieren. »Ja, das stimmt.«

»Sehen Sie, und ist Ihnen bewusst, dass es sich um den Schädel einer Frau handelt?«

Willy hatte genug. Er drückte den Knopf, um die Krankenschwester herbeizurufen. »Hau ab, du Spacken!«

Doch Schmieder rückte ihm noch näher auf die Pelle. »Die Frau liegt da seit fünfundzwanzig Jahren. Na, kommt Ihnen das bekannt vor? Wann ist denn Ihre Frau eigentlich noch gleich gestorben?«

Willy lief rot an, richtete sich auf und öffnete den Mund, doch es kam kein Laut heraus. Im selben Moment aber, als die Krankenschwester die Tür zu Willys Zimmer aufzog, erscholl ein markerschütterndes »Raaaaauuus, aber flott!«.

Schmieder, der mit solch lautstarker Reaktion nicht gerechnet hatte, zuckte zurück und drückte sich schnell an der Krankenschwester vorbei, die ihm einen höchst missbilligenden Blick zuwarf. Dann sah sie nach Willy, der erschöpft auf sein Kissen zurückgesunken war. Sie fühlte seinen Puls, sah sich seine Pupillen an. Als er auf ihre Ansprache nicht reagierte, drückte sie den Notknopf.

***

Es hatte doch ein bisschen länger gedauert, dem Handy von Heinrich Lüders seine Geheimnisse zu entlocken. Als Jessen die PIN eingeben wollte, musste er feststellen, dass das Display gesprungen war. So konnte er das Gerät zwar einschalten, die Navigation erwies sich aber als etwas mühsam, da man immer nur Teile der Schrift lesen konnte. Schließlich schloss Jessen das Gerät an seinen Computer an und bekam über einen Umweg Zugriff auf die Daten. Anhand der Ruflisten hatte er schnell herausgefunden, dass dies tatsächlich das Handy war, mit dem Heinrich Lüders kurz vor dem Unfall mit Andy Möller telefoniert hatte. Eine kurz danach begonnene SMS ließ sich inhaltlich zwar nicht mehr rekonstruieren, der Zeitpunkt passte aber ziemlich genau mit dem errechneten Zusammenstoß der beiden Fahrzeuge zusammen. Nun stand die traurige Unfallursache fest: Heinrich Lüders war abgelenkt gewesen, weil er eine SMS geschrieben hatte. Das war der Grund, weshalb er ungebremst in den Mähdrescher donnerte. Jessen hatte genau das vermutet, war aber dennoch erschüttert. Warum glaubten die Leute immer, dass sie alles Mögliche gleichzeitig machen konnten? Zumal Geschehnisse wie dieser Unfall der beste Beweis dafür waren, dass dem nicht so war.

Er hörte schon wieder die Sprüche von Leuten, die sich aufregten, wenn sie wegen Handybenutzung am Steuer zu einem Bußgeld verdonnert wurden. Das geschah ohnehin selten genug; meist blieb es bei einer Ermahnung. Aber es handelte sich fast immer um Leute, die sich und ihre Fahrfähigkeiten maßlos überschätzten. Das galt nicht nur fürs Auto, auch auf zwei Rädern waren es oft diejenigen, die sich im Sattel gerade eben so aufrecht halten konnten, die dabei auch noch telefonieren oder eine SMS tippen mussten.

Jessen seufzte und ging weiter die Ruflisten und Kurznachrichten durch. Die Zahl der angerufenen Telefonnummern war übersichtlich. Ausschließlich Handyverbindungen oder Festnetznummern mit Hamburger Vorwahl. Drei davon konnte Jessen Andy Möller beziehungsweise dessen Maklerfirma zuordnen. Die Zeitpunkte der Telefonate und Nachrichten deckten sich zudem ziemlich genau mit Lüders' Verkaufsabsichten sein Haus betreffend. Zufall schien den richtigen Riecher gehabt zu haben: Heinrich Lüders hatte sich für den Kontakt mit den Maklern ein Prepaidhandy zugelegt, um danach von ihnen nicht mehr belästigt zu werden. Gar nicht dumm.

Er sah rüber zu Zufall, der über der Akte zum Schädelfund brütete, und seufzte. »Ich bin echt mal gespannt, was die Untersuchung der Knochen ergibt, das müsste jetzt, wo sie mit dem Schädel schon durch sind, doch eigentlich viel schneller gehen, von wegen Vergleichswerte und so.« Er fingerte etwas aus seiner Schublade und steckte es in seine Tasche. »Ich geh dann mal und sprech mit Gesine.«

***

Bente raste über die Landstraße. Nach dem Anruf des Krankenhauses hatte sie per Handy ihre Mutter informiert, die schon auf dem Rückweg gewesen und gleich umgekehrt war. Dann war sie selbst ins Auto gesprungen und losgefahren.

Als Bente auf die Station gestürmt kam, stand Anneke bereits am Empfangstresen und sprach mit der Krankenschwester. Wortlos nahm sie ihre Tochter in den Arm und hielt sie fest. Bente spürte, was los war, und begann zu weinen. Anneke putzte sich die Nase. »Sie haben alles versucht, aber es ging nicht mehr. Sein Herz war zu schwach.«

Bente schluchzte und musste mehrmals schlucken, bevor sie etwas sagen konnte: »Aber wieso denn, es ging ihm doch schon wieder besser?«

Die Krankenschwester nickte. »Ja, aber das ist typisch für so einen Verlauf. Man darf nicht zu früh glauben, dass alles überstanden ist. Und dann noch die Aufregung mit dem Besuch …«

Anneke sah überrascht auf. »Mein Besuch? Was hatte der mit Aufregung zu tun?«

»Nein, nach Ihnen kam noch dieser komische Typ, mit dem Ihr Vater gestritten hat und den er rausschmeißen wollte.«

Bente starrte sie an. »Willy hatte Besuch von einem Typen, mit dem er sich gestritten hat? Wer war denn das?«

Die Krankenschwester zuckte die Achseln. »Keine Ahnung, ein unangenehmer Typ, irgendwie schmierig, mit so blonden Stoppelhaaren. Der ist dann auch gleich abgehauen. Erinnerte mich irgendwie an diesen Privatdetektiv aus dem Fernsehen …« Sie machte eine entschuldigende Geste und entfernte sich.

Bente war sprachlos und zitterte leicht. Anneke wandte sich ab, um mit Thomas zu telefonieren. Bente konnte hören, wie sie ihm leise die Situation schilderte. Willy war tot. Bente ließ sich auf einen dieser unbequemen Hartschalenplastiksitze gleiten und starrte vor sich hin.

Als sie wieder in die Realität zurückfand, hatte sie den Eindruck, schon eine halbe Ewigkeit dort gesessen zu haben, aber sie konnte ihre Mutter in einigem Abstand an der Fensterfront stehen und immer noch telefonieren sehen. Bente gab sich einen Ruck, kramte ihr eigenes Mobiltelefon aus der Tasche und begann, eine längere Nachricht an ihren Kontaktmann im Noma zu schreiben. Sie teilte ihm mit, dass sie auf unbestimmte Zeit nicht ins Restaurant zurückkehren werde und er ihren Platz jemand anderem überlassen könne.

***

Jessen erwischte Gesine im Hofladen, als sie gerade dabei war, leere Gemüsekisten zu stapeln.

»Gesine.« Mit einer Handbewegung forderte er sie auf, sich auf den Hocker hinter dem Tresen zu setzen, und zog sein Notizbuch heraus. »Es tut mir leid, aber ich habe noch ein paar Fragen zu dem Morgen, als …« Er räusperte sich. »Als die Sache mit Carsten passiert ist.«

Gesine wischte die Hände an ihrer Schürze ab und setzte sich. »Gut, was willst du wissen?«

Jessen begann, die üblichen Fragen zu stellen, ging noch einmal den Ablauf des besagten Morgens durch, erkundigte sich nach

Nachbarschaftsfehden oder Feinden, die Neubauer gehabt haben könnte. Zu all dem fiel Gesine nichts Neues ein.

Er klappte den Block zu. »Irgendwas muss aber gewesen sein. Laut gerichtsmedizinischem Befund hatte Carsten nämlich eine Stichverletzung.«

Gesine wurde bleich und klammerte sich an den Hocker. »Ich glaube, mir wird schlecht.«

Jessen ging in die Hocke. »Ich weiß, Gesine, das ist alles sehr viel für dich im Moment. Aber wir müssen herausfinden, was Carsten passiert ist, nachdem du das Haus verlassen hast und zum Chor gefahren bist.«

Gesine nickte und lächelte angestrengt. »Ich weiß.«

***

Gegen Mittag fand eine Streife Gustav Bertrams dunkelblauen Chrysler in einem kleinen Waldstück bei Lübeck. Der Kofferraum stand einen Spalt offen, drinnen lag eine Schaufel mit Erdresten daran. Im Innenraum des verschlossenen Wagens konnte man Blutspuren erkennen.

Jessen und Zufall, die zum Fundort gerufen worden waren, begutachteten mit den Kollegen das Fahrzeug. Jessen ging noch einmal um den Chrysler herum. »Ist euch sonst irgendetwas aufgefallen? War hier jemand, als ihr angekommen seid?«

Die beiden Streifenpolizisten guckten sich erst gegenseitig an, dann Jessen. Der größere von ihnen schob seine Dienstmütze in den Nacken. »Kollege«, begann er langsam und wohlartikuliert, »wenn hier auch nur der Hauch einer Unstimmigkeit zu sehen gewesen wäre, hätten wir das über Funk mitgeteilt. Wir machen den Job ja auch nicht erst seit gestern.«

Jessen schüttelte den Kopf. »Entschuldigung, so war das überhaupt nicht gemeint. Ich weiß nur nicht, was das alles zu bedeuten hat.«

Jetzt rührte sich auch der andere Streifenpolizist. »Für mich sieht es so aus, als ob hier jemand verletzt war und etwas vergraben hat oder«, er nickte mit dem Kopf in Richtung Wald, »als ob jemand verletzt und vergraben wurde.«

»Das dachte ich auch gerade«, erwiderte Jessen, »obwohl ich mir das gar nicht vorstellen möchte.«

Zufall, der etwas abseits mit seinem Smartphone beschäftigt gewesen war, trat jetzt näher zu den Kollegen heran. »Also, ich denke, wir sollten keine Zeit verlieren und nach ihm suchen. Mir erschließt sich die ganze Sache auch noch nicht, nur sollten wir besser alles daransetzen, ihn zu finden, der Mann ist schließlich seit nunmehr sechs Tagen verschwunden.«

»Na dann«, entgegnete der größere Streifenpolizist, »können wir die Sache ganz ruhig und gemächlich angehen lassen, dann ist der nämlich eh schon tot.«

Zufall sah Jessen an, dessen Augen sich zu Sehschlitzen verkleinert hatten und dem die Wut über die Aussage des Kollegen deutlich im Gesicht abzulesen war. Er legte seine Hand auf Jessens Unterarm und drückte einen Knopf auf seinem Telefon.

»Hauptkommissar Zufall am Apparat. – Ja, wirklich, sehr witzig. Also, wir bräuchten Verstärkung. Wir haben eine vermisste männliche Person, und die Lübecker Kollegen haben jetzt sein Fahrzeug gefunden. Wir stehen hier im Naturschutzgebiet Wakenitz, genauer gesagt ...« Er drehte sich zu den Kollegen der Streife um: »Wie heißt das hier?«

»Die Hauptstraße heißt Falkenhusener Weg.«

»Hören Sie?«, wandte er sich wieder an seinen Gesprächspartner. »Falkenhusener Weg, kurz vor der Biegung geht rechts so ein Feldweg ab, wenn man Richtung Wakenitz fährt. Von da aus ist es dann noch mal ein guter Kilometer in den Wald rein.« Zufall hörte dem Kollegen am anderen Ende der Leitung zu und nickte. »Nein, nein, wir bleiben vor Ort. Wir warten auf die Kollegen.« Er beendete das Gespräch, und gleich darauf piepste sein Handy.

Jessen begutachtete derweil wieder den verlassenen Wagen. »Wer hat den Chrysler denn eigentlich gefunden? Ich meine, hier fahrt ihr ja sonst sicher nicht Streife, normalerweise.«

»Der Förster«, war die einstimmige Antwort, dann ergänzte der kleinere von beiden: »Der war heute Morgen zufällig hier, weil er sich um den Fischbestand in dem kleinen Teich dahinten kümmert. Hobbyangler.«

»Da ist ein Teich?«, fragte Zufall, jetzt hellwach.

»Ja, keine fünfhundert Meter entfernt.«

Zufall griff erneut zu seinem Telefon. In dem Moment setzte ein Flugzeug zum Landeanflug auf den nahe gelegenen Flughafen von Lübeck an. Der Kommissar starrte in den Himmel, bis der Jet über sie hinweggeflogen war. Dann drückte er erneut auf die Tasten. »Ja, Zufall noch einmal. Wir benötigen auch Taucher.«

Eine halbe Stunde später holperten bereits zwei Mannschaftswagen über den Feldweg.

Der Einsatzleiter besprach sich kurz mit Jessen und Zufall und brachte seine Leute in Stellung. »Wir starten da vorn und ziehen dann in diese Richtung«, er deutete mit dem Arm auf den Waldrand, »dabei achten bitte alle darauf, dass der Abstand zum nächsten Mann nicht größer als fünfzig Zentimeter ist. Wir drehen alles um, schauen in jedes Erdloch, und sobald jemand etwas sieht, was mit dem Vermissten in Verbindung gebracht werden könnte, wird mir das gemeldet, verstanden? So, und jetzt hört bitte alles auf mein Kommando – danke!«

Bereits nach fünfzehn Minuten hatte sich die Suchmannschaft mit den langen weißen Stöcken ein ganzes Stück entfernt. Jessen lehnte sich gegen seinen Dienstwagen und verschränkte die Arme vor seiner Brust. »Ich glaube, so viele Fälle gleichzeitig gab es noch nie in der Geschichte Tönnshagens.«

»Wieso so viele?« Zufall war irritiert.

»Na ja, zuerst findet sich mysteriöserweise ein Schädel auf dem Acker, von dem kein Mensch weiß, wie er da hinkommt – und vor allem, wessen Schädel das überhaupt ist. Dann verunglückt Heinrich Lüders auf sonderbare Weise. Ich meine, der Mann war tagtäglich mit dem Auto unterwegs, quer durchs ganze Land, und ausgerechnet hier, kurz vor seiner Haustür, rast er ungebremst in einen Mähdrescher? Dann kippt Willy um, sein bester Freund Gustav verschwindet, und wir stehen hier, quasi in the middle of nowhere, und finden sein Auto.«

Zufall wollte antworten, doch er musste warten, weil ein weiteres Flugzeug gerade im Landeanflug über ihre Köpfe hinwegdonnerte. Er zeigte mit dem Finger in die Luft. »In the middle of nowhere? Lass das mal nicht den Flughafenbetreiber hören.«

Kurz darauf wurden sie zu Gustav Bertrams Wagen gerufen. Einer der weiß gewandeten Spezialisten der KTU hielt mit spitzen Fingern etwas in die Höhe. Zufall und Jessen traten heran und erkannten den Gegenstand: ein Handy älterer Bauart.

Zufall nahm die Einmalhandschuhe entgegen, die der Kollege ihm hinhielt, streifte sie über und griff nach dem Telefon. »Wo habt ihr das her?«

»Gefunden, versteckt im Verbandskasten unter den Mullbinden.« Der Beamte grinste übers ganze Gesicht, als erwartete er einen Finderlohn. »War so eine Idee von mir, das hab ich mal in einem Fernsehkrimi gesehen.«

Zufall klopfte ihm anerkennend auf die Schulter. »Na, dann schön weiter so, auch mit dem Krimigucken.« Er zog sich ebenfalls Handschuhe über, schaltete das Handy ein und drehte sich zu Jessen um. »Ist gesichert. Wahrscheinlich sein Geburtsdatum. Hast du das? Sollte in den Unterlagen stehen.«

Jessen fluchte leise. »Mist, die sind in Tönnshagen …« Er stoppte, sein Gesicht hellte sich auf. »Ach was, ich ruf Bente an, die weiß das bestimmt.«

Zufall wartete, während Jessen telefonierte und dazu ein Stück zur Seite ging. Er konnte die Worte nicht verstehen; anscheinend war aber etwas passiert, das ließ Jessens Gesichtsausdruck erkennen.

»Was ist passiert?«, fragte Zufall, als Jessen zurückkam.

»Willy«, sagte sein Kollege fast tonlos. »Willy Thomsen ist tot. Bente hat es vorhin erst erfahren.«

zwölf

Willys Beerdigung wurde ein fröhliches, ausgelassenes Fest. Eben genau so, wie Willy es selbst stets gefordert hatte: »Wenn ik mal dod bin, dann feiert ihr!« Ganz Tönnshagen war anwesend bei der Trauerfeier und dem anschließenden »Besäufnis«; die Beisetzung der Urne mit Willys Asche dagegen sollte einige Tage später im engsten Familienkreis stattfinden.

Im Krug war es brechend voll, lange Tische waren aneinandergereiht worden, es gab Kaffee und Kuchen, bald aber auch schon Bier und Schnaps, belegte Brote und Würstchen. Extra für Jessen gab es sogar Frikadellen, die Bente mit Kräutern raffiniert verfeinert hatte.

Überall wurden Geschichten über Willy erzählt, und Geschichten über Willy waren immer auch Geschichten über Tönnshagen und über alte Zeiten. Zufall erfuhr an diesem langen Nachmittag, der zu einem noch längeren Abend werden sollte, mehr über das Dorf, als er in allen Chroniken hätte nachlesen können.

Schon seit einiger Zeit musste er sich eingestehen, dass ihm dieser schrullige, eigenwillige Ort immer besser gefiel. Er erwischte sich sogar bei der Überlegung, ob er sich nicht mal nach einem Wochenend- oder Ferienhaus in Tönnshagen umsehen sollte. Das müsste er natürlich erst einmal seiner Frau schmackhaft machen, die immer noch in Süddeutschland war. Angesichts der eher seltenen und dann zumeist atemlosen Telefonate – »Wir wollen gleich mit der Kleinen an den See, alles ist gut, tschüüss!« – schien es ihr dort blendend zu gehen.

Zufall hörte gerade höchst amüsiert zu, wie ein älterer Dorfbewohner äußerst gestenreich die Geschichte zum Besten gab, wie Willy einen zudringlichen Verehrer seiner Esther beim Schützenfest mit einem linken Haken niedergestreckt hatte. Von da an waren Esther und er ein Paar gewesen. Erst später hatte sie ihm gebeichtet, dass sie dem jungen Mann den ganzen Abend schöne Augen gemacht und es genau darauf angelegt hatte – um Willy eifersüchtig zu machen. Zufall fand es sehr bezeichnend, dass die

Geschichten über Willy fast immer auch Geschichten über Esther waren. Die beiden hatten in einer Art perfekter Symbiose gelebt, obwohl Esther neun Jahre jünger gewesen war.

Willy hatte immer von einem eigenen Restaurant geträumt und auch eine Kochlehre im Dorfkrug gemacht; allerdings hauptsächlich als Zugeständnis seiner Eltern an seine Passion. Sie hofften weiterhin, dass er den Hof übernehmen würde. Als sein Vater einen Schlaganfall hatte und den Hof nicht mehr führen konnte, verabschiedete sich Willy von seinem Gastronomietraum und wurde Bauer. Erst nach Esthers Tod 1989 wagte Willy noch einmal den Neuanfang und übernahm den Krug von seinem alten Lehrmeister Gerd Prüsse. Seitdem gehörten Willy und der Krug untrennbar zusammen.

Bente tauschte mit Jessen und Stefan gemeinsame Erinnerungen an Tante Lassma und ihre Kindheit in Tönnshagen aus.

Stefan tippte Jessen an den Arm. »Sag mal, da gab's damals doch so eine Jungs-Gang aus dem Nachbardorf, die immer nur Ärger gemacht hat, ich komm nicht mehr auf den Namen …«

Jessen grinste breit. »Die Caramba-Bande.«

Stefan klatschte in die Hände. »Klar, die Caramba-Bande. Mann, waren das Idioten.«

Bente schüttelte den Kopf. »Sagt mir nichts. Wahrscheinlich gab's die zu meiner Zeit schon nicht mehr.«

Jessen grinste immer noch »Ja, ja, die Unschuld der Jugend …«

»Oder die Gnade der späten Geburt«, schlug Stefan vor.

Zufall, der beim letzten Satz hinzugekommen war, sah sie fragend an: »Wo seid ihr denn jetzt, bei Helmut Kohl?«

Das Gelächter ließ ihn beinahe das Klingeln seines Mobiltelefons überhören. Er entschuldigte sich mit einem Handzeichen und ging ein paar Schritte zur Seite. Es war Jenny Mietzner.

»Stör ich?«, fragte sie.

»Kommt drauf an. Ich bin gerade in Tönnshagen bei einem äußerst fröhlichen Leichenschmaus.«

Jenny lachte. »Das glaub ich sofort. Als meine Urgroßmutter starb, mit über neunzig, hieß es in dem Kaff, in dem sie wohnte, noch Jahre später, das sei die fröhlichste Feier gewesen, die sie je erlebt hätten. Ich find das gut.«

Zufall stimmte zu. »Ja. Und was gibt's nun?«

»Also, zum einen hab ich was Seltsames entdeckt, in einer der Verkehrsakten, die ich Kaul gegeben habe.«

»Und wieso hast du etwas entdeckt, wenn du sie ihm gegeben hast?«

»Na ja, *diese* Mappe hab ich ihm wohl rein zufällig *nicht* gegeben.«

»Das sollst du nicht.« Zufall schmunzelte. »In anderen Worten, diese Mappe ist leider unglücklicherweise auf deinem Schreibtisch liegen geblieben?«

»Genau. Da geht es um das beschädigte Auto eines italienischen Restaurantbesitzers, und der Typ hat gerade neulich die Anzeige gegen unbekannt zurückgezogen.«

Zufall erinnerte sich dunkel, diese Mappe kurz aufgeschlagen zu haben. »Na ja, das passiert halt. Wahrscheinlich war es sein Cousin oder seine Frau oder er selbst, und jetzt will er lieber nicht so einen Aufstand machen ...«

»Dachte ich ja auch. Aber dann kam Matthies rein, als ich die Mappe offen auf dem Tisch liegen hatte, und er hat ganz komisch reagiert, als wäre er betroffen.«

»Du meinst, unser lieber Polizeioberrat Matthies hat damit zu tun? Komisch, wenn auch durchaus vorstellbar, dem traue ich alles zu.« Zufall wechselte das Handy ans andere Ohr. »Aber deswegen rufst du mich doch sicher nicht an, oder?«

»Nein.« Es raschelte im Hintergrund, Jenny schien irgendetwas auf ihrem wie immer chaotisch zugemüllten Schreibtisch zu suchen. »Ah, da ist es. Also, ich hab deinen Carsten Neubauer mal durch die Datenbanken geschickt, weil ich wissen wollte, ob wir ihn vielleicht kennen, und er ist tatsächlich polizeilich bekannt. Ende der Achtziger hatte der mehrere Anzeigen wegen häuslicher Gewalt, die aber später immer wieder zurückgezogen wurden, du kennst das ja.«

Zufall nickte grimmig. »Ja, unglücklich die Treppe runtergefallen, gegen die Tür gelaufen, übers Kinderspielzeug gestolpert. Muss man nicht verstehen.«

Doch Jenny war noch nicht fertig. »Neubauer wurde trotzdem verurteilt, nämlich zu einer psychologischen Schulung, deshalb ist das nach all den Jahren auch noch nicht gelöscht. Und hier steht, bei welcher Psychologin er damals war.«

Zufall war hellwach. »Okay, mir wird so langsam einiges klar, da fügt sich eins ins andere. Neubauer war ein pathologischer Streithammel, kein angenehmer Zeitgenosse, nicht nur wegen seiner bestimmenden Art. Und jetzt auch noch Verdacht auf häusliche Gewalt. Am besten wäre es, wenn du …«

Jenny unterbrach ihn. »Wenn ich da nachher einfach mal nachhake, ob die vielleicht noch Unterlagen haben? Das meintest du doch, oder?«

Zufall lachte. »Du bist die Beste. Und so klug und scharfsinnig.«

»Und ausnehmend hübsch, aber das merken die meisten Kerle ja nicht mal …« Sie machte ein Geräusch, das man durchaus als abwertend interpretieren konnte. »Du hörst von mir, sobald ich was weiß. Viel Spaß bei der Leiche!« Sie legte auf.

Zufall steckte sein Mobiltelefon weg und suchte Jessen, um ihm die Neuigkeit zu erzählen.

***

Gesine kam erst am Nachmittag in den Krug, sie hatte einen Termin beim Notar gehabt, wie sie Anneke erklärte, der sie noch einmal herzlich ihr Beileid ausdrückte. Anneke nahm sie in den Arm, Bente kam dazu und machte daraus eine Gruppenumarmung, während der alle drei Frauen zu weinen anfingen. Als sie sich wieder beruhigt hatten, fragte Anneke: »Und was war jetzt beim Notar?«

Gesine putzte sich die Nase. »Ich hatte unter Carstens Sachen die Visitenkarte eines Notars und eine Rechnung über die Hinterlegung eines Testaments gefunden, da bin ich heute hin.« Sie sah die beiden an und lächelte schief. »Und jetzt bin ich Alleinerbin.«

Anneke sah sie an. »Und Carstens Familie? Seine Brüder?«

»Kriegen nichts. Carsten hatte sie explizit aus dem Testament ausgeschlossen, obwohl er das gar nicht hätte tun müssen. Er hat ihnen nie verziehen, dass sie ihn damals, als er sich mit seinem eigenen Ökohof selbstständig machen wollte, nicht unterstützt haben. Im Gegenteil.«

Bente zögerte einen Moment, war dann aber doch zu neugierig. »Wieso, was ist denn damals passiert?«

Gesine verzog ganz leicht das Gesicht. »So genau weiß ich das auch nicht, Carsten hat da nie viel drüber geredet. Aber es war wohl so, dass er der einzige der vier Brüder war, der wirklich immer schon Bauer werden wollte. Aber natürlich übernahm der älteste Sohn den elterlichen Hof, und das ließ Heinz auch stets und überall raushängen. Über Carstens Gerede von der ökologischen Landwirtschaft hat er sich zudem immer nur lustig gemacht. Dabei war Carsten da wirklich ein Vorläufer ...« Sie schniefte kurz.

Bente griff ihr mitfühlend an den Arm. »Du musst nicht darüber reden, wenn du nicht willst.«

Gesine lächelte sie an. »Nein, ist schon gut. Das Schlimme ist ja – ich kann das gar nicht sagen ...« Sie sah sich um.

Bente und Anneke verstanden und steuerten zusammen mit ihr einen freien Tisch in einer Ecke an, an dem sie ungestört waren.

Gesine setzte sich und erzählte weiter. »Mir geht Carstens Tod schon nahe, er war ja mein Mann. Aber in den letzten Jahren wurde es immer schlimmer mit ihm, er hat sich sehr verändert. Er war nur noch schlecht gelaunt, hat ständig mit allen Streit angefangen, auch mit mir.« Sie nahm einen Schluck Wasser aus dem Glas, das Bente ihr hingeschoben hatte. »Das war früher ganz anders. Und jetzt fühle ich mich plötzlich wie ... ja, fast wie befreit.« Sie sah die beiden Frauen an. »Furchtbar, nicht?«

Synchron schüttelten beide den Kopf. Bente wollte gerade etwas erwidern, als aus dem hinteren Teil des Krugs plötzlich Gesang zu hören war. Dort hatte sich spontan ein Chor zusammengefunden, der Willy, einst eine Stütze des Tönnshagener Männergesangsvereins, auf diese Art huldigte. Das vielstimmig gesungene Volkslied »Adieu, mein kleiner Gardeoffizier« trieb einigen Gästen Tränen in die Augen, verstohlen wurden Taschentücher herausgekramt.

Als der Chor danach den Gassenhauer »Bolle reiste jüngst zu Pfingsten« anstimmte und an die Stelle kam, an der es hieß »Das

Messer rausgerissen und fünfe massakriert …«, wurde Gesine bleich, sprang auf und stürzte aus dem Krug.

Anneke folgte ihr und wäre dabei um ein Haar mit einem Mann in Radfahrerklamotten zusammengestoßen, der mit aufgeschürften blutigen Knien und einem leicht verbogenen Vorderrad in der Hand in der Tür zum Krug stand. Bente bat ihn herein und meinte mit Blick auf seine Verletzungen: »Das sieht nicht gut aus. Setzen Sie sich gleich mal dahin, ich hol was.«

Der Mann tat, wie ihm geheißen, und lehnte die eiernde Felge gegen die Wand. Thomas stellte ihm kommentarlos einen Kaffee und einen Schnaps hin. Im Hintergrund war der Chor bei einem gefühlvollen »Liebling, mein Herz lässt dich grüßen« angelangt. Der Mann trank dankbar den Schnaps und einen Schluck Kaffee, als Bente mit Verbandszeug, einem feuchten Tuch und Jod zurückkam und sich an seinen Knien zu schaffen machte. »Wie ist das denn passiert?«

Er lehnte sich, immer noch leicht zitternd, zurück und deutete auf das Vorderrad. »Bin über den Lenker gegangen. Und das nicht freiwillig.«

Dann musste er lachen, denn einer der Sänger stimmte gerade den Schlager »Im Wagen vor mir fährt ein junges Mädchen« an, wurde dafür aber von seinen Mitsängern vielstimmig ausgebuht.

»Im Wagen vor mir fuhr leider kein junges Mädchen, sondern ein mittelalter Idiot. Hat mich mit seinem blöden Wohnmobil so geschnitten, dass ich voll in die Eisen gehen musste. Und schon lag ich da.«

Bente sah ihn an. »Ein amerikanisches Wohnmobil? In so einem komischen Braunton?«

Er nickte. »Genau. Meine Schwester nennt so eine Farbe immer Kinderkackebraun.« Er lächelte. »Na ja, sie hat ja auch drei Kinder.« Er richtete sich auf, soweit das mit halb bandagierten Knien möglich war, und hielt Bente seine Hand hin: »Alfred. Alfred Krause. Damit Sie wissen, mit wem Sie es zu tun haben. Und vielen Dank«, er zeigte auf seine Knie und die Getränke neben sich, »für alles.«

Bente winkte ab. »Ist doch klar.« Sie ergriff seine Hand und schüttelte sie. »Ich bin Bente. Ich schmeiß hier zurzeit den Laden, wenn nicht gerade wie heute die Totenfeier für meinen Opa stattfindet.«

Krause schrak zusammen. »Mein Gott, wie furchtbar. Mein Beileid, aus tiefstem Herzen. Und ich platz hier einfach so rein mit meinem dämlichen Radunfall …«

»Alles gut. Man sollte sich immer eher um die Lebenden kümmern, die es nötig haben, als um die Toten. Denen kann's doch egal sein.« Sie schaute grimmig zur Tür. »Und der Typ, der dich vom Rad geholt hat, trägt vielleicht eine Mitschuld am Tod meines Opas. Aber das würde jetzt zu weit führen …« Sie sah Gesine und Anneke wieder hereinkommen. »Hallo, ihr zwei, das ist Alfred Krause, der hatte einen kleinen Radunfall.«

In die allgemeine Begrüßung und das Händeschütteln hinein fragte Bente: »Und was machst du so? Also, außer dich von rücksichtslosen Wohnmobilfahrern vom Rad holen zu lassen?«

Krause nickte spöttisch. »Das natürlich am liebsten. Nein, ich mach hier Urlaub, eine Woche mit dem Rad, ich wohne im Nachbarort in einer Ferienpension. Den Norden hab ich schon immer gemocht, ich komm ja eigentlich von der Mosel …«

»Gute Weingegend«, kam es gleichzeitig von Bente und Gesine, die sich daraufhin überrascht ansahen. Alle lachten, auch Krause, der noch einen Schluck Kaffee nahm und dann ergänzte: »Zum Glück, davon leb ich nämlich. Ich betreibe eine Weineinkaufsvermittlung.« Er grinste.

Bente sah ihn an. »Was ist das denn? Das hab ich ja noch nie gehört.«

Krause lachte und nickte. »Kein Wunder, das gibt's eigentlich auch nicht mehr. Mein Urgroßvater hatte Anfang der zwanziger Jahre eine sogenannte Weineinkaufsvermittlung, im Grunde eine Mischung aus Zwischenhändler und Winzer, er war nämlich beides. Mein Großvater wollte die Weinberge später am liebsten verkaufen, aber das hat mein Vater verhindert, zum Glück.«

»Und jetzt führst du das Geschäft weiter, im Gedenken an deinen Urgroßvater«, stellte Anneke fest, die sofort an den Krug, Willy und Bente denken musste.

»Ja, immerhin heiße ich auch so. Alle Männer bei uns in der Familie heißen Alfred Krause, ich bin Alfred IV.«

»Und dein Sohn wäre dann Alfred V.?«, fragte Bente.

Krause lachte. »Ja, nein. Ich weiß nicht, ob ich diese Tradition fortführen würde. Alfred ist heutzutage nicht der beste Name für ein Kind.«

Gesine lächelte ihn an. »Ich hatte mich schon gewundert – ein so alter Name für einen jungen Mann …«

Jetzt lachte Alfred Krause laut und aus vollem Halse. »Danke, aber so jung bin ich auch nicht mehr, ich werde nächstes Jahr vierzig. Und bevor ich über die Namensgebung meines Sohnes nachdenke, müsste ich erst mal einen haben.« Er sah Gesine an. »Und die richtige Frau dazu.«

»Was für Weine hast du denn so?«, fragte Bente in die allgemeine Stille hinein.

»Ja, also, wir haben mehrere Lagen, Uhlen, Domgarten, Brückstück. Unsere Königsklasse ist natürlich der Riesling. Da haben wir mit unseren Schieferböden ideale Voraussetzungen.«

»Und extreme Steillagen«, ergänzte Bente. »Ich glaube, wir müssen uns die Tage mal unterhalten, geschäftlich. Bist du noch länger hier?«

Krause nickte. »Noch eine Woche. Bin gestern erst angekommen. Ich kann dir meine Mobilnummer aufschreiben. Visitenkarten hab ich nicht bei mir, wenn ich vom Rad falle.«

Bente lachte. »Ich auch nicht. Also, Visitenkarten von hier, meine ich. Noch nicht.« Sie erwiderte den überraschten Blick ihrer Mutter mit einem Zwinkern und reichte Alfred einen Zettel und einen Stift. »Ansonsten kommst du einfach hier im Krug vorbei. Ich bin eigentlich immer da. Es sei denn, wir kaufen gerade ein«, ergänzte sie, als Stefan hinzutrat.

***

Zufall hatte Jessen im Krug gelassen, zum einen, damit der Dorfpolizist sich dort weiter umhören konnte, zum anderen, weil er fand, dass Jessens Platz heute, an dem Tag, an dem Willys Andenken gefeiert wurde, dort war.

Als er in der Dienststelle ankam, klingelte sein Handy. Es war noch mal Jenny Mietzner.

»Du wirst es nicht glauben, aber sie ist weg. Einfach weg, futschikato, nicht mehr zu finden!«

»Hallo, Jenny, es ist auch schön, deine Stimme zu hören.« Zufall setzte sich an seinen Schreibtisch und schaltete seinen Rechner an. »Und jetzt mal der Reihe nach: Wer ist weg? Diese Psychologin von Neubauer?«

»Was? Wer? Ach, Quatsch.« Jenny holte tief Luft. »Da bin ich noch gar nicht, das erzähl ich gleich. Nein, die Mappe mit der Beschädigung des italienischen Restaurantbesitzers ...«

»Du meinst die Beschädigung seines Autos.«

»Klugscheißer.« Jenny kicherte. »Aber du hat ja recht. Wenn's zu jeder Beschädigung eines Machos gleich eine Mappe gäbe ...« Sie fing sich wieder. »Jedenfalls lag sie hier auf meinem Schreibtisch, als ich vorhin zum Essen gegangen bin, und da liegt sie jetzt definitiv nicht mehr, einfach weg, futschi...«

»...kato, ich weiß. Und du bist sicher, dass nicht vielleicht Kaul sie geholt hat, weil er sie dringend bearbeiten wollte oder so?« Zufall hätte beinahe selbst lachen müssen bei dieser Vorstellung, und Jenny bekam am anderen Ende der Leitung fast einen Lachkrampf. Dann wurde sie wieder ernst.

»Kaul weiß ja nicht mal, dass ich die Mappe hab, der hat sie nie gesehen. Deshalb kann ich ihn auch kaum fragen, dann müsste ich ja zugeben, dass ich sie ihm vorenthalten habe.«

»Du kannst doch einfach sagen, sie sei versehentlich unter deine anderen Unterlagen gerutscht und erst jetzt wieder aufgetaucht.«

»Und dann gleich wieder verschwunden?« Jenny kaute auf etwas, Zufall tippte auf Lakritz in Katzenform. »Nein, da mach ich mich ja lächerlich. Aber komisch ist das schon, ich meine, hier war den ganzen Tag keiner, außer Matthies, und dann ...« Sie stutzte. »Matthies.«

Zufall klickte sich gerade nebenbei durch seine Mails, eine blöde Angewohnheit, die ihm regelmäßig einen Anschiss von Kollegen oder Freunden einbrachte, weil sie ihn dabei erwischten, dass seine Aufmerksamkeit gestört war. »Was ist mit unserem geschätzten Polizeioberrat?«, beeilte er sich zu fragen.

»Matthies kam mir vorhin entgegen, als ich in der Kantine war. Das ist aber doch gar nicht seine Richtung.«

Zufall scrollte weiter durch seine Mails. »Vielleicht wollte er nur mal in Ruhe eine schmöken, während alle beim Essen sind, was weiß ich denn.«

»Rauchen? Unser oberkorrekter Polizeioberrat, in einem Amtsgebäude? Im Leben nicht.« Jenny hatte genug. »Außerdem checkst du schon wieder nebenbei deine Mails, das geht auch nicht! Sonst erzähle ich dir nicht, was ich zu deinem Neubauer seiner Psychologin herausgefunden habe …«

Zufall klickte das Mailfenster weg und setzte sich aufrecht hin. »Okay, sorry. Was hast du herausgefunden?«

»Nicht viel. Nur dass er tatsächlich dort war, bei dieser …«, sie suchte in ihren Zetteln nach dem Namen, »bei dieser, äh, ja, hier: Frau Dr. Dr. Riefensbeek-Kamschlacken.«

Zufall konnte sich ein Lachen nicht verkneifen. »Wenn ich Dr. Dr. Riefensbeek-Kamschlacken heißen würde, bräuchte ich auch psychologische Hilfe.«

»Ja, aber die war sehr nett und hilfsbereit. Wenn auch sehr bestimmt, das merkte man gleich. Hat mir ohne Aufforderung erzählt, dass sie schon mehrfach vor Gericht als Gutachterin ausgesagt hat.«

»Lass mich raten: Jetzt will sie erst eine richterliche Verfügung sehen, bevor sie uns die Unterlagen aushändigt, stimmt's?«

»Falsch.« Jenny stieß geräuschvoll die Luft aus. »Sie hat gar keine Unterlagen, also jedenfalls keine, die uns etwas nützen würden, um daraus vielleicht mehr von ihm zu erfahren. Die Termine allerdings, zu denen das Gericht ihn verdonnert hatte, hat sie bestätigt. Danach war er nie wieder bei ihr. Und bei den Sitzungen haben sie eigentlich immer nur über seine Tagebucheintragungen gesprochen.«

Zufall wurde hellhörig. »Was für Tagebucheintragungen? Neubauer hat Tagebuch geführt?«

»Ja, das hatte sie ihm gleich zu Beginn der Besuche aufgetragen. Egal was, er sollte einfach immer aufschreiben, was ihn bewegt, was er denkt, was ihn ärgert, aggressiv macht. Dazu hatte sie ihm extra so ein schwarzes Oktavheft mitgegeben, das macht sie bei allen Patienten so.«

Zufall überlegte. »Es wäre natürlich höchst interessant, wenn man das mal in die Hände bekommen würde. Vielleicht steht darin auch was über Streitigkeiten, mögliche Feinde, Konkurrenten, Eifersüchteleien, wer weiß? Aber die Psychologin muss doch Notizen gemacht haben, irgendwas?«

»Nein, das wollte er nicht, darum hatte er sie gebeten. Daran erinnerte sie sich noch, ansonsten ist das natürlich ganz schön lange her.« Die letzten Worte klangen seltsam dumpf, etwas raschelte über den Telefonhörer. Anscheinend war jemand ins Zimmer gekommen. Dann war Jenny wieder dran. »Du, ich muss jetzt Schluss machen. Frau Dr. Dr. Riefensbeek-Kamdingenskirchen will sich auf jeden Fall bei mir melden, wenn ihr noch etwas einfällt.«

Zufall wollte gerade noch einmal nach der Mappe fragen, aber Jenny hatte schon aufgelegt. Vielleicht war Kaul gerade hereingekommen oder Matthies. Obwohl sie dafür zu entspannt geklungen hatte.

Er widmete sich gerade wieder seinen Mails, als sein Mobiltelefon erneut klingelte. Es war Fritz, der sogleich lospolterte: »Sag mal, was ist da eigentlich los bei dir in diesem Kuhdorf?«

»Hallo, Fritz, ja, mir geht es auch gut«, entgegnete Zufall.

»Ach, lass den Quatsch, dafür hab ich keine Zeit. Bist du bereit für die Fakten?«

Zufall nahm unwillkürlich so etwas wie Haltung an und konnte sich gerade noch ein »Yes, Sir!« verkneifen. Wenn Professor Fritz Schrievers derartige Ansagen machte, widersprach man besser nicht, da kam bei ihm immer der alte Kommisskopp durch. Selbst Jenny sparte sich Schrievers gegenüber lieber ihre schnippischen Kommentare.

»Also, wir haben die beiden Knochenfunde mit eurem Schädel verglichen und keine Übereinstimmungen gefunden.«

Zufall horchte auf. »Das heißt, da liegen mehrere Tote?«

Schrievers seufzte. »Immer langsam. Ja, es geht um mehrere Tote, aber nicht alle sind unbedingt menschlich.«

Zufall stand komplett auf dem Schlauch. »Wie jetzt, nicht menschlich?«

»Der Knochen, der unmittelbar in der Nähe des Schädelfundortes ausgegraben wurde, würde einem Menschen nur dann etwas nützen, wenn er sich daraus eine schöne Rindersuppe kochen wollte.«

Jetzt fiel der Groschen. »Ach so, also ist der Knochen von einem Rind.«

»Exakt. Das mit dem Suppekochen ginge übrigens tatsächlich noch, der ist nämlich sozusagen noch blutjung, wenn du mir diesen Scherz verzeihst, zumindest verglichen mit dem anderen Fundstück. Da wird's interessant ...« Schrievers machte eine Kunstpause.

Zufall verdrehte die Augen. Das war typisch für ihn, jetzt wollte er's wieder ganz besonders spannend machen. Er tat ihm den Gefallen, wartete einen Moment und fragte dann: »Inwiefern interessant?«

»Sehr interessant. Der von deinem Kollegen in der Nähe des Schuppens gefundene Knochen gehörte zu einer Frau und lag seit etwa fünfundzwanzig Jahren auf dem Acker.«

Zufall war enttäuscht. »So weit nichts Neues. Oder auch nur besonders Interessantes.«

Schrievers schnaubte beleidigt. »Ich muss dir das nicht erzählen, du kannst gern auf meinen Bericht warten, den ich dir in den nächsten Tagen zukommen lassen ...«

»Nein, Fritz, tut mir leid. Komm schon, denk an deinen Blutdruck, du musst das doch auch loswerden, na los, lass es raus!«

Schrievers lachte, die Sache mit dem Blutdruck war ein Running Gag zwischen den beiden. »Na gut. Es ist doch etwas Neues. Der Schädel gehört nämlich zu einer Frau, die seit etwa fünfundzwanzig Jahren tot ist und zwischen zwanzig und fünfundzwanzig Jahre alt war. Der Knochen stammt von einer Frau, die seit etwa fünfundzwanzig Jahren tot ist, aber wesentlich älter war, und zwar etwa doppelt so alt.«

Zufall schwieg. Das war tatsächlich mehr als interessant.

***

Willys Totenfest zog sich bis in den Abend, es wurde gesungen, getanzt, geweint und gelacht, manchmal auch alles zusammen. Genau so habe Willy sich das vorgestellt, versicherte ein alter

Schulfreund des Toten, hackestramm und in sentimentaler Stimmung, dem auch nicht mehr ganz nüchternen Sven-Ole Jessen jetzt zum wiederholten Mal. Jessen nickte nur und klopfte dem alten Herrn zustimmend auf den Rücken.

Gesine und Bente saßen ein wenig abseits auf der Bank am Fenster und unterhielten sich eingehend. Jessen bekam im Vorbeigehen mit, dass es immer noch um Carsten und die Ehe der beiden ging, und hielt sich diskret zurück. Er steuerte den Tresen an, an dem Stefan Bier zapfte und ihm wortlos ein volles Glas hinstellte, aus dem Jessen ebenso wortlos einen langen Schluck nahm. Er lehnte sich rücklings an den Tresen, sah wieder zu den beiden Frauen hinüber, die intensiv miteinander sprachen und die Welt um sich herum gar nicht wahrzunehmen schienen. Jessen sah über die Schulter zu Stefan. Der zuckte die Achseln.

Jessen trank und drehte sich wieder zu Stefan um. »Und?«

Stefan hatte das Zapfen aufgegeben und trocknete Gläser mit einem Handtuch ab. »Was und?«

»Na mit Bente und dir. Ist das was Ernstes? Und viel wichtiger: Bleibt ihr hier?« Er strahlte ihn an und ergänzte: »Also, wichtiger für mich.«

Stefan sah ihn verdattert an. »Wieso, was, wie … Woher weißt du … und seit wann?«

Jessen grinste fröhlich. »Spätestens jetzt. Von dir. Bislang hatte ich nur so eine Ahnung …«

Stefan schlug mit dem Handtuch nach ihm, verfehlte ihn aber knapp, denn Jessen duckte sich und konnte gerade noch verhindern, dass sein mittlerweile leeres Glas vom Tresen gefegt wurde. Entrüstet schob er es Stefan hin. »Hier, mach mal lieber wieder voll. Und hör auf, Gläser zu polieren, da komme ich mir vor wie in einem schlechten Film.«

Stefan schüttelte leicht den Kopf. »Versteh ich nicht. Was hat das damit zu tun?«

Jessen bedeutete ihm, sein Glas wieder zu füllen. »Na ja, in jedem zweiten schlechten Film schüttet irgendein Typ, gern ein Polizist, der an irgendeiner Stelle nicht mehr weiterkommt, einem Barkeeper sein Herz aus, und der poliert dabei immer Gläser.

Manchmal sogar in guten Filmen.« Er grinste. »Aber dann heißt der Polizist Bruce Willis und stirbt langsam.«

Stefan lehnte sich zu ihm rüber. »Du hast recht, es gab da so einen Abend und eine Nacht …« Er sah zu Boden. »Eigentlich mehrere Nächte.«

Jessen wollte ihm schon überschwänglich gratulieren, doch Stefan hielt ihn davon ab. »Es ist ganz seltsam, wir kennen uns ja schon so lange, und wir waren eigentlich beide nie hier … Vielleicht ist es sogar das.« Er sah Jessen an. »So bescheuert das klingt, der Verlust verbindet uns irgendwie. Willys Tod, der Tod meines Vaters … dann waren die beiden auch noch Nachbarn.« Er legte das Handtuch auf einen Barhocker. »Jedenfalls bleibe ich erst mal hier, ich will nicht mehr weg.«

Fast hätte ihn der Hieb, den Jessen auf seine Schulter niederkrachen ließ, umgehauen. »Glückwunsch, also meinen Segen habt ihr! Und was willst du jetzt machen?«

Stefan deutete vage zu seinem Elternhaus. »Ich glaube, das mit der Fahrradwerkstatt ist gar keine so blöde Idee, zumindest in den Monaten, wenn hier die Touristen die Radwanderwege verunsichern. Der Rest findet sich schon …«

Jessen nahm das frisch gezapfte Bier entgegen und prostete ihm zu. »Wer nichts wird, wird Wirt. Darfst du nur Bente nicht sagen.«

»Was darf er mir nicht sagen?« Bente rempelte Jessen spielerisch an, der Mühe hatte, sein Bier nicht zu verschütten. Doch schnell hatte er sich wieder gefangen. »Dass der Krug ohne dich gar nicht mehr vorstellbar ist, oh beste aller Köchinnen dieser Hemisphäre …«

Bente schlug ihm leicht mit der Faust auf den Oberarm. »Schleimer.«

Jessen zog ab mit seinem Bier, Bente lehnte sich zu Stefan über den Tresen. »Wir bringen Gesine mal nach Hause, der geht's nicht so gut.« Sie lächelte sanft. »Sie hat auch ein bisschen mehr getrunken, als sie verträgt. Ich glaube, das ist sonst eher selten vorgekommen. Mal sehen, vielleicht will sie sich noch ein bisschen ausweinen, Mama hat schon gesagt, das sie bei ihr bleiben kann.« Sie drückte Stefan einen Schmatzer auf die Wange. »Untersteh dich, nachher schon zu schlafen!«

Stefan sah sie ausdruckslos an. Dann lächelte er. »Bei mir oder bei dir?«

***

Es gibt Leute, die laut und aggressiv werden, wenn sie zu viel getrunken haben, andere werden ruhig und immer stiller. Gesine wurde einfach immer mitteilungsbedürftiger. Und ehrlicher. Geradezu skrupellos ehrlich.

Auf dem Weg nach Hause erzählte sie Bente und Anneke von ihrer Kindheit bei ihrer Großmutter. Ihre Eltern waren bei einem Verkehrsunfall gestorben, da war sie noch ein Kind gewesen, daher wuchs sie bei der Oma auf. Schon früh hatte sie gelernt, sich unterzuordnen, aber auch, anderen, die es nötiger hatten, zu helfen. Ihre Großmutter litt an schwerem Diabetes, auch damit lernte Gesine zu leben. Nach dem Tod der Oma kam sie ins Heim und begann nach dem Realschulabschluss eine Ausbildung im Einzelhandel, obwohl sie lieber eine Gärtnerlehre gemacht hätte. Auch mit den Männern hatte sie wenig Glück – bis Carsten kam, oder so dachte sie damals.

»Ihr müsst verstehen, er war ja nicht immer so, wie die meisten hier ihn kannten.« Gesine zog ein Taschentuch aus der Jackentasche. »Ich kannte ihn ganz anders, aber das wurde immer seltener. Und zuletzt ...« Sie stockte.

Bente verstand. »Zuletzt gar nicht mehr.«

Gesine nickte und putzte sich die Nase. »Dauernd hat er Streit angefangen, mit allen, wegen jedem Scheiß.« Sie lächelte. »Entschuldigung. Ständig war er genervt. Irgendwann haben wir uns nur noch gestritten. Als ich dann am Abend vor seinem Tod die Sachen in dem Koffer fand, rastete er völlig aus.«

»Was für Sachen in welchem Koffer?«

Gesine kramte nach ihrem Schlüssel, sie waren inzwischen am Neubauer-Hof angekommen. Sie schloss auf, und alle drei betraten das Haus.

In der großen Wohnküche bot Gesine Bente und Anneke Getränke an, doch niemand wollte etwas. Bente hatte an Gesines Körpersprache gemerkt, dass diese sich unmerklich von Spüle und Arbeitsplatte fernhielt. Sie setzten sich. »Also, was für Sachen und welcher Koffer?«, hakte Bente nach.

Gesine setzte an, stockte aber und begann leise zu weinen. Bente und Anneke rückten näher an sie heran und versuchten, sie zu trösten. Sie schüttelte nur den Kopf. Dann sprach sie, so leise, dass sie kaum zu verstehen war.

Anneke rückte noch näher, auch Bente lehnte sich vor. »Was hast du gesagt?«

Gesines Antwort war ein einziges Schluchzen. Doch dann konnte man sie verstehen. »Ich glaube, ich habe ihn umgebracht.«

Anneke schrie auf. Bente blieb ganz ruhig, stand auf, ging zum Kühlschrank, nahm den Weißwein heraus, griff drei Gläser, stellte sie vor ihnen ab und schenkte ein. Dann sah sie Gesine an und sagte: »Ich glaube, du erzählst uns das jetzt mal von Anfang an.«

dreizehn

Am Morgen des Streits war Gesine mit Herzklopfen die Treppe heruntergekommen. Sie wusste, dass sie Carsten mit ihrem Fund konfrontieren musste, aber sie hatte keine Ahnung, wie er reagieren würde.

Carsten hatte schon die Kaffeemaschine eingeschaltet, die im Hintergrund vor sich hin röchelte. Gesine trank lieber Tee, aber darauf nahm Carsten schon lange keine Rücksicht mehr. Wenn sie einen Tee wollte, sollte sie sich gefälligst selbst einen machen, das hatte er ihr sogar schon wortwörtlich gesagt.

Als sie die Küche betrat, raunzte er ihr eine Begrüßung zu, nahm sich einen Kaffee und setzte sich mit der Zeitung an den Tisch – auch das war so wie immer. Entgegen ihrer Gewohnheit nahm sie sich ebenfalls einen Becher Kaffee, vielleicht nur, um etwas in der Hand zu halten, und setzte sich zu ihm an den Tisch. Auf der Kommode an der Seite sah sie den Umschlag mit den Urlaubsfotos liegen. Sie nahm all ihren Mut zusammen, stand noch einmal auf, zog die Bilder aus dem Umschlag und legte sie wortlos vor ihn auf den Tisch. Er sah es aus den Augenwinkeln, reagierte aber zunächst nicht. An seinen Augenbrauen konnte sie erkennen, wie es in ihm arbeitete.

Aus der Tasche ihres Kapuzenpullis zog sie das Tütchen mit der Kette, nahm sie heraus und legte sie zu den Bildern auf den Tisch.

Carsten sah erst sie an, dann die Sachen auf dem Tisch, so, als seien sie ihm völlig fremd. Dann blickte er wieder zu ihr und schwieg.

»Was ist das, Carsten?« Ihre Stimme zitterte leicht, aber nur ganz leicht.

Langsam trank er noch einen Schluck Kaffee. Dann griff er nach der Kette. »Woher hast du die?«, fragte er.

Gesine zeigte auf das Foto, das Carsten mit seiner Exfreundin zeigte, die genau diese Kette trug. »Das ist sie doch, oder? Das ist ihre Kette.« Gesine zeigte mit dem Finger auf das Bild.

»Woher. Hast. Du. Die?« Carsten ließ eine Pause zwischen jedem Wort und blickte sie unverwandt von unten herauf an.

»Sie war oben in dem Koffer, auf dem Speicher.« Noch während Gesine das sagte, wurde ihr bewusst, dass jetzt einer von Carstens Wutausbrüchen folgen würde.

Doch Carsten blieb ruhig. Gefährlich ruhig. Er sagte so leise, dass man es fast nicht verstehen konnte: »Da oben hast du nichts zu suchen. Und schon gar nicht in meinen Sachen.«

Gesine ging ein paar Schritte, um die Spannung zu lockern. Ihr war flau im Magen, und sie dachte, dass vielleicht ein Stück Brot ganz gut sein würde. Schwarzer Kaffee auf nüchternen Magen bekam ihr nicht.

Sie nahm das Brot aus dem Brotkasten und ging zur Arbeitsplatte neben der Spüle. Sie suchte das Brotmesser, aber es war nicht da, also nahm sie das große Küchenmesser und begann, sich eine Scheibe Brot abzuschneiden.

Carsten beobachtete sie bei alldem genau. Die Zeitung hatte er zur Seite gelegt und sah zu, wie Gesine die trockene Scheibe Brot aß. Er wartete noch einen Moment, dann sagte er mit einer Kälte, die Gesine noch nicht bei ihm gehört hatte: »Das ändert sich jetzt. Du hältst dich künftig da raus, aus allem.«

Gesine legte die halbe Scheibe Brot zur Seite, die sie noch in der Hand gehalten hatte. Sie wusste nicht genau, warum sie das fragte, doch da war es bereits raus: »Wieso hast du ihre Kette? Die hätte sie nie zurückgelassen. Carsten, warum ist das Medaillon noch hier im Haus?«

Er reagierte erst gar nicht. Er starrte an ihr vorbei an die Wand. Dann sagte er ähnlich leise wie vorher: »Wieso willst du das wissen?«

Gesine schwieg. Ihr schlug das Herz bis zum Hals. Sie wusste in dem Moment nicht wirklich, was sie tun sollte.

Carsten stand auf, nahm seinen leeren Kaffeebecher, ging zur Kaffeemaschine, füllte ihn wieder und blieb vor ihr stehen. Noch einmal fragte er: »Wieso willst du das wissen?«

»Der Schädel auf dem Acker«, brachte Gesine fast tonlos hervor.

»Ja und?«, entgegnete er lauter und aggressiver als beabsichtigt.

»Ich weiß es, Carsten. Du hast sie umgebracht.«

Er trank einen Schluck Kaffee, provozierend langsam. Dann sagte er verächtlich: »Du weißt gar nichts.«

Gesine zitterte, diesmal vor Wut. So wollte sie ihn nicht davonkommen lassen. »Oh doch, ich weiß es genau. Ich habe dein Tagebuch gelesen. Darin schreibst du, dass sie wegmuss, dass du ihr die Kette abgenommen hast, weil sie ihr liebster Besitz war, mit dem Bild ihrer Mutter im Medaillon. Du warst es, und zwar ganz ohne Skrupel.«

Da explodierte Carsten Neubauer. Mit einem Brüllen schleuderte er den Kaffeebecher an ihr vorbei in die Spüle und stürzte sich auf sie, die Arme nach vorn gestreckt. Gesine wusste, dass er seine Hände um ihren Hals legen würde, um sie zu würgen. Sie griff zur Seite, um sich festzuhalten – und hatte plötzlich das große Küchenmesser in der Hand. Zitternd hielt sie es ihm entgegen.

Carsten blickte auf die Klinge, sah Gesine direkt ins Gesicht und lachte. »Das ist nicht dein Ernst!« Er machte einen Schritt auf sie zu und packte ihr Handgelenk. »Was wird das? Willst du mir drohen?«

Gesine umklammerte den Griff des Messers noch fester. »Carsten, lass mich los!«

Er beugte sich so nah an ihr Gesicht, dass sich ihre Nasenspitzen fast berührten. »Und dann? Willst du das alles hier kaputt machen?«

Gesine begann zu schwitzen. Übelkeit stieg in ihr auf, und ihr Herz raste, doch sie wusste, dass sie jetzt nicht aufgeben durfte. »Zum allerletzten Mal, lass mich los.«

»Was willst du tun? Mich anzeigen?« Er sah Gesine eindringlich an. Obwohl sie Angst hatte, hielt sie Carstens Blick stand. Sie wusste, wenn sie jetzt seinem Blick auswich, würde er ihr gar nichts mehr erzählen.

»Carsten, du tust mir weh.«

»Es war ein Unfall, hörst du? Ein Unfall, das musst du mir glauben.«

»Dann lass mich los.«

Er zögerte einen Moment. »Gesine, ich weiß, es war ein Fehler, aber sie war gleich tot, und ich war so durcheinander – außerdem war im Rosengarten ja praktisch schon alles vorbereitet.«

Gesine stutzte, sagte aber nichts.

»Ich habe nur die Grube, die Willy schon gegraben hatte, nutzen müssen. Ich dachte, es würde niemandem auffallen, und lange war das ja auch so. Gesine, ich habe es oft bereut, aber ich konnte es ja nicht mehr rückgängig machen. So war es, das ist die Wahrheit, das musst du mir glauben.«

»Dir glauben?« Gesine löste sich aus ihrer Schockstarre. »Nachdem du mich jahrelang belogen hast? Nenn mir einen Grund, warum ich glauben soll, dass es ein Unfall war!«

Neubauer versuchte jetzt, Gesines linkes Handgelenk zu greifen. Sie bog ihren Arm zur Seite und begann, sich wegzudrehen. Er kam ihr hinterher. »Du musst mir einfach glauben, hörst du?« Er packte sie an den Schultern und zog sie ruckartig zu sich heran.

Gesine spürte einen leichten Widerstand, dann blickte sie an ihm hinunter und sah, wie das Messer in seinem Bauch steckte und das Blut sein Hemd färbte. Sie starrte den Griff des Messers an, den sie noch immer umklammert hielt. Panik machte sich in ihr breit, sie schrie auf, ließ das Messer los, drückte Neubauer zur Seite und rannte aus der Küche. Im Weglaufen hörte sie Carsten fluchen und das Messer auf den Boden fallen. Sie griff nach ihrer Jacke und ihrem Schlüssel, lief voller Panik weiter, immer weiter, zur Haltestelle. Und dort stand auch schon der Bus. Sie stieg ein, automatisch, wie in Trance, und ließ sich auf einen der hinteren Plätze fallen. Als der Bus anfuhr, konnte sie noch sehen, wie Carsten die Tür zu seinem Traktor öffnete. Hatte sie sich vielleicht nur eingebildet, dass ihn das Messer verletzt hatte?

Bente sah Gesine an. »Und als du hörtest, dass er eine Stichverletzung hatte, wurde dir klar, dass es tatsächlich passiert ist.«

Gesine nickte nur.

Bente blickte zu Anneke, dann sah sie sich in der Küche um. »Was hast du mit dem Messer gemacht?«

Gesine deutete auf den Messerblock. »Abgespült. Es ist das hinterste. War gar nicht so viel Blut dran.« Sie schluchzte leise.

»Aber schon da war mir bewusst, dass ich ihn ziemlich verletzt haben musste.«

Bente dachte einen Augenblick nach. Dann kam sie zu einem Entschluss. »Also, es kommt gar nicht in Frage, dass du wegen dem Typen auch noch in den Knast gehst. Hat die Polizei dich irgendwie in Verdacht?«

Gesine blickte an ihr vorbei. »Nein. Obwohl, Sven-Ole hat mich dazu befragt. Und ich weiß dass Kommissar Zufall im Dorf mit einigen Leuten gesprochen hat, auch über mich und die Chorprobe. Ist ja auch klar, wenn ich nun mal die Letzte war, die Carsten gesehen hat, bevor er auf seinen Trecker kletterte. Und dann habe ich heute vom Notar erfahren, dass ich Alleinerbin bin, ein besseres Motiv gibt's ja gar nicht.«

Bente wollte etwas sagen, doch Anneke kam ihr zuvor. »Hast du Sven-Ole gesagt, dass du den Bus um kurz vor neun genommen hast?«

Gesine nickte. »Zumindest hab ich ihm diesen Eindruck vermittelt, ja. Aber es werden sich doch bestimmt einige von den Chorsängerinnen erinnern, wann ich da war.«

Anneke schüttelte energisch den Kopf. »Quatsch, da ist immer so ein Gewusel, und dann noch die ganze Vorbereitung für die Berlinfahrt – ich könnte auch nicht sagen, wann du da warst. Außerdem hattest du doch Krista all die Wochen vorher überredet, zur Probe zu kommen, dann warst du halt vorher bei ihr, um sie abzuholen, deshalb kamst du erst später.«

Gesine überlegte. »Aber Krista war doch schon vor mir da.«

»Genau. Du warst bei ihr, da war sie schon weg. Du hast ein paarmal geklingelt, ein bisschen gewartet und bist dann weiter zum Chor, deshalb warst du erst später da.«

Gesine schien Mut zu fassen. »Aber wie kann ich das beweisen?«

Jetzt mischte Bente sich ein. Sie sah ihre Mutter an. »Du hast deinen Fahrschein doch sicher noch, oder?« Dann wandte sie sich an Gesine. »Mama hat nämlich die Angewohnheit, über alle Ausgaben Buch zu führen und alle Quittungen aufzuheben. Sie ist halt Buchhalterin durch und durch.«

Anneke reagierte ein bisschen gereizt auf die Stichelei ihrer

Tochter. »Ja, das stimmt. Und es bewährt sich ja auch, wie du siehst.« Anneke griff nach Gesines Hand. »Du bekommst meinen Fahrschein. Da steht ja zum Glück nur die Uhrzeit drauf.«

Gesine lächelte unsicher. »Ich weiß nicht, meint ihr, das klappt? Ich fühle mich so schuldig …« Sie begann wieder zu weinen.

Bente nahm sie in den Arm und streichelte ihr beruhigend über den Rücken. »Das klappt schon, lass uns mal machen. Vielleicht befragen sie dich ja auch gar nicht weiter, die haben schließlich immer noch mit der Sache mit dem Schädel zu tun. Kopf hoch. Und jetzt ab ins Bett!«

***

Gleich nach dem Aufstehen machte Kriminalhauptkommissar Werner Zufall sich noch einmal an all die Protokolle, Notizen und Mitschriften der Gespräche, die er in den letzten Tagen in Tönnshagen und Umgebung geführt hatte. Das Bild, das sich ihm bot, wurde immer deutlicher, doch diesmal war es erstaunlicherweise nicht das Bild eines Täters, das sich wie sonst oft vor seinem geistigen Auge materialisierte. Es war das Bild des Opfers. Und zwar in gleich zwei Fällen, die er und Sven-Ole Jessen bearbeiteten.

Geradezu überdeutlich war sein Eindruck von Carsten Neubauer, und es war kein guter Eindruck, den er gewonnen hatte. Trotz seines ausgeprägten Sinns für Recht und Gerechtigkeit sträubte sich in seinem Inneren etwas dagegen, Gesine Neubauer zu vernehmen, vielleicht auch gerade wegen seines ausgeprägten Sinns für Gerechtigkeit. Er ahnte, was dabei herauskommen könnte, und fand es auch irgendwie gerecht, dass diese Frau jetzt frei von diesem Tyrannen war – was er natürlich niemals laut sagen würde. Schließlich war er Polizist und musste sich an Recht und Gesetz halten.

Er seufzte und suchte sein Notizbuch heraus. Es half nichts, er würde jetzt zu Gesine Neubauer gehen müssen. Jessen war wegen irgendetwas unterwegs, vielleicht wegen des Schädels oder irgendwelcher Gartengeräte, so genau wusste Zufall das nicht. Oder er holte sich gerade einen Happen bei Metzger Anger.

Zufall wollte schon seinen Computer ausschalten, als er sah, dass eine neue Mail eingegangen war, von der für die Untersuchung von Carsten Neubauers Leiche zuständigen rechtsmedizinischen Abteilung. Was seine besondere Aufmerksamkeit hervorrief, war der Betreff: »Korrektur Leichenschau Neubauer«. Zufall öffnete die Mail, las sie und pfiff leise. Dann druckte er den Anhang aus, nahm seine Sachen und machte sich auf den Weg zum Neubauer-Hof. Mit einem weit besseren Gefühl als noch fünf Minuten zuvor.

***

Der ging einfach nicht mehr ran. Was sollte das? Fluchend schaltete Sebastian Liebermann sein Smartphone aus. Seit Tagen versuchte er, Polizeioberrat Matthies zu erreichen, sogar über dessen Dienststelle, obwohl sie eigentlich abgemacht hatten, dass er das keinesfalls tun sollte. Mittlerweile hatte er den Eindruck, dass Matthies ihn bewusst ignorierte und sich verleugnen ließ. Liebermann schwante, dass die Sache ihm allmählich zu entgleiten drohte. Er ging in die Küche, wo seine Frau gerade Gesine Neubauers Gemüse schnibbelte. Er sah ihr einen Moment dabei zu, dann legte er sein Telefon auf den Tisch. »Irgendwie erreiche ich Matthies nicht. Ich muss dem mal Feuer unterm Arsch machen, wir wollen doch bald wieder unser eigenes Gemüse von unserer Parzelle ernten. Das fehlt mir richtig.« Er nahm sich eine Biolimonade aus dem Kühlschrank.

Wiebke Liebermann schälte noch eine Möhre. Dann drehte sie sich zu ihm um und sah ihn an. »Wer soll dir das denn glauben?«

Liebermann verschluckte sich fast, doch bevor er etwas erwidern konnte, sprach sie schon weiter. »Die Sache mit dem Garten war etwas, das ich endlich mal für mich allein haben wollte. Aber du musstest dich ja wieder einmischen, mit deinem Edelstahlspaten und allem. Und dass du dann auch noch Matthies erpresst, um die ganze Sache aufzubauschen …« Sie lachte, als sie seinen erschrockenen Gesichtsausdruck sah. »Meinst du, ich merk das nicht? Jedenfalls ist jetzt Schluss damit. Wenn sich das mit dem Schädel endlich aufgeklärt hat, übernehme ich den Garten, und zwar allein.« Sie warf die Möhrenschalen in den Eimer für die Biotonne. »Ach übrigens, dein Vater hat angerufen. Vor einer Viertelstunde. Du sollst zu ihm in die Kanzlei kommen.«

Liebermann nahm unwillkürlich Habachtstellung ein. »Vater hat angerufen? Warum sagst du mir das denn nicht?«

Wiebke lächelte ihn zuckersüß an. »Ich sag's dir doch gerade. Und jetzt beeil dich, Papa wartet nicht gern, das weiß du doch.«

Liebermann schluckte seine Wut hinunter, ging in den Flur und schnappte sich seinen Autoschlüssel. Wenn sein Vater ihn an seinem freien Tag in die Kanzlei zitierte, in der er immer noch ein eigenes Büro hatte, steckte sicher etwas Wichtiges dahinter.

***

Als Zufall Gesines Küche betrat, saß seine Vermieterin mit Bente und Anneke um den Küchentisch und trank Tee. Sie bot ihm ebenfalls einen Becher an, doch Zufall lehnte dankend ab und setzte sich. Er musterte die Frauen und konnte die Spannung im Raum förmlich spüren. Und auch die Solidarität zwischen ihnen. Das gefiel ihm, wie so vieles an diesem kleinen Ort.

Er lehnte sich vor und sah Gesine an. »Eigentlich wollte ich mit dir noch mal über den Morgen sprechen, als dein, äh, als Carsten mit dem Traktor in die Schaufensterscheibe von Anger gekracht ist. Du weißt, dass es da noch andere Verletzungen gab, also welche, die eindeutig nicht von dem Unfall stammten. Und du bist wahrscheinlich die Letzte, die ihn an dem Morgen noch lebend gesehen hat, bevor du zu deiner Chorprobe gefahren bist.«

Gesine sagte nichts, sie fingerte nur an ihrem Teebecher herum. Stattdessen antwortete Bente: »Ja, Gesine hat ihn wahrscheinlich als Letzte gesehen, aber als Carsten mit dem Trecker losgefahren ist, war sie ja schon längst bei der Probe. Meine Mutter kann das bezeugen.« Sie deutete auf Anneke. »Da kann ja zwischenzeitlich noch wer weiß was passiert sein.«

Zufall sah die beiden nur an und schwieg.

Anneke nickte, als wolle sie Bentes Aussage noch bekräftigen, und meinte dann zu Gesine: »Vielleicht hast du ja auch noch deinen Busfahrschein, der sollte doch als Beweis reichen ...«

Zufall stoppte sie mit einer Handbewegung. »Ihr habt mich falsch verstanden. Ich sagte, ich habe *eigentlich* mit Gesine über den Morgen sprechen wollen, was vor vielleicht einer halben Stunde noch meine Absicht war. Das hat sich allerdings inzwischen geändert, durch eine Information, die ich eben erst aus der Rechtsmedizin bekommen habe.« Er blickte die Frauen an und kam sich für einen Moment vor wie ein Preisrichter oder ein Jurysprecher, der vor großem Publikum die Entscheidung verkünden sollte, wer die Siegerin war. So absurd dieser Gedanke in diesem Zusammenhang auch anmutete. »Also, der vorläufige Bericht zur Leichenschau von Carsten Neubauer wurde insofern korrigiert«, er las jetzt von seinem Ausdruck ab, »dass nicht die Stichverletzung mit einem wahrscheinlich handelsüblichen größeren Küchenmesser als Todesursache anzusehen ist«, sein Blick blieb kurz am Messerblock auf der Arbeitsplatte hängen, »sondern ein Aneurysma, ein geplatztes Blutgerinnsel im Gehirn.«

Er ließ das Blatt sinken. »Das Aneurysma hätte jederzeit zu seinem Tod führen können, auch schon am Abend zuvor, am Morgen vor dem Frühstück oder erst zwei Tage später.« Er sah Gesine an und lächelte ihr aufmunternd zu. »Für uns ist der Fall damit abgeschlossen, die Sache mit der Stichverletzung ist weiterhin nicht zu klären. Hier steht jedenfalls, dass der Gerichtsmediziner nicht zweifelsfrei nachweisen kann, ob Carsten sich die Stichwunde selbst beigebracht hat, ob sie durch einen vorausgegangenen Unfall herbeigeführt wurde oder ob tatsächlich jemand bewusst zugestochen hat. Es gibt für uns also alles in allem keinen Anlass mehr, weiter zu ermitteln. Und du kannst deinen Mann endlich beerdigen.«

Zufall stand auf, grüßte knapp in die Runde und ging. Als er draußen war, kamen Gesine die Tränen. Aber es war ein befreiendes Weinen.

***

Von irgendetwas Befreiendem konnte bei Sebastian Liebermann keine Rede sein. Er saß seinem Vater Leonhart Liebermann gegenüber, der parteiintern gern »Der harte Leo« genannt wurde. Liebermann junior hatte kein gutes Gefühl.

Sein Vater ließ ihn zunächst ein wenig schmoren. Das kannte er schon. Dann wandte der Alte sich ihm zu. »Was ist das eigentlich für ein Unsinn mit diesem Schädel in eurem Gemüsegarten?«, wollte er wissen.

Es war eine rhetorische Frage, denn bevor Liebermann antworten konnte, sprach sein Vater weiter: »Ich war gestern beim Italiener essen, du weißt schon, bei Rocco, da bist du ja auch dauernd. Und da musste ich von meinem alten Freund Matthies erfahren, dass du ihn … ja, erpresst, anders kann man das wohl nicht ausdrücken, oder?«

Liebermann setzte zu einer Erklärung an, aber wieder ließ ihn sein Vater nicht zu Wort kommen. »Bist du eigentlich wahnsinnig? Weißt du, was das für mich bedeutet, wenn du einen leitenden Beamten der Polizei erpresst? Ich will hier bei der nächsten Bürgerschaftswahl Justizsenator werden, und du bringst mich wegen ein paar Kartoffeln, Zwiebeln und Wirsing in Teufels Küche? Was erlaubst du dir?« Leonhart Liebermann fummelte an dem Holzkästchen auf seinem Schreibtisch herum, in dem früher immer seine Zigarren gelegen hatten, und öffnete es. Jetzt waren darin nur noch Hustenbonbons, die er hasste. Er klappte den Deckel wieder zu und sah seinen Sohn verächtlich an. »Damit ist jetzt Schluss, hörst du? Ich habe dich wirklich für intelligenter gehalten. Du glaubst doch nicht, dass ich tatenlos zusehe, wie du alles, was ich aufgebaut habe, ruinierst. Die Kanzlei, mein lieber Sohn, habe *ich* zu dem gemacht, was sie heute ist. Wir haben einen hervorragenden Ruf, und der ist nun wirklich nicht auf deinen juristischen Fähigkeiten begründet. Ich hatte gute Gründe, Dünnbirn und Schulz mit ins Boot zu holen. Dass du allerdings so einfältig bist, alles für ein Bund Wurzeln aufs Spiel zu setzen, ist ungeheuerlich.«

Der Alte mochte sich gar nicht wieder beruhigen. Er atmete einmal tief durch, dann ließ er die Bombe platzen. »Du wirst einsehen, dass ich reagieren muss, deshalb arbeitest du ab sofort nicht mehr für die Kanzlei.«

Sebastian Liebermann saß mit hängenden Schultern seinem

Vater gegenüber und sah ihn mit entsetztem Gesichtsausdruck an.

»Keine Angst, das Haus und den Wagen darfst du behalten. Sonst haut dir am Ende auch noch deine Frau ab.« Liebermann senior lachte fast schmutzig. »Ich habe mich natürlich für dich umgehört. Mein alter Freund Hubert kann in seinem Schulbuchverlag noch einen Juristen gebrauchen. Er erwartet dich morgen früh um zehn in seinem Büro. Sei bitte pünktlich.«

Sebastian Liebermann nickte langsam, wie in Zeitlupe. Ihm wurde klar, was das bedeutete. Keine prestigeträchtigen HafenCity-Termine mehr, keine Elbchausseepartys, keine Einladungen des Senats – zu denen würden zukünftig seine Sozietätskollegen Dünnbirn und Schulz gehen. Er würde in einem kleinen, stickigen Büro sitzen und sich um so etwas wie Copyrights für Schulbücher kümmern müssen. Was für ein Abstieg!

Er sah seinen Vater an und wollte endlich etwas sagen, doch der Alte war überraschenderweise noch nicht am Ende. »Ach so, und damit du es schon gehört hast und Bescheid weißt: Ich habe einen sehr guten Nachfolger für dich gefunden. Einserjurist, war lange in der Politik, hat zuletzt ein bisschen Pech gehabt mit seinen, nun ja, Engagements. Aber uns bringt er Ansehen und ein bisschen Glamour, auch wenn man ihm das nicht direkt ansieht. Er ist …« Liebermann senior überlegte kurz, dann fand er den passenden Begriff und musste grinsen. »Ja, er ist so etwas wie der Wolf im Schafspelz, ha!« Er lachte laut und lange.

Sein Sohn stand auf und ging zur Tür, mit gesenktem Kopf. Bevor er sie öffnete, rief sein Vater: »Ach, Sebastian, doch noch was. Am Sonntag kommt ihr doch zum Kaffee, wie immer, ja? Du weißt, deine Mutter freut sich immer so, euch zu sehen.«

Liebermann drehte sich um und sah seinen Vater einen langen Moment lang an. Dann nickte er. »Ja, sicher.« Er schloss die Tür von außen.

***

Als Zufall zurück in die Polizeidienststelle kam, winkte Jessen ihn aufgeregt zu sich. »Jenny Mietzner hat angerufen.«

Zufall sah ihn an und schmunzelte. »Das tut sie gelegentlich. Manchmal sogar öfter. Ist aber eigentlich kein Grund, so in Aufregung zu geraten.«

Jessen wedelte seine ironische Bemerkung mit einer Handbewegung beiseite. »Es geht um den Schädel. Du sollst sie gleich zurückrufen, sie wollte es nur dir persönlich sagen, hat dich aber nicht erreicht. Ich war vorhin auch kurz drüben bei Gesine, weil ich ihr versprochen hatte, mich um die geklauten Gartenwerkzeuge zu kümmern.« Er lächelte siegessicher. »Das hab ich getan.«

Zufall brummelte etwas vor sich hin und griff nach seinem Mobiltelefon. Da fiel ihm etwas auf Jessens Schreibtisch auf. Er beugte sich vor und hob das Objekt vorsichtig mit einem Bleistift an. »Ist es das, was ich meine, das es ist?«

Jessen nickte. »Ja. Ein Schädel. Menschlich, so weit ich das sagen kann. Haben sie vorhin aus der Gartenparzelle geholt. Aber das spielt jetzt keine Rolle mehr, glaube ich.« Er grinste.

Zufall sah ihn irritiert an. Doch Jessen deutete nur auf Zufalls Mobiltelefon: »Ruf Jenny an.«

Sie meldete sich nach ungefähr anderthalbfachem Klingeln. Das hieß, es war wichtig.

***

Bente hatte Stefan nach ihrer Rückkehr von der Einstellung der Untersuchungen im Fall Carsten Neubauer erzählt. Jetzt saßen sie bei einer Rhabarbersaftschorle auf der Terrasse hinter dem Krug und blickten auf die benachbarten Grundstücke. Stefan nahm einen Schluck und stellte das Glas auf den Tisch. »Na, dann kehrt ja vielleicht mal wieder ein bisschen Ruhe ein.«

Bente sah ihn spöttisch an. »Oh, ist es dem Herrn Weltenbummler mit Radrennen von Hawaii bis Hanoi in Tönnshagen etwa zu aufregend? Zu heißes Pflaster?«

Sie lachten. Stefan beugte sich vor und gab ihr einen Kuss. »Keine Ahnung, ich find das ja selbst äußerst komisch. Bis vor Kurzem hatte ich nicht mal eine Wohnung oder einen festen Wohnsitz, und jetzt kann ich mir nichts Großartigeres vorstellen, als hierzubleiben, mit dir.«

Bente wuschelte durch seine Haare. »Ich finde, wir versuchen das jetzt einfach mal. Vielleicht gehen dir die Radtouristen in zwei Monaten schon gehörig auf die Nerven, oder es zieht mich irgendwann doch wieder in irgendeine Viersterneküche in der großen weiten Welt.« Sie kicherte. »Ich hab übrigens ein Jobangebot von einem Spitzenrestaurant in Berlin, das muss allerdings erst noch eröffnet werden …«

Stefan sah sie etwas pikiert an. »Wie? Davon weiß ich ja gar nichts. Und wenn die in einem halben Jahr eröffnen, bist du dann weg oder was?«

Bente legte beruhigend ihre Hand auf seine. »Keine Panik, das dauert noch. Das Restaurant gehört zum neuen Großflughafen BER. Ich kenn den designierten Restaurantleiter ganz gut, der wollte mich damals unbedingt haben, als es zum ersten Mal losgehen sollte.« Sie lachte. »Gut, dass ich das nicht gemacht habe. Aber wenn die da doch irgendwann fertig sind, würde ich mir das zumindest mal anschauen wollen.«

Stefan lehnte sich zurück. »Können wir ja machen. Als Zwischenstopp auf unserer Hochzeitsreise nach Hawaii.« Er grinste.

Bente schlug ihm mit dem vor ihr liegenden Papierstapel auf den Oberarm, musste aber ebenfalls grinsen.

Stefan nahm ihr die Papiere aus der Hand, blätterte sie durch und blickte dann auf die Gärten. »Meinst du, das funktioniert, mit dem Gemüseanbau und so?«

»Klar funktioniert das. Gesine kommt morgen am Nachmittag mit dem Pflug, vorher bauen wir noch den Zaun ab. Und dann steht unserem Selbstversorgergarten nichts mehr im Wege.«

»Und Gesine ist nicht sauer? Du kaufst doch dann wahrscheinlich das Gemüse und den Salat für den Krug nicht mehr bei ihr?«

Bente schüttelte den Kopf. »Im Gegenteil, wir ergänzen uns perfekt. Ich kann nicht alles selbst anbauen, und nicht alles lohnt sich für Gesine. Kräuter zum Beispiel, da kann ich mich hier völlig austoben.« Sie stupste ihn seitlich an. »Also, eigentlich können *wir* uns austoben, denn wir machen das ja schon zusammen, oder?«

Als Antwort gab Stefan ihr einen Kuss. »Hattest du nicht auch gesagt, dass Gesine vielleicht demnächst noch einen weiteren Abnehmer hat?«

»Ja, das ist echt klasse. Ich hab mit ein paar alten Kollegen telefoniert, und wenn alles klappt, gehört Gesine bald zu den festen Zulieferern von Kreipe & Drengemann, das ist ein ganz toller Gastroservice, der Restaurants und Cateringunternehmen rund um Hamburg mit Biogemüse versorgt.« Sie blickte auf die Uhr. »In einer halben Stunde kommt Rönfeldt mit neuem Kuchen – übrigens auch mit dem Johannisbeerkäsekuchen, den du so gern magst.«

Stefan stand auf und strich sich übertrieben deutlich über den Bauch. Dann sah er Bente an und schnippte mit dem Finger. »Was hältst du davon, wenn wir aus der ganzen Gartenumgrabgeschichte ein spontanes Fest machen? Mit Kaffee und Kuchen, Grillen und Bier? Dann können wir auch den neuen Namen des Krugs präsentieren.«

Bente umarmte ihn. »Spitzenidee, das machen wir. Ich sag gleich ein paar Leuten Bescheid, verschick ein paar Mails und stell's auf meine Seite bei Facebook!«

Stefan verzog das Gesicht. Er konnte mit so etwas einfach nichts anfangen. »Aber lad nicht aus Versehen halb Norddeutschland ein.«

Bente lachte nur.

Stefan sammelte die Papiere ein. »Das würde ich nicht ertragen«, sagte er mehr zu sich selbst.

***

Jenny Mietzner legte los, ohne sich lange mit Begrüßungen aufzuhalten. »Matthies war bei mir und richtig sauer.«

»Weil er bei dir war? So schlimm bist du auch wieder nicht«, erwiderte Zufall.

Jenny stieß geräuschvoll die Luft aus. »Ha, ha, sehr witzig. Nein, er war sauer, weil du immer noch in diesem, äh, vermaledeiten Kaff bist – seine Worte, nicht meine.«

Zufall seufzte. Am Anfang hatte es dem lieben Polizeioberrat Matthies nicht schnell genug gehen können, und jetzt konnte er es nicht abwarten, dass er zurückkam. Typisch. »Aber das kann ja nicht der einzige Grund für seinen Besuch gewesen sein.«

Jennys Antwort klang etwas undeutlich, wahrscheinlich kaute sie gerade wieder auf Katzenpfötchen. »Nein, aber der andere Grund hat ihn nicht verärgert. Du weißt doch, wenn er Befehle geben kann, ist er immer ganz glücklich.« Sie schluckte geräuschvoll. »Also, die Ermittlungen in Sachen Schädel und gefundener Knochen sind sofort einzustellen.«

»Mit welcher Begründung?«

»Ich erspar dir sein Paragrafenkauderwelsch, er hat natürlich für alles irgendeinen Gesetzesbuchstaben, dafür wird er ja schließlich bezahlt, und das nicht schlecht. Zusammengefasst begründet er die Entscheidung damit, dass das öffentliche Interesse zu gering und die Kosten zu hoch sind, als dass man bei so einem alten Fall weitere Anstrengungen unternehmen und teure Untersuchungen anberaumen sollte.«

Zufall war erstaunt, dass Matthies den Knochenfund herunterspielte und eine Einstellung der Untersuchungen so einfach möglich war. Es verblüffte ihn, aber irgendwie hatte er sich so etwas fast schon gedacht. »Und was sagt unser Freund Liebermann dazu? Der wird doch sicher Himmel und Hölle in Bewegung setzen, damit es doch weitergeht, bei seinen tollen Beziehungen nach ganz oben …«

»Glaub ich nicht. Matthies hat ihn zwar nicht explizit erwähnt, aber es kam deutlich raus, dass auch eine ›massive Einflussnahme von Bürgerseite‹ – ich glaube, so hat er es formuliert – nicht zu einer Fortführung der Untersuchungen führen könne. Außerdem habe ich erfahren, dass Matthies sich morgen mit Liebermann senior trifft, der wiederum seinen Sohn ziemlich zur Schnecke gemacht haben soll.« Sie kicherte. »Irgendwie bin ich an diese Infos gekommen, keine Ahnung, wie.«

Zufall grinste. »Irgendwann erwischen sie dich noch, und dann kommst du …«

Jenny unterbrach ihn. »In den Knast? Na, da hab ich aber Angst.«

»Nein, in den gehobenen Dienst. Wer so skrupellos und geschickt bei der Suche nach Informationen ist, hat beste Chancen auf Führungspositionen. Du musst nur noch rücksichtsloser und arroganter werden, dann reicht's sogar zur Polizeipräsidentin.«

Jenny lachte. »Oh Gott, nein, das würde ich nicht ertragen. Dann geh ich eher in die Politik.«

»Oder doch lieber in den Knast. Da sitzen die besseren Menschen, und die haben im Zweifel auch das bessere Benehmen.« Er blickte auf seine Uhr. »Das heißt also, ich kann meine Sachen packen und mich vom Acker machen?« Es klang nicht wenig Wehmut durch, als er das sagte.

»Ja. Oder vielmehr nein.« Im Hintergrund klapperte Jenny mit der Computertastatur. »Bleib noch bis morgen. Da schmeißen Bente und Stefan nachmittags ein spontanes Grillfest hinter Willys Krug. Das solltest du dir nicht entgehen lassen.«

Jetzt war Zufall wirklich verblüfft. »Woher weißt du das denn jetzt schon wieder?«

Jenny lachte. »Das kann auch nur jemand fragen, dem das Prinzip Facebook immer noch unbekannt ist. Gesine kommt auch, und so eine Art Weinhändler namens Alfred Krause. Rönfeldt bringt Kuchen.«

Zufall registrierte, wie seltsam vertraut ihm all die Namen inzwischen waren – und wie lustig er es fand, dass auch Jenny Mietzner so selbstverständlich mit ihnen umging, obwohl sie nie in Tönnshagen gewesen war. Da kam ihm eine Idee. »Komm doch auch. Du fährst keine Stunde von Hamburg. Ich würde mich freuen.« Er blickte zu dem ihm gegenübersitzenden Dorfpolizisten, der sich während des gesamten Telefonats bemüht hatte, beschäftigt zu wirken, aber sicherlich alles mitbekommen hatte. »Und Jessen erst.«

Unwillkürlich nickte Sven-Ole, wirkte dabei sogar ein bisschen ertappt. Zufall erwartete Gegenargumente, doch Jenny Mietzner tippte nur kurz auf ihrer Tastatur herum und meinte: »Okay, mittags hab ich noch eine Wohnungsbesichtigung, danach kann ich mich auf den Weg machen. Überstunden hab ich mehr als genug, und es ist ja nicht so, als würden sich die Delikte hier die Klinke in die Hand geben.« Sie kramte in ihrer Handtasche. »Findet mein Navi das Kaff ohne Probleme?«

Zufall blickte wieder zu Jessen. »Keine Sorge, wenn nicht, finden wir dich.«

Sein Kollege nickte eifrig. Dann gab sein Smartphone ein seltsames Geräusch von sich, das wie ein unterdrücktes Glucksen klang. Er sah erst auf das Display, dann auf seine Armbanduhr, nahm seinen Schlüsselbund, stand auf und rief Zufall zu: »Ich muss noch kurz los, was erledigen, bis später.« Und raus war er.

Zufall sah Jessen nachdenklich dabei zu, wie der auf sein Fahrrad sprang.

»Hallo, noch jemand da? Oder seid ihr alle schon feiern?«

Zufall riss sich zusammen. »Ja, äh, nein, ich bin noch da.«

»Das ist gut. Ich hab nämlich noch was. Einen Zeitungsbericht über jemanden, den wir kennen, glaube ich jedenfalls. Ich mail dir den Link gleich zu.« Sie unterbrach die Verbindung, im nächsten Moment meldete sich Zufalls Mailprogramm. Der Link führte zu einem Artikel in einer schleswig-holsteinischen Lokalzeitung.

Zufall überflog den kurzen Absatz und konnte ein Grinsen nicht unterdrücken. Dann druckte er den Bericht aus.

vierzehn

Jessen lehnte sein Fahrrad an einen Baum gegenüber dem Grundstück. Er konnte es kaum glauben, aber der Mini-GPS-Signalgeber, den er heimlich im Holzschaft eines Spatens in Gesines Geräteschuppen versteckt hatte, sendete genau von hier: vom Grundstück der Siemsen!

Vorsichtig schlich er zum Haus. Die Auffahrt zwischen Frau Siemsens Haus und dem Bauernhof von Johannes Harms war leer, was bedeutete, dass »die Siemsen«, wie sich die resolute Dame gern nennen ließ, höchstwahrscheinlich gerade mit irgendeiner Gruppe unterwegs war. Wenn sie einen ihrer vielen Kurse gab, egal ob esoterische Gartenkunde oder Yoga für hüftsteife Städter, standen meist gleich mehrere Autos oder sogar Reisebusse vor dem Haus und in der Auffahrt. Genau deshalb gab es ja auch dauernd Ärger mit dem alten Harms, den die Parksituation nervte.

Jessen blickte noch einmal auf sein Display. Genau war das Signal nicht zu lokalisieren, aber die ungefähre Umgebung stimmte, und hier gab es nun mal nur diese beiden Anwesen. Er fragte sich, was die Siemsen oder der alte Harms wohl mit dem ganzen Schwung Gartengeräte anfangen wollte, als er eine Bewegung im Augenwinkel registrierte. Schnell drückte er sich gegen die Hauswand und blinzelte um die Ecke.

Er erkannte sofort Bauer Harms, der einige in einen großen Müllsack gehüllte Gegenstände schleppte. Was genau es war, konnte man nicht erkennen, es ragten lediglich ein paar Holzstiele heraus. Aber Jessen war sich sicher, dass es sich um die verschwundenen Spaten, Hacken und Harken handelte. Er blieb in seinem Versteck und beobachtete Harms weiter. Der sah sich nach rechts und links um, kletterte über den halbhohen Zaun und war gleich darauf auf dem Grundstück der Siemsen verschwunden. Jessen hörte ihn an dem hinteren Holzschuppen rumoren, aber im nächsten Moment war er schon wieder auf dem Rückweg.

Jessen ahnte, dass das noch nicht alles war, und wartete einfach ab. Tatsächlich tauchte Harms mit einem neuen Bündel im Müllsack auf und erklomm ein weiteres Mal den Zaun. Jessen passte genau den Moment ab, in dem Harms den rechten Fuß auf das fremde Grundstück setzte. Er machte schnell ein paar Schritte nach vorn und fragte in einem Ton, als spräche er zu einem Kind, das er bei einem Streich ertappt hatte: »Und was wird das, wenn's fertig ist?«

Harms zuckte zusammen und verharrte in seiner wenig bequemen Position. Er musste auf den Zehenspitzen balancieren, damit die Zaunspitzen ihn nicht in empfindliche Körperteile trafen. Halb schuldbewusst, halb empört sah er Jessen an. »Ach du bist das, Mann, hab ich mich verjagt.« Er juckelte leicht hin und her, wagte sich aber weder in die eine noch in die andere Richtung zu bewegen.

»Das beantwortet nicht meine Frage.« Jessen sah Harms streng an. Dann erbarmte er sich und nahm ihm wenigstens den Müllsack aus der Hand. Er zog zwei Spaten, eine Hacke und eine Schaufel heraus. »Na, Hannes, hast du dir Werkzeug geliehen?«

Harms überlegte einen Moment, man konnte sehen, wie es in ihm arbeitete. Schließlich antwortete er resigniert: »Das glaubst du mir ja doch nicht.«

Jessen nickte. »Doch, Hannes, das glaub ich dir. Weil du diese Gartengeräte und die, die du schon im Schuppen von Frau Siemsen versteckt hast«, er deutete auf das niedrige Gebäude, »nämlich von Gesine Neubauer hast, die so ausnehmend freundlich war, sie dir leihweise zu überlassen.« Jessen nahm die Geräte hoch und steckte sie zurück in den Müllsack. »Jetzt warst du allerdings für einen Moment desorientiert und hast sie deshalb auf dem Weg zu deinem Auto auf dem Grundstück der Siemsen lediglich zwischengelagert.« Er bedeutete Harms, nun endlich den Schritt auf das Nachbargrundstück zu machen. »Und während ich jetzt hier warte und freundlicherweise auf die Sachen aufpasse, holst du die restlichen Spaten, Hacken und Harken aus dem Schuppen, machst ihn auch wieder ordentlich zu und fährst dann alles zurück zu Gesine Neubauer. Wenn da morgen nämlich nicht alle Gartengeräte wieder fein säuberlich an ihren Haken hängen, überlege ich mir noch mal, ob ich wirklich nichts gesehen habe von der ganzen Sache.« Jessen sah den Bauern ernst an. »Mensch,

Hannes, aber echt! Der Siemsen einen Diebstahl unterschieben wollen, pfui.«

Harms verzog das Gesicht. »Oh Mann, ich weiß, aber ich kann die echt nicht ab.«

»Das ist kein Grund, so ein Theater zu veranstalten.«

Harms schlich geknickt zum Schuppen, sammelte alle Gartenwerkzeuge ein und verfrachtete sie auf seinen rostigen Pick-up. Dann drehte er sich zu Jessen um. »'tschuldigung, min Jung, tut mir leid.«

Jessen, der zwischenzeitlich den GPS-Sender aus dem Stiel des Spatens entfernt hatte, klopfte ihm auf die Schulter. »Bei mir brauchst du dich nicht zu entschuldigen, sondern bei deiner Nachbarin, der du einen Diebstahl anhängen wolltest.« Er sah den entsetzten Gesichtsausdruck auf Harms' Gesicht und musste fast lachen. »Und das tust du am besten, indem du nicht mehr dauernd querschießt, wenn's ums Parken geht. Ich spreche mit ihr, damit du nicht mehr so gestört wirst, aber von dir will ich dazu nichts mehr hören, kapiert?«

Harms nickte zögernd.

»Und bei Gesine entschuldigst du dich, indem du künftig dein Gemüse bei ihr kaufst und nicht mehr beim Discounter draußen im Gewerbegebiet.«

Jessen sah Harms dabei zu, wie dieser seinen Wagen wendete und mit einem schüchternen Winken davonfuhr. Manchmal, nur manchmal hatte auch ein Landpolizist tatsächlich so etwas wie Autorität. Es waren seltene Momente, aber es gab sie.

***

Schon das Kuchenbüfett war eine Schau für sich. Zwei Sorten Käsekuchen, ein Apfel-Schoko-Puffer, ein gedeckter Apfelkuchen nach Omas Rezept – Jessens absoluter Favorit –, Blechkuchen und weitere Köstlichkeiten hatten Bente und Konditormeister Rönfeldt auf einer langen Tafel arrangiert. Etliche Gäste standen mit Kaffeetassen im Garten und genossen den Sonnenschein. Bente erläuterte gerade einer kleinen Gruppe, wie das künftige Konzept des Krugs aussehen würde, als ein groß gewachsener älterer Mann näher kam, der eine gewisse Ähnlichkeit mit Blacky Fuchsberger hatte. Mit einem sehr braun gebrannten Blacky Fuchsberger. In der Hand hielt er ein in Packpapier eingeschlagenes Paket. Als Bente ihn erkannte, stieß sie einen Schrei aus und rannte auf ihn zu. »Gustav, mein Gott! Du lebst? Geht's dir gut? Wo warst du bloß?« Sie umarmte ihn stürmisch.

Gustav Bertram sah sie nur an und meinte dann verschmitzt lächelnd: »Und welche Frage soll ich zuerst beantworten?«

Bente boxte ihm leicht auf den Oberarm. »Mann, wir haben uns echt Sorgen gemacht. Keiner wusste, wo du warst, deine Haustür stand offen, im Haus und im Garten waren Blutspuren, und dann wurde dein Auto verlassen aufgefunden, irgendwo weit weg. Die Polizei und wir alle standen vor einem Rätsel. Ich hab dich sogar offiziell vermisst gemeldet!«

Gustav setzte sich auf eine Gartenbank und nahm dankbar einen Kaffee entgegen. Dann sagte er halblaut: »Dann ist mein Plan ja aufgegangen.«

Bente setzte sich zu ihm, derweil Stefan sich um die übrigen Gäste kümmerte. »Welcher Plan ist aufgegangen?«, fragte sie.

Gustav nickte. »Nun wird es wohl Zeit, das Rätsel zu lösen.«

»Welches Rätsel?«

»Ich wollte eigentlich nur ein bisschen von Willy ablenken. Nachdem dieser Schädel im ehemaligen Rosengarten gefunden worden war, wäre es nur noch eine Frage der Zeit gewesen, bis weitere Nachforschungen die Wahrheit an den Tag gebracht hätten.«

»Was wäre denn da entdeckt worden?« Bente wurde ungeduldig.

»Lass mich der Reihe nach erzählen.« Er trank einen Schluck Kaffee. »Als ich Willy im Krankenhaus besucht habe und er da so im Koma lag, hab ich an unsere letzte Unterhaltung gedacht, da hatten wir viel über alte Zeiten gesprochen, über Dinge, die wir gemacht und eben nicht gemacht haben. Unerfüllte Träume und so.«

»Ich verstehe nicht, wo da der Zusammenhang sein soll, Gustav.«

»Das versuche ich ja zu erklären. Willy hat mich quasi darauf gebracht. Er hat mich geradezu ermahnt. Ich habe seit Ewigkeiten den Wunsch, einmal die Route 66 herunterzufahren, na ja, zumindest ein Stück. Er meinte, man wisse schließlich nie, wann es einen erwischt.« Gustav sah Bente mit wässrigem Blick an. »Und da hat er ja leider recht behalten.« Er wischte sich mit dem Handrücken über die Augen. »Also hab ich gedacht, wenn ich schon so was mache, kann ich das ja auch ein bisschen ausnutzen, um Sven-Ole und den Kommissar von Willy und dem … ich nenne es mal Dorfgeheimnis, abzulenken. Deshalb hab ich die falschen Fährten gelegt, die Blutspuren im Haus, das Auto am Wald und das Handy im Verbandskasten.« Er grinste Bente an. »Hatte ich in einer Folge von Wallander gesehen, hat ganz gut geklappt. Ich hab mir ein Taxi zum Flughafen Lübeck bestellt und bin los, über Frankfurt in die USA.«

Bente sah ihn an. »Du weiß schon, dass sie dich wegen Irreführung der Justiz drankriegen können oder wegen Vortäuschung einer Straftat oder so?«

Gustav lächelte nur. »Mir egal. Hauptsache, es hat funktioniert.«

»Was ist das für ein Dorfgeheimnis? Und wieso weiß ich davon nichts?«

Gustav seufzte. »Davon wussten eigentlich nur Willy und ich. Hast du dich nie gefragt, warum Willy so selten an Esthers Grab auf dem Friedhof war, aber dauernd im Rosengarten gesessen hat?«

Bente stutzte. Tatsächlich war Willy, der auf der Bank im Rosengarten saß, ein festes Bild in ihrer Erinnerung. »Na ja, ich dachte wohl, dass er da eben am besten trauern konnte, das macht ja jeder auf seine Weise. Wo ihn der Rosengarten doch am meisten an Esther erinnert.«

Gustav nickte. »Ja, das stimmt auch alles. Aber es hing auch damit zusammen, dass Esther nicht auf dem Friedhof, sondern im Rosengarten begraben liegt.«

Bente starrte ihn entgeistert an, und Gustav legte ihr beruhigend seine Hand auf den Arm. »Willy hatte Esther auf dem Sterbebett versprechen müssen, dass er sie in ihrem Rosengarten beerdigt. Das war einer der beiden Wünsche, die Esther hatte, der andere war: keine Einäscherung. Du kannst dir vorstellen, wie verzweifelt dein Großvater war, denn eine Umgehung der Bestattungsordnung ist ja nicht ganz einfach. Wenn es nur um die Asche gegangen wäre, hätte er das sicher irgendwie hinbekommen, auch mit einem örtlichen Bestatter. Aber eine Leiche?« Er atmete tief durch.

Bente sah ihn fassungslos an. »Und wie habt ihr das dann gemacht?«

»Ich komme ja ursprünglich aus der DDR, das weißt du ja, ich bin zwar 1970 schon weg, aber egal. Jedenfalls kannte ich dort einen Bestatter, der später ebenfalls rübergekommen ist, ein alter Schulkamerad, von dem ich Sachen wusste, die besser nicht an die Öffentlichkeit kommen sollten. Ich erspar dir die Details, ich konnte ihn jedenfalls davon überzeugen, uns in dieser Sache behilflich zu sein.« Gustav zuckte mit den Schultern. »Was sollten wir tun? Willy hatte es schließlich versprochen.«

Bente sah in seinem Blick, dass solche Versprechen gehalten werden mussten, koste es, was es wolle. Sie konnte sich gut vorstellen, dass Gustav vielleicht auch Willy ein ähnliches Versprechen gegeben hatte.

Mit einem feinen Lächeln griff Gustav jetzt nach dem in braunem Packpapier eingepackten Paket, das die ganze Zeit neben ihm auf der Bank gelegen hatte. Es war adressiert an ihn selbst, aber auch Willys Name stand neben seinem über der Adresse. Absender war ein Grafikbüro aus Hamburg, wie Bente erkennen konnte. Sie sah Gustav fragend an, aber der sagte nichts, er nickte ihr nur aufmunternd zu und reichte ihr das Paket.

Bente riss das Papier auf. In der Hand hielt sie ein Buch im DIN-A5-Format in einem wunderschönen Tiefgrün, das mit einem Gummiband verschlossen war, ähnlich den Notizbüchern, die seit einigen Jahren in allen Größen angeboten wurden. Das Buch hatte ein querformatiges graues Etikett, wie es früher auf Schulheften zu finden war, darauf stand in schöner Schreibschrift »Willys Rezepte für Bentes Küche«. Darunter klebte ein pinkfarbenes Post-it, auf dem eine Notiz zu lesen war: »Hoffentlich gefällt es Ihrer Enkelin. Schöne Grüße aus Hamburg, Fesi«.

Bente öffnete das Buch ganz vorsichtig, aus Angst, etwas zu

zerknicken. Drinnen fanden sich Willys sämtliche Rezepte, säuberlich übertragen aus seiner Loseblattsammlung und äußerst liebevoll gestaltet. Bente blätterte sprachlos die Seiten durch. Sogar Willys mächtiger Topfkuchen, mit dem sie ihn immer aufgezogen hatte, war dabei. Durch dieses Gebäck müssten mehr Herzkranzgefäße dran glauben als durch jedes Junkfood, hatte sie immer gelästert. Sie schluckte und ließ das Buch sinken. »Wie, wer … Wo kommt das her?«

Gustav tätschelte ihren Arm. »Von Willy. Er wollte dir schon länger seine Rezepte vermachen, aber nicht in diesem wilden Haufen von Zetteln. Ich hab ihm dauernd gesagt: Willy, schreib das mal ordentlich auf, aber er hört ja nicht auf mich. Irgendwann hat er mir seine Sammlung vorbeigebracht, ich habe sie auf meinem Drucker eingescannt und an eine Grafikerin in Hamburg geschickt, die für mich mal einen Familienstammbaum gebastelt hat. Die ist echt plietsch und hat das toll gemacht.« Er nahm das Buch in die Hand und begann zu blättern. »Die Originalzettel sind noch bei mir, die bring ich dir demnächst vorbei, ich hatte sie Willy eigentlich längst zurückgeben wollen.«

Er klappte das Buch vorsichtig zusammen und lächelte. »Ich hab Willy den USB-Stick gezeigt, auf dem die eingescannten Originale waren. Er hat sich völlig beömmelt, er wollte gar nicht glauben, dass all die Seiten auf diesem kleinen Ding sein sollten. Ich hab's ihm auf meinem Laptop bewiesen, da wollte er den USB-Stick partout behalten. Ich hab ihm gesagt, ›Willy, was willst du denn damit, du hast doch gar keinen Computer?‹, aber das war ihm egal.« Gustav lachte. »Er hat auch immer vom ›UKW-Stück‹ geredet.«

Bente lachte, auch wenn ihr eigentlich zum Heulen zumute war. Das war Willy, wie sie ihn kannte.

Weitere Gäste trudelten ein; Bente beobachtete, wie Anneke und Thomas Alfred Krause begrüßten und sogleich in ein angeregtes Gespräch verwickelten. Sven-Ole Jessen war ebenfalls eingetroffen, er nahm sich Kaffee und Kuchen und schlenderte von einem zum anderen. Als Kriminalhauptkommissar Werner Zufall begleitet von zwei Frauen in den Garten kam, ging er ihnen gleich entgegen.

Zufall winkte Jessen schon beim Näherkommen zu. »Darf ich mal vorstellen, das ist meine Frau Klara, und das«, er zeigte auf die jüngere, dunkelhaarige Frau mit tiefgrünen Augen, »ist die Kollegin Jenny Mietzner.«

Jessen trat in ein Erdloch, stolperte und konnte sich gerade noch auffangen. Reaktionsschnell reichte er Jenny die Hand, die sie mit amüsiertem Gesichtsausdruck ergriff. »Du bist demnach Jessen, stimmt's?«

Sven-Ole brachte kein Wort heraus, schüttelte aber wie automatisch ihre Hand.

Zufall klopfte ihm auf den Rücken.

»Äh, ja, sorry. Jessen stimmt.« Er wurde rot. Dann gab er Frau Zufall die Hand. »Ja, hallo, Sven-Ole. Ich hab schon viel von Ihnen gehört.«

Klara Zufall sah erst ihren Mann und dann wieder Jessen an. »Glauben Sie kein Wort.«

»Aber nur Gutes, mein Schatz«, erwiderte Zufall und bugsierte seine Frau in den Gastraum. Dort gesellten sie sich zu Bente, die am Tresen gerade einige Sektgläser füllte.

»Hallo, ich bin Klara, Klara Zufall.« Sie reichte Bente die Hand.

»Und ich bin Bente, aber das hat dein Mann dir sicherlich schon erzählt.« Bente stellte die Sektflasche ab. »Er wird mir fehlen.«

Klara Zufall verstand nicht und sah Zufall ratlos an.

Bente musste grinsen. »Dein Mann war mein Vorkoster, mein Testesser. Ich bin hier kurzfristig eingesprungen und habe die Speisekarte ein bisschen verändert, und Werner war so freundlich und hat immer alles brav probiert.«

»Das kann ich mir gut vorstellen, und trotzdem hat er vier Kilo abgenommen.«

Zufall stellte sich unwillkürlich kerzengerade hin und zog den Bauch etwas ein. »Tja, alles dank Bentes Spezialgericht, ein echter Abnehmknaller. Da kann ich nächste Woche guten Gewissens zum Amtsarzt gehen.«

Klara und Bente warfen sich einen wissenden Blick zu.

»Ich muss mal kurz wohin«, entschuldigte sich Zufalls Frau,

während er sich im Krug umschaute. Auch an der Inneneinrichtung hatte sich ein bisschen was geändert. Er sah zum Regal, in dem neben allerlei glänzenden Pokalen ein dezentes Gefäß stand, eine Art Vase, die ihm vorher noch nicht aufgefallen war. Er deutete darauf: »Neu?«

Bente nickte und lächelte. »Erinnerung an Willy.«

Zufall hob die Augenbrauen, sagte aber nichts. Dann drehte er sich um. »Wie war die Beisetzung?«

Bente sortierte die Gläser auf dem Tablett. »Im engsten Familienkreis.« Sie reichte Zufall ein Glas.

Er nahm es entgegen und prostete ihr zu. »Dann ist ja gut.« Er kramte einen Zettel aus seiner hinteren Hosentasche und reichte ihn Bente. »Schau mal. Das könnte dich interessieren.«

Bente nahm das DIN-A4-Blatt und faltete es auseinander. Es war der Ausdruck einer Lokalmeldung einer Schleswig-Holsteiner Tageszeitung. Sie las laut: »Malente. Der Hamburger Boulevardreporter Gerry S. ist am frühen Montagmorgen schwer verletzt in der Nähe eines bekannten Prostituiertentreffs an der Landstraße B 17 gefunden worden. Zeugen sagten aus, dass der Journalist sein Wohnmobil auf dem nicht ausgewiesenen Parkplatz abstellte und es daraufhin zu einem Streit zwischen ihm und Mandy K., einer der Betreiberinnen der umliegenden Wohnanhänger, kam. Tatverdächtig ist der mehrfach vorbestrafte Rico G., ein ›Bekannter‹ der Prostituierten Mandy K., der jedoch zu dem Tathergang schweigt. Der Reporter Gerry S. ist in ein Krankenhaus gebracht worden und bislang noch nicht vernehmungsfähig.«

Bente konnte sich ein Grinsen nicht verkneifen, sie steckte das Blatt in ihre Hosentasche und drückte Zufall einen Kuss auf die Wange. Dann ging sie mit dem Tablett in den Garten. Als Klara zurückkam, folgten sie ihr und halfen dabei, die Gläser zu verteilen.

»Was wird denn eigentlich gefeiert?«, wollte Klara Zufall von ihrem Ehemann wissen. Er beugte sich nah an ihr Ohr und flüsterte: »Ich glaube, dass Bente in Tönnshagen bleibt.«

Im nächsten Moment war ein Tuckern und Knattern zu vernehmen. Gesine kam mit dem alten Trecker samt Pflug auf das

Grundstück gefahren, hielt an der Stelle an, wo bis vor Kurzem noch der Zaun gewesen war, und stellte den Motor ab.

Bente winkte ihr zu, ließ zwei Gläser aneinanderklingen und erhob ihre Stimme: »Liebe Freunde, ich freue mich«, sie sah Stefan, Anneke und Thomas an, »falsch, wir freuen uns, dass ihr alle da seid. Ich will gar keine langen Reden schwingen …«

»Dann dauert's immer am längsten!«, rief jemand dazwischen. Alle lachten.

»Nein, das hier wird wirklich kurz und bündig. Wer's noch nicht weiß: Stefan und ich haben uns entschieden, gemeinsam den Krug mit angeschlossenem Fahrradservice und -verleih zu betreiben.« Sie wurde ein bisschen rot. »Also beides gemeinsam, also wir beide, zusammen.«

»Ja, ja, ist ja nicht zu übersehen«, kam wieder ein Zwischenruf.

»Na gut, und als symbolischen Akt haben wir den Zaun zwischen unseren Grundstücken eingerissen und pflügen jetzt alles unter, damit hier Gemüse angebaut werden kann. Für unseren neuen Krug, der irgendwie immer noch Willys alter Krug ist, nur ein bisschen anders, weil die Welt ohne Willy ja auch ein bisschen anders ist …« Sie holte tief Luft. »Jedenfalls heißt der Krug von heute an offiziell ›Bei Willy‹, auch wenn wir wahrscheinlich trotzdem weiterhin nur vom Krug reden werden. Gut, das war's.« Sie hob ihr Glas. »Gesine, du kannst loslegen.«

»Halt, einen Moment noch.« Jetzt hob Zufall einen Arm. »Bevor hier alles untergepflügt wird, würde ich auch gern ein paar Worte sagen.«

»Lauter!«, kam es von hinten.

Zufall ließ sich nicht beirren. »Ich bin nach Tönnshagen gekommen, weil ein Schädel auftauchte, woraufhin ein Trecker in die Metzgerei krachte, Menschen verschwanden, andere wieder auftauchten«, er sah Bente an, »und beschlossen, gleich hierzubleiben, und ich muss sagen: Ich kann sie verstehen.« Er hob sein Glas. »Keiner wird je wissen, wie das alles wirklich zusammenhängt, außer durch Tönnshagen und durch euch, die Tönnshagener. Mir bleibt zu verkünden: Alle Ermittlungen sind eingestellt, ich mach mich morgen wieder auf den Weg in die Stadt, aber: Ich komme gern wieder, wirklich!«

Er trank, und in den Applaus und die Hochrufe raunte ihm Jessen, der plötzlich neben ihm aufgetaucht war, halblaut zu: »Tolle Rede, da fehlte nur noch eins, weißt du was?«

Zufall sah ihn überrascht an.

»Du hättest noch rufen müssen: Ick bin ein Tönnshagener!« Jessen lachte laut los.

Zufall verpasste ihm einen spielerischen Klaps auf die Mütze, dann umarmten sie sich.

»Komm, Klara, ich stell dich meiner Vermieterin vor.« Zufall griff nach der Hand seiner Frau und zog sie in Richtung Garten, wo Gesine bereits die ersten Pflugreihen hinter sich gebracht hatte.

»Wart mal, da ist noch was«, rief Jessen ihm hinterher. »Wir sollten demnächst mal über das Thema Wochenend- oder Ferienhaus sprechen, das könnte doch interessant für dich sein.« Er strahlte und ließ seinen Blick von Werner zu Klara Zufall wandern. »Und für deine Frau natürlich.«

»Gute Idee«, antwortete Zufall, dem der Gedanke mit einem Mal gar nicht mehr so abwegig vorkam, auch wenn er sich noch nicht wirklich damit auseinandergesetzt hatte. Ein Ferienhaus, warum eigentlich nicht? Die Gegend war traumhaft und idyllisch, die Leute nett und freundlich – mit Ausnahmen, sicher, vielleicht manchmal ein bisschen sperrig. Aber warum eigentlich nicht Tönnshagen?

Jessen schien seine Gedanken zu lesen. Schnell nahm er noch einmal Getränke von Bentes Tablett und drückte sie Zufall und seiner Frau in die Hand. »Wir finden schon was. Wird ja immer mal was frei. Und ich hör oft als Erster davon, zwangsläufig.«

»Und werde ich in dieser Angelegenheit auch noch mal gefragt, oder entscheiden das die Herren für mich?« Klara Zufall warf Jessen und ihrem Mann einen provozierenden Blick zu.

»Äh, es ist nur so, dass …«, begann Jessen zu stottern.

»Dass unser Sven-Ole hier auch sehr gute Kontakte zu Maklern hat.«

Zufall und Jessen lachten aus vollem Hals.

»Das muss ich jetzt nicht verstehen, oder?«, fragte Klara etwas irritiert.

Zufall legte seinen Arm um ihre Schultern. »Das hat alles mit den Ermittlungen der letzten Tage zu tun. Hier war echt was los, aber das erzähle ich dir später.«

»Und hier willst du deine Wochenenden verbringen – wo immer so viel los ist?« Sie lächelte und erhob ihr Sektglas. »Na dann, auf Tönnshagen.«

»Auf Tönnshagen.«

***

Bente und Stefan hatten sich still und heimlich weggeschlichen, während schon die ersten Grillwürstchen an den Start gebracht wurden. Hand in Hand gingen sie zum Rosengarten, zu dem Teil, der noch unberührt war, und setzten sich auf die alte Parkbank, auf der Willy immer gesessen hatte.

»Und wie geht's jetzt weiter?«, fragte Stefan.

»Morgen verstreuen wir Willys Asche.«

Stefan sah sie überrascht an. »Wie, Willys Asche? Ich dachte, die wurde beigesetzt?«

Bente lächelte. »Das war eine Urne mit Vogelsand. Der Bestattungsunternehmer hatte uns noch einmal etwas Zeit gegeben, uns von Willy zu verabschieden. Die haben wir genutzt. Und ab morgen wird er hier wieder mit Esther vereint sein.«

»Weißt du denn, an welcher Stelle Esther begraben liegt?«

Bente schüttelte den Kopf. »Ich weiß nur, dass Willy sie damals heimlich irgendwo im Rosengarten beerdigt hat. Vermutlich irgendwo im verkauften Drittel, denn Carsten Neubauer hat ihn dabei beobachtet und dann die Gelegenheit genutzt, um die Leiche seiner toten Freundin loszuwerden.«

»Er hat diese Alicja umgebracht?« Stefan war entsetzt.

»Ganz genau wusste das wohl nur Carsten. Gesine hatte er erzählt, dass es ein Unfall war. Jedenfalls konnte er sicher sein, dass niemand die Leiche findet, weil Willy alles daransetzen würde, sein eigenes Geheimnis zu bewahren. Das hatte ja auch fünfundzwanzig Jahre funktioniert und ist erst aufgeflogen, als Gesine anfing, einen Teil des Rosengartens umzupflügen – entgegen der vertraglichen Vereinbarung.«

»Verstehe. Und da keiner weiß, wo Esther liegt, wollt ihr die Asche im ganzen Rosengarten verstreuen, richtig?«

Bente nickte und schwieg.

»Meinst du, er freut sich?«, fragte sie nach einer Weile leise.

Stefan lächelte. »Ganz sicher. *Beide* freuen sich.« Er warf ihr einen amüsierten Seitenblick zu. »Soweit sich Asche und Knochen eben freuen können ...«

Bente versetzte ihm einen Stups. »Klugscheißer!«

Dann küssten sie sich, lehnten sich aneinander und dachten an Willy und Esther und die Zukunft.

***

Ein gutes Stück entfernt klingelte das Handy von Kriminalhauptkommissar Werner Zufall, und er trat zur Seite und nahm das Gespräch an. Auf dem Display hatte er bereits sehen können, wer ihn da erreichen wollte: Polizeioberrat Matthies.

Der war erstaunlich konziliant. »Ah, Zufall, gut, dass Sie gleich dran sind. Wo sind Sie denn gerade?«

»Immer noch in Tönnshagen.« Zufall sah keinen Grund, seinen Aufenthaltsort zu verschweigen. Im Grunde hatte er auch schon dienstfrei.

»Ach ja, die Sache mit dem Schädel. Na, das ist ja jetzt zum Glück vorbei, schließlich brauche ich meinen besten Mann hier vor Ort! Wir können doch nicht unsere Spitzenleute einfach auf dem platten Land lassen.« Matthies lachte so laut wie falsch. »Kommen Sie doch morgen früh gleich mal zu mir ins Büro, da können wir über die nächsten Fälle reden.«

»Nachmittag«, sagte Zufall ruhig.

»Was?«, fragte Matthies irritiert. »Wovon reden Sie?«

»Ich kann erst morgen Nachmittag bei Ihnen sein, ich bin bis morgen früh hier und muss auch noch die ganzen bürokratischen Dinge mit dem Kollegen Jessen klären, da wird das vorher nichts.

»Aber«, versuchte Matthies ihm ins Wort zu fallen.

»Nachmittag«, wiederholte Zufall noch ruhiger, »das ist dann doch auch ganz praktisch für Sie. Ich habe gehört, dass Ihr Wagen derzeit in der Reparatur ist.« Halblaut pfiff Zufall den Refrain von »Volare«.

Matthies verstand sofort. »Nachmittag, ja, das passt mir offen gestanden auch besser. So eilig ist es am Ende ja nicht. Gut, dann bis morgen.« Er legte auf.

Zufall sah verwundert sein Mobiltelefon an. Sein Bluff hatte wirklich funktioniert. Das musste er sich glatt merken.

In Gedanken versunken ging er ein Stück weiter. Bente hatte ihm vorhin erzählt, dass sie zukünftig Wein von der Mosel über Alfred Krause beziehen würde. Das war noch so eine Sache, die eindeutig für Tönnshagen sprach, seine Frau liebte den Riesling von der Mosel, besonders diesen Trockenen, der so richtig nach Terrassenschiefer schmeckte.

Er schlenderte weiter und sah Bente und Stefan auf der Parkbank sitzen, registrierte ihre warmen Blicke, die den Toten galten.

Na, so ein Zufall, dachte Zufall und lächelte.

Danksagung

Zunächst danken wir dem Zufall (nicht Werner, unserem Kommissar, sondern dem echten), der dafür gesorgt hat, dass wir durch die Verkettung unterschiedlicher Begebenheiten diesen Landkrimi schreiben durften. Ein weiterer Dank geht an Susanne und Peter vom Hamburger Erlebnisgarten, bei denen wir unter fachkundiger Anleitung seit ein paar Jahren erfolgreich eine kleine Gartenparzelle beackern (noch ohne Knochenfund!), auch für inhaltliche Anregungen. Der nächste Dank gebührt Hejo Emons und dem Emons-Verlag im Allgemeinen, der auf der Criminale im Sauerland zum Essen einlud, und bei dem wir erstmals über unsere gärtnerischen Gehversuche sprachen. Ein Dankeschön im Speziellen gilt Christel Steinmetz vom Emons-Verlag, die gleich an uns dachte, als die Landkrimireihe geboren wurde. Ja, und gar nicht genug danken können wir unserer so tapferen wie formidablen Lektorin Marit Obsen, die nicht müde wird, unsere wilden Krimiausuferungen in geordnete Bahnen zu lenken, und von der wir jedes Mal so viel lernen. Sie von uns höchstens mal, was pusseln heißt oder der Schlagermove ist (und das will man eigentlich gar nicht wissen).

Anhang

Bentes Haydari

Zutaten:
250 g dänischer Fetakäse
500 g türkischer Joghurt (10% Fett)
3 EL gehackte Minze
3 EL gehackter Dill
Olivenöl
Salz, Pfeffer, etwas Chilipulver

Zubereitung:
Den Fetakäse in einer Schüssel mit einer Gabel fein zerdrücken. Joghurt, Minze, Dill und einen Spritzer Olivenöl dazugeben und alles gut vermengen, bis es geschmeidig ist. Mit Salz, Pfeffer und Chilipulver abschmecken.

*Bentes Spezialabnehmrezept**
(für Zufall kreiert)

Zutaten:
800 g Möhren
150 g [redacted]
225 g [redacted]
150 g eingelegte [redacted]
70 g in dünne Ringe geschnittener [redacted]
3 EL sehr fein gewogene [redacted]
4 EL [redacted]
1 Prise [redacted]
25 entsteinte [redacted]
1 Schuss [redacted]
Salz, Pfeffer, [redacted], Muskatnuss, Nelkenpulver, [redacted]
Olivenöl
[redacted]

Zubereitung:
Das Gemüse putzen und klein schneiden. Etwas Olivenöl in einer beschichteten Pfanne erhitzen und das Gemüse darin für einige Minuten schwenken. Die eingelegten [redacted] dazugeben und langsam unterrühren. Dann den geschnittenen [redacted] und die 4 EL [redacted] dazugeben. Das Ganze mit [redacted] ablöschen und ca. 10 Minuten bei schwacher Hitze köcheln lassen. Die Prise [redacted] und die entsteinten [redacted] unterheben und mit Salz, Pfeffer, [redacted], Muskatnuss, Nelkenpulver und [redacted] würzen.

* Wer dieses geheime Gericht entschlüsselt und über einen Zeitraum von drei Monaten zwei Mal wöchentlich isst, nimmt garantiert 10–12 kg ab. Ohne Sport! Sagt Bente.

Blattsalat mit gerösteten Bucheckern

Zutaten:
1 kleiner Kopf Endiviensalat
1 kleiner Radicchio
1 Pflücksalat (am besten direkt vom Feld gepflückt)
200 g kernlose Weintrauben (blau)
2 EL geröstete Bucheckern
1 Schalotte
1 Knoblauchzehe
4 EL Balsamico Essig
6 EL Rapsöl
1 TL Senf
1 EL Honig
Salz, Pfeffer

Zubereitung:
Von dem Endiviensalat und dem Radicchio großzügig den weißen Strunk entfernen und die Salate in Streifen schneiden. Zusammen mit dem Pflücksalat waschen und gut trocken schleudern. Die Weintrauben waschen, halbieren und zusammen mit dem Salat in eine große Schüssel geben. In einer beschichteten Pfanne die Bucheckern ohne Öl langsam rösten. Die feinen Häutchen der Kerne lösen sich beim Rösten und können danach problemlos entfernt werden.
Für die Salatsoße die Schalotte fein würfeln und den Knoblauch pressen. In einer Schüssel die gewürfelte Schalotte und den Knoblauch mit Essig, Öl, Senf und Honig verrühren und mit Salz und Pfeffer abschmecken. Salatsoße über den Salat geben und mit den gerösteten Bucheckern bestreuen.

Gartenfrisches Grüngemüserisotto

Zutaten:
je 125 g Bohnen (Enden abgeschnitten, gefädelt und klein geschnitten), dicke Bohnen (enthülst), grüner Spargel (Enden abgeschnitten und klein geschnitten), Erbsen und junger Spinat
1 Zwiebel
100 g Butter
1 EL Olivenöl
300 g Risottoreis
Weißwein
1 l Gemüsebrühe
2 EL gehackte Petersilie
150 g geriebener Parmesan
Salz
Pfeffer

Zubereitung:
Das geputzte und klein geschnittene Gemüse in kochendem Wasser für einige Minuten bissfest garen, dann abgießen und abschrecken. Die Zwiebel in feine Würfel schneiden. In einem Topf 50 g Butter und das Olivenöl erhitzen und die Zwiebel darin glasig dünsten. Dann den Reis zugeben und mit einem guten Schuss Weißwein ablöschen. Wenn der Wein vollständig verkocht ist, die Brühe nach und nach angießen. Nächste Portion immer erst zugießen, wenn der Reis die Flüssigkeit aufgenommen hat. Dabei ständig gut rühren. Wenn die Brühe verbraucht ist, das Gemüse, die restliche Butter, den geriebenen Parmesan und die Petersilie unterheben. Risotto mit Salz und Pfeffer würzen, kurz stehen lassen, damit es nachziehen kann.

Rote Bete Carpaccio mit Trüffelöl

Zutaten:
500 g Rote Bete
3 Frühlingszwiebeln
2 EL Weißweinessig
4 EL Trüffelöl
eine Prise Zucker
etwas Salz
frisch gemahlener Pfeffer
1 EL gehackte Petersilie
60 g gehobelter Parmesan oder Pecorino

Zubereitung:
Rote Bete in reichlich Salzwasser ca. 30 Minuten kochen, abschrecken und schälen. Dabei sollte man Einweghandschuhe tragen, da rote Bete stark färbt – auch die Finger. Anschließend die Knollen mit dem Gemüsehobel in möglichst dünne Scheiben hobeln. Frühlingszwiebeln in Ringe schneiden und aus dem Weißweinessig, dem Trüffelöl, Zucker, Salz und Pfeffer eine Marinade herstellen. Die Rote Bete-Scheiben auf einem Teller anrichten und mit einem Pinsel einen Teil der Marinade gleichmäßig darauf verteilen. Etwa 10 Minuten ziehen lassen. Dann die Frühlingszwiebeln, die Petersilie und den gehobelten Käse auf der Roten Bete verteilen und die restliche Marinade darübergeben.

Tönnshagener Apfelschnitten

Zutaten:
250 g Margarine
250 g Zucker
2 Eier
500 g Mehl
1 Päckchen Backpulver
2 Äpfel
350 g Apfelmus
250 g Puderzucker
Saft einer halben Zitrone

Zubereitung:
Zunächst den Backofen auf 180 Grad vorheizen. Die Margarine und den Zucker in eine Schüssel geben und mit dem Handmixer ordentlich verrühren. Dann die Eier, das Mehl und das Backpulver zufügen und alles kräftig zu einem glatten Teig verkneten. Den Teig halbieren, eine Hälfte auf einem gefetteten Backblech ausrollen und 10 Minuten backen.

In der Zwischenzeit die Äpfel schälen, das Kerngehäuse entfernen, und die Äpfel in sehr kleine Stücke schneiden. Auf dem gebackenen Teigboden das Apfelmus und die Apfelstückchen gleichmäßig verteilen. Die zweite Teighälfte ausrollen und über die Apfelmasse legen. Den Kuchen weitere 25 bis 30 Minuten backen, bis die obere Teigplatte leicht Farbe angenommen hat. Den Kuchen erkalten lassen. Aus dem Puderzucker, dem Zitronensaft und etwas kochendem Wasser einen Zuckerguss rühren und den Kuchen damit gleichmäßig bestreichen.
Nach dem Erkalten des Zuckergusses den Kuchen in quadratische Stückchen schneiden und mit geschlagener Sahne servieren.

KIRSTEN PÜTTJER / VOLKER BLEECK
Das letzte Hemd
NIEDERRHEIN KRIMI
emons: